鲁迅文学奖获奖作家经典文集

乡村无眠

何申 著

追寻鲁迅的足迹　蔓延思想根系于黄土纵深

跟随大家的引领　倾听叩击灵魂弹出的震颤

台海出版社

图书在版编目（CIP）数据

乡村无眠 / 何申著. —北京：台海出版社，2015.1

ISBN 978-7-5168-0545-9

Ⅰ.①乡… Ⅱ.①何… Ⅲ.①短篇小说—小说集—中国—当代

Ⅳ.①I247.7

中国版本图书馆CIP数据核字（2015）第010344号

乡村无眠

著　　者：何　申

责任编辑：俞滟荣　　　　　　　　装帧设计：李　莹

版式设计：于鹏波　　　　　　　　责任印刷：蔡　旭

出版发行：台海出版社

地　　址：北京市朝阳区劲松南路1号　邮政编码：100021

电　　话：010-64041652（发行）（邮购）

传　　真：010-84045799（总编室）

网　　址：www.taimeng.org.cn / thcbs / default.htm

E－mail：thcbs@126.com

经　　销：全国各地新华书店

印　　刷：北京市通州运河印刷厂

本书如有破损、缺页、装订错误，请与本社联系调换

开　　本：170×240　1/16

字　　数：186千字　　　　　　　印　张：13

版　　次：2015年4月第1版　　　印　次：2015年4月第1次印刷

书　　号：ISBN 978-7-5168-0545-9

定　　价：25.80元

目 录

年前年后

　　往年一进腊月，各乡镇早早地就老和尚收摊吹灯拔蜡放众人回家喝酒去了。今年不行，今年上下抓得都特早特紧：县里是一过元旦就把1995年的事都给安排了，该签字的签字，该定指标的定指标，该翻番的谁也不能含糊全得认下；各乡镇的头头一看县里拉出的这架势，谁也不敢把活推到年后去，都噌噌窜回去紧招呼。七家乡乡长李德林愣忙到那种地步吧，他家离县招待所也就有二里地，在县开好几天会他竟然没回家住一宿。其实他也不是真忙到那份上，他曾经偷着回家一次，可没想到于小梅根本就没露面，那天晚上等到十一点半了，李德林心想别再是这娘们跟旁人相好去了吧，一个半路夫妻，这都是没准的事，我别傻老婆等汉子了，回头一回招待所那帮乡镇长再掐咕我说我回家搂媳妇，其实我在这房子里挨一宿冻，我也太不合算了，于是锁上门就回招待所了，回去编瞎话说让人拉去喝酒去了。往后几天会下还就真忙了，主要是找县领导和一些部门的头头谈要上的项目，完后散会就蹽回七家紧安排部署，一直忙到腊月二十三过小年头一天，琢磨琢磨差不离了，才给大院里的干部放了假。放了假人家都走了，李德林还走不了，他惦着夏天让洪水冲了的那些受灾户，他又叫上秘书老陈坐车到各村转了一圈，看看临时借住的房子严实不严实，发下去的衣服、被子到没到人

家手，过年包饺子的肉和面都备下了没有。一看还真行，各村基本都给落到了实处，有些户灾民得的东西比他们原来自己家的还多还好，有一个老汉披着嘎吧新的绿棉大衣，他说多亏了受灾啊，要不受灾这辈子恐怕穿不上这好衣服。李德林说可别那么看，还是少受灾的好，各位都好好吃好好喝把身体养得棒棒的，来年想法子把损失补回来。有个村民说身体没问题，要是补孩子嘛，这一腊月就能种下一茬，来年旱涝保收还个个肥头大耳。这庄稼够呛，因为好多地都给冲走了，再着急也不能往石头上去种。李德林一听给老陈使个眼色，老陈心领神会跟村干部就讲过年期间哪个村要是弄出规划外的肚子来，村干部们你们喝过二月二就拎尿罐子到乡里报到，咱来个全封闭学习班，夜里不许上厕所的，把村干部都说乐了。李德林说："别乐，这可是真格的，叫你们半年不许沾老婆边儿。"

村干部们说："破老婆子没劲，能打麻将就行，再能喝酒。"

李德林说："喝酒？喝尿吧！"

转完一遭老陈说，李乡长你也该回家去了，我也得走了，要不然咱俩都成规划外的了。李德林一想真是的，心中不由暗暗叫苦：他从县委办下到这七家乡当副乡长后来当乡长整三年了，原指望干个一二年就挪回去，不成想这七家乡太偏僻太穷没人愿意来，原来党委书记调走了就把李德林一个人撂在这儿了。李德林心里明白，要想调回县城弄个好位置，一个重要的条件是当上乡镇一把手，所以就耐着性子等着当书记，偏偏这一阵子说要机构改革，人事都不动，结果愣瞅着一把手的位子就是得不着。还有不省心的就是李德林在个人家庭生活上是有喜有忧，喜的是按照这几年时兴的做法，各乡镇的头头都在县城盖房子，李德林也张罗起三大间，跨度都是六米半的，跟他原先住的县委家属院一间半简直是天上地下的差别。倒霉的是他先前的媳妇没那个命，才住上新房不到半个月，跟她们单位外出旅游出了车祸撞死了，这可把李德林坑够呛。幸亏他爱人打结婚就有毛病没孩子，这些年抱过俩都不合适又还给人家了，李德林料理完后事才得以轻手利脚继续在外边工作。后来朋友们又给撮合了一个，就是现在的于小梅，于小梅三十八，李德林四十四，于小梅是纺织厂的会计，是离婚的，娘家就在县城，人长得比李德林原来的媳妇强多了，但也看得出来是好打扮好交际的人，李德林一开始有点不同意，心想我找的是踏踏实实过日子的，找这么一位到时候把我再甩了咋办。朋友们说现在像于小梅这样光身一个人的女的不好找了，旁的起码给你带一个犊儿来，你当后爹光拉套也得不着好，不如同意了小梅。李德林一想真是那么个理就同意。五月节时办的事，于小梅就住进了新房，但后来下面发水受灾，李德林也没度啥蜜月就回乡下忙活去了，偶尔来县开会办事在家住上一两宿，俩人上床看着也像夫妻，但彼此都有点生不愣的感觉，加上这次去县开会回家没见着于小梅的影儿，更使李德林心中不安，所以这一腊月忙里漏闲时李德林不由自主地就想那新房子和于小梅的事，还好一忙起来又忘个屁的了。

在老陈的催促下李德林点头说回家，老陈叫司机小黄把乡里唯一——辆破吉普车开来，又帮李德林装车。别看乡是穷乡，但到了过年的时候也断不了有人给头头送些东西，李德林还不赖呢，尽量不收礼，但牛羊肉蘑菇核桃还有烟酒都有一些，这都是明睁眼露的事，也没必要羞羞答答。李德林让老陈和小黄往车上装，又客气客气问你们用不，那二位说我们都有，家里啥都不缺。装好了车都要开了，李德林跟老陈说：

"我还是担心计划生育那事，那事家家是工厂人人是车间的，没人发动积极性都挺高的，过年一喝酒弄不好就麻烦了。"

老陈说："这事防不胜防，咱也不能在旁边盯着，好在不是十天半月就生，回头有了再往下鼓捣呗。"

李德林叹口气说："妈的，一个翻番，一个人口，弄得咱一年到头跟坐火炉子上过日子一样。"

老陈说："过年了你就好好放松一下吧，别再想这些事了，想也那么回事，不如不想。"

李德林说："有时它自己就冒出来，非得让你想不可。"

小黄说："把酒喝足了就不想了。"

老陈说："这是个法儿。"

李德林说："回去试试吧。"

车就开了。七家乡离县城一百多里地，都是山道挺不好走，这乡从地名看便可知当初肯定没几户人家，要不然也不能叫七家，现在虽然比七家人家多多了，但论乡镇企业论人均收入在全县还是个末拉子。本来这两年有点起色了，但夏天发了一场大水把人给冲苦了，虽然李德林在县里硬着头皮也说了什么任务不减、指标不变、时间不延、该翻番准翻番，但他心里明白，1995年折腾一年能恢复到发水前的水平，就烧香磕头念阿弥陀佛了。可这些话还不能说，说了人家县领导肯定不高兴，自己想往县里调也会受影响，所以只能瘦驴拉糯屎赖汉子拽硬弓强撑着，到什么时候说什么话，估计这么大个县不会就一个李德林这么干，山再高总有过去的路，河再深急了眼也能扑腾过去。

李德林心事重重坐在车里，隔一会儿抽根烟隔一会儿抽根烟，还给小黄点着让他抽。

小黄开车好几年了，对李德林家里的那点事全清楚。小黄说乡长您想啥呢，大腊月的咋不大高兴呢?

李德林苦笑道，小黄啊你想想我心里哪有高兴的事呀。小黄说您那是高标准严格要求自己，其实咱们七家乡在您领导下这两年都发生了天翻地覆的变化，其实您只要往开处一想就全想开了，其实您最主要的是要……他说着说着把话又咽回去了。

李德林明白小黄说的是啥，小黄说的就是要养个小孩。李德林心想这小黄呀，说那么两句话哪来那些口头语，"其实"个啥呀！还有什么天翻地覆，如今连司机都学会说奉承话了，这事最好别往下发展，回头开车净琢磨词儿，再琢磨到沟里去，真来个天翻地覆，那可就奉承大发劲了。

李德林在乡下这么多年了，说话根本不忌讳啥，就说：

"小黄，乡长我不是跟你吹，这回打结婚我就没在家待，儿子都耽误半年了，往下一过年就行了。"

小黄见乡长这么跟自己说，很高兴："那当然了，要不然咋是领导呢，干啥就得像啥，咱乡上下要都像您一样，还愁翻不了番，翻十个跟斗都宽绰绰的。"

李德林听得心里怪别扭的，暗说你是说生孩子翻番还是经济翻番呢？看来要想溜须拍马还得好好学习，弄不好就叫人心里膈应。李德林忙换了个话题，说过年咋过，和小黄又聊了一阵。后来路上的车和人多起来，有几个集市把路堵得水泄不通的，小黄顾不上说话了。李德林看着可地的过年的物品和一张张咧着大嘴笑的脸，他的心情慢慢又好起来，毕竟这几年忙的就是为了老百姓都富裕起来，甭说产生了什么感情啊什么爱心呀，那都是时髦的词儿，说归其就是看原先穷得叮当响的村民们变得富裕些了，心里就痛快。这里还有啥缘由呢，李德林自己明白，自己从小也是在山沟子穷窝子长大的，小时候能喝碗糯粥就美得不知道太阳从哪边出来，可惜爹娘死得早，要是活到现在，看着你们儿子当乡长，吃肉比当初吃红薯还方便，你们该多扬眉吐气呀！李德林想着想着眼窝子有点发潮，他呼啦冒出个念头：来年清明我弄他半爿子猪肉埋爹娘坟里去让他们慢慢享受；忽然又一想不能埋还得烧，烧了故去的人才能得着吃着，可就怕烧不透烧不没，还是纸扎的啥东西燎了吧。后来他就想这事先放放吧，回家弄出个儿子来最要紧，那么着就可以把于小梅给拴住了。

说来可气，于小梅她们那一大家子人本来并不很同意这门婚事，总觉得他们都是城里人，找我这么一个乡镇干部给他们减了色似的，幸亏那阵于小梅可能是离了婚没房子又不愿意回娘家去住，或者还有旁的什么原因，没大挑这挑那就应了下来，但现在看来这婚姻的基础还是不牢，非得有个孩子之后才好。

吉普车跑了小半天，终于进了县城，李德林扭头瞅瞅，群山绵绵云蒸雾绕，他真想说一声老天爷啊，你当初造这个圆球时咋就弄出这些沟沟来呀，哪怕用腚一屁股都坐平呢，也少了那么多在深山老峪里的百姓。这倒可好，七家离着县城一百多里，这县还有个三家离着二百多里地，看来过去封建社会也太可恶了，硬把那几户人家逼得跑那老远去生存，这给现代化建设增加了多大困难呀。往下没容李德林再想，车已经停在家门口。还真不赖，这回于小梅就一个人在家里待着，挺欢喜地迎出来帮着搬这抱那，完事小黄说快过年了我也得回家了，

硬是连口水也没喝就往回奔。李德林进屋瞅瞅于小梅，于小梅粉头花脸地找茶倒水，一弯腰小屁股鼓鼓的，李德林隔着窗子看院门是插上了，伸手就抓于小梅，于小梅早有准备把杯放到一边，问："还是晚上吧？"

李德林说："晚上再说晚上的。"就拉她进里屋。于小梅说："等会儿，让我再看你两眼再干。"李德林笑道："咋啦？怕弄错啦？"于小梅说："嗯，现在都打假，回头来的是假老爷们，我不就窝囊了。"李德林摸摸胡茬子，指着墙上的照片：

"对着看清楚啊，可能瘦点了，这阵子太累。"于小梅进了里屋，说："太累还忙着干这事？"李德林忙说："脑子累，这不累，这累就麻烦了。"过了一会把事办完了，于小梅说："看来还没违反三大纪律八项注意。"李德林笑道："你咋样？也一直闲着吧。"于小梅给了李德林一拳，说："你快成从威虎山上下来的人了，见面就是这点事，怪不得我爸瞧不上你。"

于小梅说完了也就觉出来这话说得有点不合适，但也没办法了。这时外面有人敲门，有个男的喊："小梅，大白天插门干啥？走啊，刘厂长让你赶紧去呢！"

于小梅整整头发，对李德林说："昨天一宿没睡觉，真没办法，厂里的事太多，你先歇会儿，我一会儿回来做饭。"穿上大衣她就走了，剩下李德林一个人躺在沙发上，心里这个来气哟，先骂一声于小梅他爸，这个老家伙，他还敢小瞧我！

你不就是过去当过几天工商局长吗？也早退个鸡巴的了，还神气个蛋！咱们走着瞧，我要不叫你用夜壶盖上那只眼高看我一下子，我就不姓李！

李德林忽然想起刚才门外喊的啥刘厂长，他噌地站起来里屋外屋仔仔细细看了两遍，连土簸箕都看了，果然发现了几个烟头，再想找出点别的来却没找出来。他提着一个烟头看了看，是红塔山的，档次不低，也不像是扔了许多日子的。

再把其他的烟头都捡起来看看，都是红塔山，看来是一个人抽的没错。李德林心想这可就有了问题了，于小梅是不抽烟的，肯定是一个男的来这抽的，这可是啥来着……对！是可忍，孰不可忍！老子在前面带着老百姓苦干实干，你们在家也真打实凿地干啦？操他妈的……还不错，过了一会儿李德林又冷静下来，暗暗跟自己说别急别急，心急吃不了热豆腐，万一是于小梅他爸或他哥来抽的，咱又能说啥？还是继续往下观察吧。不过，看来当务之急的事是啥这回是彻底弄清了，当务之急就是赶紧调回来，要不然费劲巴力地盖了房子给不忠于自己的娘们儿和她情人啥的使用，自己不成傻小子了嘛！

"旧历的年底毕竟最像年底……"

李德林走在县城街道上，不知怎么就想起鲁迅有一篇小说开头有这么一句话。

他想这话真是不假，别看有元旦新年，那不叫年，那就是比星期天多歇一天事，在乡下呢，老百姓根本就不过。乡下老百姓一年就过三个节，端午节、中秋节和春节，按老百姓的话说是五月五、八月十五和过年，前两节都是在忙活的时候过，也就是吃顿像样的饭，就是这大年在闲时候过，可以不分黑白地尽情吃喝玩乐。李德林虽然在县城里工作过多年，但这两年毕竟是在七家乡的时间长，七家乡政府所在地就一条街，土啦咣叽的车一过卷得对面看不清人，往各岔沟里一走空气是好了，但也见不到多少人。要那么说计划生育就不难了，不是，是说现在在地里根本看不见几个做庄稼活的，你也弄不清人家什么时候该榜的榜了该蹚的蹚了，还有就是年轻人往外去打工的人多，到村里开会也净是老人妇女和孩子。县城这街上可好，到这个时候都是提兜子拎包买东西的人啦，而且年轻人都穿着贼时髦的衣服，美滋滋地逛。今年腊月一个雪花也没掉，天蓝蓝的像块水冲后的大玻璃，白亮亮的日头在上面一悬，就耀得街上像通天大道一般，叫你心里啥烦事都没了似的那么舒服痛快。

李德林深深吸了口气，冷不丝地一直钻到小肚子里，他自言自语道：

"唉，还是县城的年底毕竟最像年底呀……"

这话一出他心里就更痒痒了，他急急忙忙就奔县委去了，进县委大院就直奔组织部。组织部在新楼二楼，一楼是县委办公室，李德林就是从办公室走的，所以到这就跟回娘家一样熟。不过今天这楼内腥乎乎的跟鱼市的气味差不多了，看来是刚分了带鱼，而且这带鱼不怎么新鲜。办公室的秘书小丁正在楼道里捆鱼呢，小丁原先和李德林坐对面桌，抬头见是李德林，小丁忙站起来抬抬手："哎哟，你回来啦，这手也没法握。"李德林说："这带鱼味儿可有点不大对头。"小丁苦笑道："凑合吧，党委机关能分点鱼就不赖了，哪比得了您大乡长。"李德林想起这两年里小丁曾给自己打几次电话告诉上面的动态，就问："年货置办得咋样？"小丁晃晃脑袋说："别提了，我媳妇厂子一分钱不发，我这还是调资前的工资百分之六十，我还能置办啥年货……"李德林听得直想叹口气，后来一想我替旁人难个屁受，乡里不也是一年没发工资，一直到腊月十五东敛西凑的才能补上百分之八十。李德林问小丁：

"真是的咱不好意思找呀。"

小丁说："你不好意思，你就在下面待着吧，人家可早就动上了。"

李德林沉不住气了，忙问："你是说有的乡镇长已经盯上了？"

小丁说："那当然了，你还以为咋着。"

李德林说："小丁你回头上我家去，我带回点牛羊肉。"

小丁说："不，我可不是冲那，我是冲咱哥们的情谊。"

李德林说："是情谊没错。肉是肉。"

他推门就出去了，才走到楼梯处，就见前面有个胖子正往上走，一看就认出是三家乡的书记胡光玉，胡原来是县委书记的秘书，比李德林下去还早半年。胡光玉一扭头也看见了李德林，俩人就都乐了，互相问些见面常问的话，后来还是胡光玉说："找得咋样？快回来了吧？"

李德林不好意思地说："我，我是说别的事。"

胡光玉乐了："好样的。我可得回来了，再不回来我儿子就得进去了，媳妇也得离婚。"

李德林明白他说的是啥意思，调到基层去的干部自己苦点累点都没啥，往往都是家里这边坚持不住了，特别是家里有上学的孩子，没人辅导功课不好还是小事，打架偷东西闹出惊动派出所公安局的麻烦来，那才叫人头疼呢。李德林怕胡光玉再问自己到组织部究竟干啥，自己撒谎的本事连两下子都够不上，再说就得露实底了。

于是李德林忙没话找话说："你那小子给你闹啥祸了？"

胡光玉说："妈个巴子的，成天看那些破录像……"

李德林说："武打的吧？"

胡光玉小声说："要是武打的还好呢，都是搞对象的，妈的，这么点小就想搞对象，今年说啥得让他当兵去。"

李德林连连点头："对，当兵好，锻炼人。"

胡光玉脸上突然出来点笑意，问："老兄，我那位新嫂夫人咋样？"

李德林脸上发烧，嘴上却不能软，说："能咋样？都鸡巴一个样。"

胡光玉说："不是我瞎说，像咱们这样在乡镇的，不提防着点可够呛，你这媳妇长得又那么漂亮……"

李德林说："妈的，谁愿意使谁使去，反正都是二茬货。"

胡光玉摇摇头说："话是这么说呀……"

往下没等说，组织部一个副部长叫郝明力的推门从办公室出来。郝眼神不咋着高度近视，戴个瓶子底眼镜，走道盯着自己鼻子看。别看他相貌不咋样，那也是县里四大能人之一，那顺口溜是这么说的——郝明力的眼，鲁宝江的喘，于小丽的屁股，刘大肚子的脸。郝明力的眼就是上面说的；鲁宝江是人大主任，是掌着全县实权的人，可惜就是喘，一年喘一回，从正月十五喘到腊月二十三，虽然如此不影响上班不影响做报告，而且凡是有他在的场合谁都不能抽烟，倒也带出不少不抽烟的干部；于小丽呢，是于小梅的二姐，酒厂女厂长，喝酒跟喝水一样，小时进过杂技团学蹬大缸，后来臀部就特发达，结婚那天一屁股坐塌过床板，后来因工作太忙顾不上家，她男人跟她生气，她一屁股把她男的撞门外硌折一根肋骨；至于刘大肚子可了不得了，跟李德林是小学同学，考试没及格过，可人家二百块钱起家，现在手里有一个大纺织厂和一个商场，二十年前因为脸上疙瘩太多连对象搞得都费劲，现在可好，疙瘩上摞疙瘩了，他却看不上他媳妇了，听说打了离婚，给他媳妇十万块，谁叫人家有钱没处花去呢。话说回来，这郝明力可没钱，他之所以能列入四大

能人之一，除了眼之外，更主要的是他的记忆力惊人，全县干部只要经过他的手的，就跟入了电脑一样，你的出生年月、在哪任过啥职呀、受过什么表扬得过什么处分、是头婚还是二婚、违反过计划生育没有，等等，他张口就能来。可惜就是眼神差点，走对面了也常认不出是谁，所以他一直当副部长，有两次要提他，上面领导来考察，见面他不跟人家说话，人家说他傲气，把好事都给耽误了。胡光玉可能和郝明力还沾点什么亲戚，所以胡光玉捅了李德林一下，意思是逗逗他先别跟他说话，结果他俩硬是和郝肩擦肩地走了过去郝都不知道，可是胡光玉一推郝的办公室门，郝就站住了，转过身问："是哪位呀？"胡光玉笑道："耳朵挺好使。"郝明力笑了："不能都不好使。"

进了办公室李德林一脚就绊在一捆带鱼上，那鱼跟小丁的一样，胡光玉说这臭鱼咋放这呀。郝明力说哎呀我说屋里咋这么大鱼味儿呢，这是谁放在这的。胡光玉笑道："这是人家给你送的礼。"郝明力说："不会，我眼神不好，人家怕送了我也看不见，都不送了。"胡光玉说："那就送钱，直接送到手里。"郝明力说：

"更不会。我两次把一百块钱当十块的花了，大家伙都知道。"胡光玉问："那我给你送点啥，你才能把我从三家调回来？"郝明力说："送我个金山银山我都不要，我这有一个你的政绩的好报告就行。"胡光玉说："我这几年考察都不错，咋不调？"

郝明力说："不错的多啦，那还得领导定。"胡光玉说："那我们去找书记。"他这么一说郝明力才意识到这旁边还有一个人呢，忙说："真对不起，我还以为就你一个人呢，失礼啦失礼啦，这位是……"李德林跟郝关系一般，不能像胡光玉那么随便，忙自报家门，郝明力连忙上前握手，说道："你辛苦啦，才回来吧，听说七家乡落实县里会议落实得很扎实呀，怎么样，家里都挺好吧。真对不起，五月节时我去省里开会，要不非喝你的喜酒去了，你有啥事就说吧。"

李德林听得心里热乎乎的，原来人家连自己生活上的事都记得清清楚楚。李德林一感动就说了实话，他说我跟胡光玉的想法差不多，想问问县里对我的下一步有什么想法。

他这么一说，旁边的胡光玉就直眨眼，说德林，你不是不想调吗？李德林扭头小声说："那会儿不想，刚才让你一吓唬，就想了。"

郝明力回到自己的座位上，略思索一下说了几句套话，意思是领导上都想着你们呢，但目前能在各乡镇主持全面工作的人还不是很多，所以，你们身上的担子不是说放就能放下的。看来人家郝明力毕竟是做了多年组织工作的，说出话来在亲切的同时又有理有据，说得李德林心里挺服气的，也不好意思再强调个人的困难了，心想只要领导上想着自己，这事早晚能办成。不料胡光玉这家伙不吃这一套，胡说：

"拉倒吧老郝，这话你留着会上说吧，头年就说这么重要那么重要不能调，那税务工商银行的不是都有人调上来干吗？"

李德林一想对呀，呼啦一下刚平整点的心情又翻过去了，跟着说："还有烟草呢？这回机构改革不是要调整吗？"

郝明力倒也实在，估计这大年根子了，他也不愿意把下面的同志弄得不高兴，便说："胡光玉你到哪哪乱。实话跟你俩说，机构就是不改革往上调干部也是必然的，但调谁我可做不了主，你俩要是很着急的话，就得和主要领导谈，到时候我给你们帮个腔。"

胡光玉说："这还不赖，够意思。"他说完了就摸自己的兜，手没拔出来眼睛却瞅李德林，李德林也不傻，一下就好像明白了是怎么回事，心里忽悠也就颤悠一阵，他不由自主地就给胡光玉使了个眼色，那意思是该上就上吧，随即也摸自己的口袋。为啥李德林一下子就想到胡光玉这是要给郝送红包之类的东西呢，因为乡镇头头在一起开会喝酒时说过送礼的事，说如今拉着大米拎着烟酒去领导家又受累又扎眼不说，人家也不缺这些东西，遇上那过日子还挺省的领导老伴，大米多了也舍不得给人，到夏天隔三差五的就晒大米簸虫子，这也太给领导家添麻烦了。不是说上下团结奋斗跟一个人一样吗？跟一个人一样其实不现实，跟一家人一样倒差不多，或者就把领导当作咱乡镇的人，年终给他们一份奖金就是了，人家愿意买啥就买啥，哪怕他打麻将都输了呢，咱那份情谊也算走到了。李德林当时喝着酒也跟着说这法子不赖，但他没敢干，主要原因是七家乡没这个财力，包括自己在内，乡干部们也没这个承受力，一说乡里来个客人都没钱请人家吃饭，教师工资都不能按时发，你那边拿多少多少钱给领导送礼，传出去非反了浆不可。但从胡光玉的举动看，人家可能就这么干了，胡光玉这家伙的口袋挺鼓的，没准都是红包吧。

可没想到胡光玉掏咕掏咕从口袋里掏出盒烟来。郝明力因坐得近忙说对不起忘了给你们拿烟了，转身拉开橱子，拽出一条红塔山来，李德林恍惚瞅着那橱里还有烟啥的，他自己的手在兜里也就松开了。他临出来时带了一百块钱，还都是十块一张的，刚才已经攥到手里，现在真庆幸胡光玉这家伙滑头没掏，要不自己这一百块钱也太丢人了，连一条红塔山烟钱都不够，还想请人家关照，也太不懂行情了。过了一会儿胡光玉要走，李德林也走，郝明力又一次嘱咐找找主要领导或者在主要领导面前说话占分量的人，比如人大主任鲁宝江。因为鲁是前任县委书记，又是现任书记的老领导，他说句话不能说是一言九鼎吧，在一些小事上也能一锤定音。

李德林出了门自然是往前走，胡光玉走了几步忽然说把打火机忘在屋里了，说德林你先走吧，转身又回了郝的办公室。李德林自然不能再跟回去，但他眼睛却好像跟了回去，他足以想象得到这胡胖子进了屋之后就会把口袋里的红包掏出来送给郝明力，那个红包里不会是十元一张的票叠成一摞，而应该是百元一张的，有那么十来张就够可以的了……

"李大乡长想什么呢？"

迎面过来几位和李德林相识的秘书，都是县委办的，叮咣的正往楼里扛整箱的饮料，小丁也在其中，他们都顾不上跟李德林说啥，跟李德林打招呼是因为怕相互在楼道里撞上。

小丁有意往后退退，小声问："咋样？"

李德林说："没戏。"

小丁说："还是功夫没下到。"

李德林说："我这种功夫不行。"

小丁说："那就抓紧练。看这饮料，整车地往这造。"

李德林说："我能造啥？除了土豆子。"

小丁笑道："那你就在下面弄土豆子吧。"说完扛着饮料进去了。

李德林再走出楼时，发现这会儿楼前停了不少的车，上上下下人来人往很热闹，天气又很暖和，很有些春天就要来到的感觉。李德林正琢磨是不是去找一下鲁宝江，大门口进来县委书记的车，县委书记姓强，比李德林还小一岁呢，强书记一下车就看见了李德林，强书记说李德林你来的正是时候，农业局、水利局、林业局正召开联席会，研究1995年小流域治理，你们乡要想上赶紧去找他们，去晚了黄花菜可都凉了。李德林还能说啥，忙谢谢书记的关怀，就噌噌去找那些局。这种小流域治理，是国家扶贫工作中的一项内容，早先扶贫就是给钱给东西，都是带点救灾性质的，现在是给项目，比如这小流域治理就是改造山区的山水林田路，国家拨钱，你干了得了钱，完后也就长久受益。所以各乡镇都把这事很当回事，李德林和班子成员已经商量好了，开了春就正式跑这事，因为小流域治理一般都是夏末以后开始，有关材料也都在整理中，可刚才强书记说这事都动起来了，实在叫人想不到。

李德林知道小流域治理办公室在一家新建成的宾馆里办公，他赶到那一看傻眼了，敢情好几位乡镇党委书记和乡长都在那谈呢，随来的人有的正从车上往下搬东西。李德林有点着急了，进屋说："各位来得可够早的呀。"那些老兄老弟笑道：

"早下手为强，谁叫你回家搂起媳妇没完。"

李德林道：

"你们早都搂过了吧，要不就快回家去搂，给我让个地方。"就凑上前跟人家谈七家乡小流域治理的想法。工作人员说我们只管谈项目的有关规划，至于你们的项目能上不能上，还得领导定。李德林说那就找领导，人家说领导不在这儿。李德林拉过一个乡长问你找的谁啥时找的，那乡长说找的是农业局、林业

局、水利局的局长，已经在这蹲了四天了。李德林心中暗暗叫苦，直埋怨自己实在是太迟钝了太迟钝了！扭头出去连忙去各局找头头。可哪那么容易说找就找着，都年根了，头头们事多了去啦，慰问啦开座谈会啦看离退休老干部啦还有抓时间跟关系单位和重要人物喝酒打麻将啊，反正是忙得一塌糊涂。在机关找不着，李德林就往这几个局头头的家里去找。

找了两家人没找着不说，心里还挺别扭，有的连大门都没开，说声不在家就拉倒了。

李德林琢磨是不是社会治安不太好造成的，可也不至于连面都不露，也太不讲礼貌了。等到再到一家根本就没人应声，只有大狼狗汪汪叫，李德林就彻底灰心了，只好转身回自己家。吃晚饭时他就把这事跟小梅说了，于小梅乐了说：“你在乡下待傻了。”李德林最不爱听这话，便问：

“谁待傻了？”于小梅说：“你傻了呗，现在有钱有权的人根本不串门，一是人家在打麻将，你进去影响人家。二是房里装修得太豪华，不愿意让外人看。”李德林问：“那他们就谁都不见了？”于小梅说：“当然见，不是都有电话了吗？一般都是先打电话通了信以后再定。”李德林听罢不由得点点头。忽然于小梅腰里嘟嘟嘟地响起来，小梅低头就瞅，瞅着说厂长又呼我了，然后就打电话，说起来没完。

李德林坐在一旁看着，他这个电话装上了半年了，李德林没打过几次，看来于小梅的使用率是挺高的。李德林说：“有你腰里那个机，再有电话，你和你们厂长快成一个人了吧。”于小梅放下电话，眨眨眼反问：“你这是什么意思？吃醋啦？”李德林说：“不不。我是说一个女的腰里有这么个东西，男的一呼这边就响，怪有意思的。”于小梅说：“方便，好多人都有，将来你调回来也得有。”李德林说：“我可不往人家女的肚子里呼。”于小梅不高兴了，一边穿衣服一边说：“德性，就你这点小心眼，还想带着群众奔小康，回去还扛你的老锄头去吧。”李德林把半杯白酒一仰脖喝下去，说：“没有老锄头，就没有白面馒头！妈的，你还别小瞧我！我问你，咱家哪那么多烟头？”于小梅急了：“怎么着？来人打牌时抽的！告诉你，这大年根底下，你要想不好好过，就明讲，犯不上在这一点点斗气，我们厂最近正分房子，你要是不想过快说别耽误了我……"

于小梅砰地把门一摔出去了，剩下李德林一个人火冒三丈地嗷嗷乱叫，正叫着呢小丁愣头愣脑地进来，说："就你一个人在家呀，我还以为谁在这唱样板戏呢！"

李德林说："妈个巴子的！敢跟老子叫板，老子不吃你那一套！"

小丁挠了挠脑袋，说："是和你那位吧，我告诉你一个新闻，而且跟你有直接关系。"

李德林问："跟我有啥关系？"

小丁说："刘大肚子要跟你成连桥啦。"

李德林愣了好一阵子："哪个刘大肚子？四大能人之一？我那小学同学？"

小丁说："三尺六的裤腰，全县就他一个。"

李德林问："小梅她有俩姐，哪个换了？"

小丁说："能是哪个，能人碰能人，她二姐于小丽呗。才进腊月散的，可能过了年以后就结婚。"

李德林问："我那个老丈人同意啦？"

小丁说："没钱的换有钱的，还能不同意。你也得注意。"

李德林听了小丁的话还真有点发蔫，心想要真是这么着，可别自己这边再傻巴呵呵瞎吆喝，还是想好了再喊吧，如果散伙了冲自己这年龄再找一个是不成问题的，找大姑娘也能找着，问题是你还有多大能力再折腾一回。当几年乡长，要说酒啊烟啊是没少喝没少抽，吃饭也用不着花钱，可除了攒下那份工资，旁的大便宜也没得着过啥，唯一的便宜就是盖这房子时砖啊料啊弄得便宜点，像报纸上登的那些一下子就受贿多少多少万，那是不可能的事，就是有咱也不敢收。于小梅这女人虽说不那么守谱，可她毕竟是城里人，人家家里没人刮吃这头，原先那媳妇人倒是不错，娘家在乡下，那儿还说是头一批奔小康的地方，你瞅瞅她家那些三姑二大爷来一趟城里，不是让你带着去看病，就是托人打官司告状，你给他们啥东西都要，总也丢不了那个穷相，你这边一年到头能得到的也不过是腊月里的一摞煎饼烙糕啥的，有一年说杀猪了给送点血肠子来，黏乎乎的吃完拉屎全是黑的……

小丁不知李德林想啥，说："德林，你别怕，要是走到那一步，我能给你再介绍一个，东关有个小寡妇，挺漂亮的，就是有俩孩子。不过没啥，只要你有钱……"

李德林站起来就去找牛羊肉，说："中啦老弟，我也不是拍电影，一会儿换一个媳妇。"

小丁接过一坨牛肉挺高兴："当乡长不赖，这肉多了也行。"

李德林说："太多了也是不廉洁。"然后他自己拿了一大坨，又往身上装了几百块钱，就和小丁一起出了门。他要去人大主任鲁宝江那儿，他知道小丁也不知从哪论的管鲁宝江叫舅爷，让小丁跟着一块去，估计叫门啥的人家能开。

这时候天色已经黑墨一片了，月亮还没有出来，星星在寒风中抖动着。街上的灯火却是热热烈烈，新开业的商店和老铺子都抓紧一年中最好的销售时机，不分黑白地干，时不时地就见卖东西的人举着张大钞票在灯前照，看看是不是假的，路边卖拉面的一个个笑面土匪一般拉顾客，卖瓜子水果的个个让秤杆子撅上天，也没有人注意他放在哪个星星上，小孩子们已经在放炮，有消息说县城来年就跟大城市一样不让放炮了……李德林在这夜色和灯光中走着，浑身上下有些发热，他明白他现在是在感受着一种生活，而这种生活是一种极具生命力的生活，让世间一切正常的都感到——活着，多美好……

小丁路过自己家时把自己的那份肉放下，然后就听他在院里跟他爱人说你加点小心别傻呵呵一个劲给人家"点炮"，后来他就跑出来陪李德林去鲁宝江家。鲁宝江住的是平房，论他的资格，县里多好的楼房他也能住得上，但人家不住，这就跟北京一样，大干部就住四合院了，当然那种四合院和一般大杂院就不一样了。县里不比北京，但鲁宝江的大院也不简单：一圈红砖墙，里面有正房五间和三间厢房，挨着厢房还有两间小棚，院里有葡萄架石桌石凳，还有一口压水井和一个窖，其他像小花墙石子路也都该哪有哪就有。小丁一路走着就跟李德林讲鲁宝江院里屋里是啥样，李德林问你咋这么清楚，小丁说他家挖窖时找过我，搭小棚时我和泥。李德林说你这么瘦干得了吗？小丁说人家那是瞧得起咱才叫咱去，再累也不能说累，结果怎么样，我媳妇从镇办厂一下子调到国营厂了。李德林笑道："现在不是发不出工资吗？"小丁苦笑一声："这不能怨我舅爷，当初没看准，没关系，过了年再调回去，那个镇办厂子现在红火了。"

　　俩人边说边走不知不觉就到了鲁宝江的家，小丁敲了敲里面就来人开了门，小丁管那人叫舅奶，李德林一看见过但没说过话，便自我介绍，小丁也跟着帮腔。人家那女人一看就是有身份的，很客气地点点头，然后小声说真对不起，强书记正和老鲁说事呢，这大冷的天，你们如果事不急的话，改日到单位找他吧。李德林一想自己再急也不敢在书记主任面前说急呀，就给小丁使个眼色说我们就不打扰了，小丁就拿起牛肉说这是李乡长的一点心意，他那舅奶略微客气一下就让小丁放到小棚里。这功夫李德林瞅瞅这静静的院子和挂着窗帘微微透出些亮光的屋子，真跟小丁说得一样，不知怎么他就感到有一股子惭愧，自己盖了那么三间秃尾巴新房就美得屁眼朝天，要是过到这架势上，兴许还经受不住呢。

　　出了大门走了几步李德林小声说："还挺给我面子，收下啦。"小丁笑道："收下也白填圈了，小棚里肉太多了。"李德林愣愣的就不往前走了，前面雪亮的车灯，嗖地擦身而过停在他俩刚离开的大门口，就听小丁那位舅奶笑着说："来啦，快进屋，老鲁等着你呢。"一个男人笑道："就是，缺我不行……"

　　小丁拽了一把李德林，李德林才慢慢地往回走，小丁说：

　　"别不高兴，好事多磨，人家那是打麻将呢。"

　　李德林点点头。后来小丁先到家了，李德林就一个人往回走，走到一条比较静的街道上，他仔细听，就听见四下房里有些哗哗洗牌的声音，再听一会儿又听到哗啦啦的水声，一看有个小饭馆外有一位冲着墙根正尿呢，尿着尿着咣地又

吐起来。

李德林饭往上反赶紧往前走，这时凉风吹得他浑身上下有点发紧了，他找了个黑地方也想尿尿，还没等站稳就听黑处有人咳嗽，把他吓得尿都出来了，一看黑地里一对男女正搂着啃呢。李德林转身又走，终于找个地方把那壶热茶尿出去，然后就打了个激灵，浑身都轻松。他不禁自言自语：

"旧历的年底毕竟最像年底，县里的领导毕竟最像领导，城里的夜晚毕竟最像夜晚，妈的，全城就我一个傻瓜……"

憋气时说啥都行，但毕竟是乡长，咋也不至于在街上走一趟就把觉悟都走没了。

转过来两三天李德林猛跑小流域项目，跑了一阵他发现这事吧也不都像有些人说的非得送多少才行，要那么着共产党的天下早完了，人家管项目的人也得看你能干得差不离才能给你，要不经他手批出去的项目放出去的钱到年底一验收恁嘛效益没有，他也不好受。当然如果你对项目的落实规划做得好，让他听了放心，他就有意在你的名下打个勾，你再多少意思点，联络联络感情，你的事当然办成得就比旁人快些，这倒是实情。

李德林找着了一两个头头，又跟项目办具体办事的人疏通得有点门了，再往下定就得领导拍板儿了，可这会儿人家领导都来无影去无踪了，连项目办的人也没几个能在班上静下心坐一会儿，一个个全是电话找BP机叫，买这个分那个。

女同志还得忙扫房洗东西，人家就跟李德林说你这事过了年再说吧，李德林一想也是，都这时候了算了吧，就回家了。到家一看于小梅也忙呢，穿件薄毛衣两大奶子嘟嘟颤，袖子挽挺高使洗衣机洗衣服呢。于小梅说德林咱俩把话说开就得了，我都这岁数了也不想再干啥，就跟你一心过，你别总疑心我，别看我跟他们喝酒打麻将啥，到真格的时候我保证把住，身上这些东西所有权就归你一个人还不行吗？李德林说那是应该的事，要不然我这乡长还不如一头叫驴了，好叫驴还占八糟不让别的叫驴占便宜呢。于小梅笑得咯咯的，说："好好，我嫁给你也算进驴圈了，这就过年了，见着我爸妈会说点话，给我做个脸。"李德林说："话咱会说，就怕人家瞧不起咱。"于小梅说："不会不会，有我呢。另外，我姐的事你可能也知道了吧，刘大肚子那人挺牛气，你别跟他治气。"李德林心里咯噔一下，刘厂长刘厂长就是刘大肚子呗，小梅不就是给他当会计吗，这回一下变成他小姨子了！

李德林说："好家伙全县四大名人你家就占俩，一个屁股一个脸，他俩咋凑一块的呢？能不能吃饭时让他戴个面罩之类的东西？"于小梅说："去你的，人家疙瘩多，钱更多，你脸上光溜，口袋也光溜。"

按往常于小梅一揭这短处李德林肯定犯急，但这会儿心情还不错，他也就没往心上去，抽着烟跟小梅接着瞎逗，他说："现在有的顺口溜说的特准，'不管多大官，一人一件夹克衫，不管多大肚，一人一条健美裤'，就你姐那肚子屁股，也穿健美裤，真能赶时髦。你说你们姐俩可真能，一个把肉长在后面，一个长在胸脯子上，净往值钱的地方长……"

于小梅拿着两个瓶子说："去去去！打酱油醋去！不搭理你吧，你就生气，给你点脸吧，你就胡扯八扯，让我姐知道了还不撕你的嘴！"

李德林说："到时候我不承认，我就说都是你晚上在床上说的。"

于小梅说："好好，咱晚上见，就你四十五个熊样！"

李德林一听这话有点发怵。这地方男人都忌讳四十五，起因是说一个二婚男人再当新郎时说自己四十五，其实比这大，头一宿就现了原形，那媳妇就起了疑惑，手掐着那堆不争气的物件说：这是四十五？这是四十五？这故事一传开来，男人自然而然就回避这个数。李德林过三年偏偏就是四十五，而且回来这两天他又发现个秘密，就是现在这女人吃得好身体又壮，可能又加上那些搞对象的电视剧啥的影响，到晚上一沾两口子那点事，不但不怵头，有时弄得你都挺难招架，像于小梅这块头这火力，俩李德林也不是个儿，所以人家于小梅在屋里把话说到点子上，李德林还真有点胆虚。他赶紧说去打酱油醋就打酱油醋，也没拿个兜子啥的，一手一个瓶子就上了街。找了家副食店进去一看打酱油醋还排队呢，没法也得排，排着就听前后的人说现在酱油有假的，都是用猪毛熬的，喝酒也得

注意，净拿酒精兑的，另外就是走道得注意，交通队新发展了一批特爱往人和电线杆子上撞的司机，要是两天不撞点啥他们就失眠睡不着觉；最后有一个人说过小年那天修鞋的给各鞋厂发了不少感谢信，感谢有一种新出的棉鞋穿一个星期准掉底但鞋底不折，如果折了就得换新的，底掉了重新缝一遍线，使全体修鞋的收入提高了不少……等李德林把酱油醋打完了，他脑子里都装得腾腾的了，他心说这城里哪来的这么多热闹事，烦不烦呀。出了副食店还没走几步，嗖地一辆黄面包车擦着李德林身子就窜过去，李德林左手的醋瓶子叭地就摔了，人家那车却跟没事似的倏地钻人群里不见了。李德林刚要骂两句，一看周围的人都瞅傻小子似的瞅自己乐，赶紧又进了副食店买了整瓶的，这时他才觉出刚才那些人的话不能都不信，有些事看来自己这两年在乡下的时间长，是不大了解行情了。

再走到街上他就格外加小心了，不是舍不得一瓶子醋钱，实在是怕让哪位愣爷给撞了，要是一下撞死也行，俩眼一闭不知道了，就怕给你撞个半死不活的，特别是把男的撞得下肢瘫痪，简直是比掘他祖坟都难受。李德林和他乡里的人去看过一个挨撞的同志，回来大伙说可把人家那小媳妇坑啦，他那一撞甭说四十五呀，四百五都不如了。别多说，能坚持下来一年的女的就是好样的，能坚持十年的死后肯定成神仙。李德林心想要是于小梅恐怕也就能对付个俩仨月的，就冲这我可不能像在乡里走道除了自己撞电线杆没人敢撞自己那样子了。

过了街李德林就溜边走，走走就路过一家饭店门前，他一眼就看见胡光玉正腆个肚子站在那等谁呢。李德林长了个心眼，忙悄悄躲进一条小胡同口瞅着，他想看看这胡胖子到底请谁。虽然说整个腊月天气不错，但毕竟是腊月，在大街上走得急还不显得多冷，在小胡同一站长了就不行了，小胡同起小风，嗖嗖地往裤脚里钻。

再看胡光玉那也等得够受，一会儿看看表一会儿朝左右望望，比当年盼八路军还着急呢。

李德林这会儿更难受了，身上冷点还能对付，两只手攥着俩瓶子都冻得梆老硬，他心说胡胖子你咋跟人定的点，把今天说成明天了吧。后来李德林一看不能再靠下去了，因为他身后过来两个戴红箍的老头，四只老眼睛上下直打量李德林。李德林知道那是搞综合治理的，万万惹不得，他连忙跟二位笑了笑，可能他那冻木的脸硬笑起来怪不好看的，把那两个老头笑得有点发毛不敢上前，李德林趁机就逃之夭夭。

到饭店门前一看那胡胖子还在那看表呢，李德林骂道："我说你在这等你爹哪！"

胡光玉扭头一瞅是李德林，无可奈何地说："叫你说着了，比我爹还重要。"李德林骂了一句，心里的火也就消了大半，说："说真格的，请谁呀？"胡光玉倒也实在，说：

"还不是为了小流域项目，年前咋也得砸下来，要不过年喝酒都不踏实。"李德林说："他们不是说过了年再定吗？"胡光玉说："可别听那一套，项目和资金差不多都放出去了，年后吃屎都吃不着热的啦！"李德林一听腿都软了，心里说亏了于小梅让我出来打酱油醋，要不还在家打嘴架玩，年后让你哭都找不着地方。李德林说光玉啊，今天这饭也算我一份东家吧。

胡光玉说那不合适人家会觉得咱心不诚你还是单来吧。李德林一琢磨也是，就赶紧回家，到家于小梅问咋去这么长时间，李德林两只手猫咬似的疼，被问急了，他说："我碰见个熟人，跟人家学点招数。"

于小梅说："啥招数？不当乡长当书记的招数？"

李德林点点头："没错，你真聪明。"

于小梅问："啥招？"

李德林伸出冻得鸡爪子似的两手："'两手抓，两手都要硬'，就这招！"

到了晚上李德林心情不好，躺在床上脸转过去朝墙，于小梅收拾完了上床拽他，问："怎么啦？四十五啦？"

李德林说："今天不行，今天心情不好，等明天项目争上了再说吧。"

于小梅说："还挺革命的。"

李德林说："哼，心里得有老百姓。"

于小梅说："我也是老百姓。"就拉了灯跟李德林亲热，李德林慢慢也就轻松了些，后来他就起身忙活起来，忙到半道不知怎么又想起小流域项目，便恨恨地一顿一顿地说："我日你个——项目！我日你个——小流域！"

时间不大于小梅就急了说："你快下去吧，你打山洞子呀！"

李德林抹把头上的汗，下地捅捅地炉子，看桌上有吃剩的猪头肉，抓了两块吃下去，又喝了口水，后来打了个喷嚏，然后钻被里睡觉。

准是那两块猪头肉吃坏了，半夜里李德林就肚子疼，连着跑院里拉了两泡稀，于小梅没法子下地给他找药，哆嗦着说谁叫你昨晚上没好造吗？回头非把我也冻感冒了。李德林吃了三粒氟哌酸又喝了些热水，才顶过去那股子难受劲。天亮了他起床后觉得两腿发软，于小梅说好汉架不住三泡稀，你好好在家歇着吧，要是有空去看看我爸我妈，真的假的问问过年有啥事需要你干。李德林苦笑道："嗯，再不去都忘了丈母娘长啥样了。"于小梅问："那我爸呢？"李德林说："你爸是领导，扫着一眼就忘不了。"于小梅笑了："看来还是爱认识当官的。"李德林说："嗯，记住了在大街上好躲开点。"于小梅上来给他一拳头："你咋就不得意我爸呢！"

李德林说："你爸工商局长出身，看谁谁像小商贩似的，我怕他把我当秤杆子给撅了。"

于小梅说："我咋又跟了你这么个乡镇干部，我算倒了霉啦。"李德林说："可别这么说，咱乡下人心直口快，您别见怪，一会儿我就去看你爸他老人家。"于小梅说：

"行啦行啦，别狗过门帘子，全靠嘴对付。"

吃了早饭李德林上街，找了家饭馆订下一桌。老板说都年根了你可别请神容易候神难，李德林把二百块钱撂到桌上说到晚上一个菜毛不动也付钱。然后他就去请人，他对自己说这回我背水一战了，说啥也得把小流域的项目争过来。说来也巧，才过街就觉得身后有辆吉普车过来，李德林想起头天打酱油醋的情景赶忙跳便道上去了，可那车也跟着往路边开，李德林刚要说你这车咋开的，那车停了，老陈从车里跳下来，李德林愣了，问："你咋来了？"老陈说："可别提啦，各村宰猪这两天喝坏了十好几个，有几个重的没法送县医院来了。"李德林笑道："挺好，挺好！"老陈说："胃出血还好？"李德林忙说："不是说胃出血好，是说你和小黄来得好，我正需用车呢。"就上车跟他俩说怎么怎么回事，你二位最好跟我跑一天，老陈、小黄都说没问题你乡长这么干是为谁呀，走吧，你指哪咱就开哪去，保证把他们都拉来。

话说得容易，干起来就费劲了，现在甭说找那几个局的领导难，连项目办的几个具体办事人也找不着了，破吉普车嘟嘟嘟窜到中午，也没找着个正头香主，后来李德林发现小黄开的这车不好好走道了，直想跟树啊电线杆子啥的亲热，李德林问："这车咋啦？"小黄说："车没咋着，我俩不行啦，昨天一夜我俩没睡觉。"李德林看看老陈："你咋不早说呢。"老陈说："你也没问呀。"李德林让车开到自己家，等着于小梅回来做饭吃。正中午时于小梅回来了，一见老陈、小黄二位油滋麻花的样子，就有点不高兴，到厨房里叮咣哐煮了一锅挂面，又说这两天太忙家里啥也没准备，只好将就点吃吧。李德林脸上就有点挂不住了，老陈赶紧说太好了正想喝点热乎的，小黄也挺明白事，抄筷子抓碗就要吃，李德林挡也挡不住只好看他俩吃了，吃完了老陈说这车有毛病，我俩还是趁着天亮赶回去吧，李德林一想也是就送他俩上路，又嘱咐过年时别喝得太凶注意别着火，又说过初六就来接自己回乡里。老陈说那不行咋也得过了正月十五，李德林说你没看见我忍着嘛，要到正月十五我没准把这娘们就劈巴了。老陈又劝了劝，小黄把车发动着，排气管子爆炸似的当当响着去了。

李德林一肚子火回屋，小脸上全是杀气，于小梅做了这事也觉得理亏，躲一边不敢撩惹李德林，后来以为没事了她说晚饭我好好炒几个菜，中午实在没时间。李德林一蹦多高：

"老子堂堂一乡之长，为民谋幸福，拉着稀可街跑，他们一宿没睡到咱家，你就煮挂面？你的心是什么长的？今天咱得说清楚！"

于小梅向后退两步硬撑着说："我，我就煮了挂面，你能把我咋着？不行咱就分开！"

李德林又听着这话反倒坐下了。回家来这几天情景他都看明的了，马善受人骑，人善受人欺，咱这乡长在人家眼里根本就不是一盘菜，与其这么窝囊，还不如亮了咱的本色，大丈夫宁死阵前，不死人后，一个女人岂能凉了咱一肚子大曲和热血。

李德林笑笑说："也罢，咱俩明说的好，散就散，东西各拿各的，想办手续明天就办，不愿意办年后也中。我李德林本来就不稀罕这小窝，咱身后有一乡好几万老百姓，甭说你这二婚的，咱带着奔了小康，老百姓高兴了，给我找个对象那不太容易啦！你别往下惹我，要是我手下的人知道你是这人品，给你一哄哄，先让你臭遍半拉县！"

这回是于小梅听完这些话有些发傻了。估计她是没想到平时回来热乎一宿就跑了的李德林还有这一顿话，这话可够人吃一阵子了，尤其够一个女人吃一阵子。这年头虽然离婚不算个啥，可在这小县城里你要离得太多了，人家也戳后脊梁骨，回家在老人面前也不是那么好交代……于小梅又瞅瞅这宽宽绰绰的房子，心里也就后悔了，说："德林，算啦，这事……这事……你抽根烟吧，我给你弄了条红塔山，厂里请客人时，我在饭馆开出来的。"

李德林还抽自己的烟，说："一条红塔山就想软化我？还不是正道来的，不抽。"

于小梅说："那咋办？要不咱……上床。"

李德林说："去你的吧，我一肚难事，哪有那心思。"

于小梅："那你让我咋着？"

李德林也让请客的事给逼急了，说："你有能耐，帮我请客人吃饭……"

于小梅听罢还就还了阳嘣劲，一拍大胸脯子说这点小事，包在我身上，到时候你就在饭馆子门前候着吧。李德林不信，于小梅说你别不信，我能把强书记请来，你说旁人能不来吗？

李德林更不信了，后来于小梅说这事太好办了，咱未来的姐夫刘厂长刘经理一句话就全都齐了。李德林想想真是的，刘大肚子办的那个大纺织厂和商场，一年税收占全县小一半，县领导跟敬财神爷一样敬着他，他要是出面请谁那准是一请一个准儿。

李德林不愿意看于小梅的得意样，说："要是请刘大肚子出面，我去请也行，我俩同过学。"

于小梅笑道："同过学的多啦，你去恐怕够呛，一般乡镇长都进不去他办公室的门。"

李德林脸上发烧，说："我们这不就要成为连桥了吗？"

于小梅说："连桥那是冲着我们姐妹。你要是觉得自己行，我可走啦。"

李德林叹口气，说："那就有劳你跑一趟，晚上我在饭馆门前候着。"

于小梅说："把事办成了，你还跟我厉害不？过年到我家闹气不？"

李德林一想反正都到这份上了，就说："不厉害，不闹气，放心吧。"

于小梅抹了阵子脸出去了，剩下李德林一个人在屋里乱转悠，心里乱麻似的，不为别的，都说小姨子有半个屁股是姐夫的，看于小梅这股劲，还真没准儿的事，这回要是刘大肚子出面把事办成，我的身价肯定又往下降，剩下那半拉屁股没准儿也是人家的了……等转到后来李德林就想起夏天那场水来，那会儿一天一夜把全年的雨都倒下来了，水顺着山沟往下卷，什么房子、地、树、人、马、猪、羊，冲着啥没啥。也就是遇见现在这好时代，不光政府拿钱拿物，连北京、天津还有香港的个人都给捐东西，那些衣服、被子全是新的，人家那叫啥精神？全是白求恩精神！咱李德林能接着在那灾区安安稳稳当乡长，还不是托了党和政府还有那些好人的福！为了早点把灾区的经济搞上去，我个人还有啥舍不得，特别那于小梅，人家压根儿也不是咱的，将来是谁的也说不清，我何苦思想那么不解放，能利用这关系给老百姓办点事，多少年过后大家一说当年的李德林那可是个好干部，比白求恩还白求恩，那不就流芳千古了嘛！

人要是遇事往开处想，啥事都能化解开，李德林在家歇了一阵子，自我感觉情绪平稳了，就洗脸换衣服去饭馆等着。

这时候天短，县城西又有座大山，四点钟天就暗下来了，李德林估摸还得一会儿才能来人，就去离饭馆不远的医院看看老陈送来住院的人，一看都在那龇牙咧嘴地哼哼呢，李德林说你们还愁咱乡灾情不重咋着，夏天挨水冲，冬天用酒灌。那几位说这不是高兴嘛，就是有点高兴大发劲了。李德林又问钱带够了没有，有俩动手术的估计就得在这过年了，李德林说到时我给你们送饺子来，那二位说多谢了切的是胃可能吃不了饺子。李德林说你俩不吃陪床的得吃，临走又说我说你们两句别往心里去，好好治病，那些人说让您这么一批评里面都不那么疼啦。李德林笑了说要那么着我训一顿开刀别用麻药了，大家都乐了。

再返回饭馆时，于小梅已经站在门口了，埋怨李德林说你咋才来！李德林说我早来了！朝屋里一看他也急了，敢情满满一桌子客人都到了，打头的正是强书记，往下是鲁宝江，其余是那几位他好几天找不着的局长，刘大肚子和于小丽坐在强书记左右，说说笑笑像多少年的老朋友一般。李德林进来后赶紧道歉，然后就倒酒上菜喝起来，李德林先跟众人喝仨名曰前进三，然后跟每人喝一盅叫打一圈，喝的过程就说了小流域项目等事，众人说好说好说。然后，人就听强书记、鲁宝江、刘大肚子说纺织厂要上新项目的事，这时候还就真看出来了，鲁宝江那是久经风雨的不倒翁，稳坐江山不动声色，刘大肚子财大气粗，眼珠子直瞅房顶，强书记端着个架子放不下，动不动就是形势很好，其余的人也都适当地插一两句话，于小丽的酒厂因为是盈利户，说话也挺气势，加上与刘大肚子的关系，更是锦上添花，连于小梅好像都跟着沾光，到末了只可怜了李德林一会儿让服务员上餐巾纸，一会儿去要啤酒，后来上螃蟹有味了，强书记吃一口就放下了，刘大肚子直皱眉头，鲁宝江一闻那味就要喘，吓得李德林赶紧给端走，到外屋跟老板好一阵子交涉又换了个别的菜。总的来讲这饭吃得大家都挺高兴，临走时都跟李德林说感谢，刘大肚子还拍拍李德林的肩膀，说过年见。李德林搭了人家的交情，连忙谢刘大肚子。一边谢着一边想，妈的这人可没处说去，上学时候刘净留级成天挨老师骂，没成想现在成这样。最后于小梅帮李德林结账，才结完她腰上的那个机又叫了，于小梅看一眼说我得去厂里，李德林说刘不是刚走吗，于小梅说我也不知什么事可能要结账。李德林不好意思说啥，就一个人回家了，进家捅炉子添煤烧水，想想这一天忙成这个样子，觉得怪好笑的，后来他就觉出酒劲上来了，脑袋迷迷糊糊的，他拉过被盖在身上，就在要睡的前一瞬间，他忽然问自己：今天这桌饭是我请的吗？人家那些人领情吗……

三十那天晚上大家都在家看电视。于小梅把炉子弄得挺欢，屋里热得穿件毛衣还冒汗，李德林抽烟喝茶嗑瓜子，看到高兴时说："要是天天这样嘛，那就比共产主义还共产主义了。"于小梅叮当剁馅和面准备包饺子，时不时进里屋瞅一会儿电视，瞅见那个"复印活人"的节目时，开始他俩还笑假赵忠祥长得有点面，后来见变出来四个小孩，于小梅就不笑了，李德林明白她想啥，就说小梅啊，咱俩虽然是半路夫妻，但我心里可没往半路上想，腊月根这几天咱俩都忙得脚后跟打脑勺子，说点气话就当西北风吹过去拉倒吧，我想咱俩最好还是养个孩子，将来咱俩老了也有个人照顾。于小梅抽抽鼻子紧眨眨眼，点点头说："德林，你说这话让人心里热乎，其实我也想跟你过到老，要孩子我也不反对，问题是咱结婚这么长时间咋就没怀孕呢？"李德林说我原来的媳妇输卵管堵了，可能是她小时候吃得赖又干活累的，你是不是也堵了，你可能是肚子里油多，鸡要是太肥了就不下蛋。于小梅笑了说去你的，我原先那男的冬天下水坐了毛病，要不然我也不跟他离婚，在他坐毛病前我做过人工流产，我能有啥毛病？李德林说那咱俩年后得检查检查，看看原因到底在谁身上。于小梅说对，就是你没问题我也得让你戒仨月酒以后再要孩子，要不生个孩子都带酒味。李德林笑道瞧你说的，全国多少乡镇干部，哪个不喝酒？要是他们媳妇一块坐月子，那不成酿酒厂了嘛！

两人说得都挺高兴，看到十二点放了挂鞭，然后包饺子，包着包着李德林上下眼皮直打架，就去睡了。转天早上街上静静的，吃了饺子李德林说我得出去转转，于小梅说你有点眼色，人家要是玩着呢，你别傻坐着不走。李德林说我不傻，就先奔了鲁宝江家，他还想着郝明力的话，起码过几天求鲁帮助说句话好调回县城来。

因为是大年初一吧，鲁宝江家的大门开着，很容易就进去了，不过客厅里只有鲁的老伴，人家挺客气地跟李德林互相拜了年，然后说老鲁去团拜啦，走了有一会儿啦。

李德林心里一沉，说瞧我这时候赶的，只好满脸是笑地退出来，接着又走了几个头头家，都说去团拜了，李德林心里这个来气呀，心说你们三磕九拜啊，怎么没完没了啦。后来心情就不大愉快，就去于小梅她娘家，到那一看还行，老丈人和丈母娘都在家没人请他们去团拜，但正和儿子儿媳团团围着打麻将呢。见李德林来了，不管咋说还算是新姑爷子头一年拜年，大家都停下手跟他说了一阵子话，后来小丽她爸说德林也不是外人你待着我们接着玩啦，就重新开战。开战就开战呀，这老爷子一个劲磨叨说坏啦这会儿手气不好了，让李德林听得怪犯疑惑，好像自己一来把人家手气给弄坏了。坐了一会李德林说走，老丈母娘送出来嘱咐初二来，李德林明知道初二回娘家，嘴里却问："明天都回来打麻将咋着？"老丈母娘笑了："也打麻将也吃饭。"李德林问：

"你老输了赢了？"老丈母娘说："赢不了他们，一个个鬼着呢，一点也不让。"

李德林嘿嘿笑笑走了，心里说还刺刀见红了呢，回头输急眼再捅起来。

到家不见于小梅，李德林抄起电话说我叫腰里叫唤，就呼她，一会儿小梅还真回电话了说我正跟我姐玩呢，你也找一拨玩吧，晚上饭都是现成的。李德林啪地把电话撂下，真有心去小梅她姐家看看是不是和她姐玩，没准是和她姐夫玩呢！

后来转念一想大过年的可别生气，生气了一年都不顺当，也就不想去小丽家了。

但一个人在家也实在没劲，干脆也去打麻将，打不好还打不赖嘛。李德林就给几个比较熟悉的朋友打电话，先问过年好，然后说过去打麻将。结果怎么着，人家说对不起都开了桌手儿也齐了，胡光玉在电话里还说你应该早定好，县委政府团拜会后就有组织有计划地"撤退"了。

　　李德林听完心想今年爱国主义教育准好搞了，从大年初一开始就修我"长城"。

　　他叹了口气，琢磨自己该干点啥，一眼瞥见厨房里还没煮的饺子，他就想起说过给住院和陪床的村民送饺子的事，忙点着煤气煮，煮得了用个小洋锅盛着往医院送，在医院门口遇见几个熟人，人家张口问咋啦，你媳妇住院了？李德林心里说你媳妇大过年的才住院呢，又怕饺子凉了便支吾两声跑了进去。那几个住院的村民原先以为李乡长可能就是说着玩呢，没成想真把饺子给端来了，都挺感动的，可庄稼人就是真感动了也不会说啥，擦把手拨过几个说那我们趁热就吃啦，嗯，还是羊肉馅的，要是蘸点腊八醋就更香了，李德林说美得你们吧，往后你们再往死里喝，把胃全割去喂狗，吃啥都不香了。村民们都咯咯笑，互相盯着谁也不占便宜多吃。正吃着进来一个人端着小摄相机，问问是咋回事，然后就横竖照起来，照完了说是电视台的，对李乡长正月初一给群众送饺子这件事很受感动，请李乡长讲几句。李德林愣了一阵子，说："我可不知道你采访，要知道我就不送了。"那记者说："我来采访眼科看放鞭炮受伤的，正好碰上，您就说吧。"李德林想想说："没啥说的，咱当干部的得关心群众。"记者说好，转身问那些村民，村民把饺子赶紧都咽下去，说李乡长可是好人呀，别看他收钱时挺狠，到真格的时候关心人呢……李德林不爱听了，问："我啥时收钱狠啦？"

　　"有一回副乡长把我家猪给赶走了。""那是我吗？""反正在你领导下。"

　　李德林拎着空锅扭头走了，其余的村民送出来说：

　　"乡长你别生气，他不会说话。你家饺子要是吃不了，我们去吃，别送了。"

　　李德林笑说："剩下的都给你们端来了，你们要想吃，就得自己去包。"李德林知道跟这些人没法生气，也就不生了。

　　还没到家呢，身后嗷嗷地开过一辆救火车，李德林想这是哪位呀不注意防火，后来就发现那救火车朝自己家那边去了，等到再走近了，有邻居对他喊：

"老李，你家着火啦！"李德林脑袋嗡地一下差点炸了，甩了锅嗖嗖跑过去，见院里院外不少人，消防队员把厨房窗户打开，冒出一股黑烟。于小梅满头满脸全是黑的，喊李德林你跑哪去了你抽什么疯！打开煤气不关！李德林恍然大悟，但解释也没用了，忙看烧得咋样。还真幸运没把房子燎着，只把厨房的东西都烧个黑不溜秋。邻居们都说没事没事，今年的日子一定过得红火，缺啥少啥只管说话。等消防队和旁人都散去，于小梅说多亏我回来得早，你放着地炉子不用开煤气干啥。李德林不敢说实话，瞎编说我饿了煮饺子我使不好地炉子。于小梅四下看看问："锅呢？您连锅都吃啦？还有那么多饺子？"李德林稀里糊涂又对付过去，赶紧收拾残局。到晚上李德林怕于小梅又问锅和饺子，又说养孩子的事，于小梅说就你这打开煤气就忘的手，回头有了孩子你说不定哪天带出去就给丢了。李德林说孩子和煤气是两回事，你就养吧，你一下养四个，我就辞了乡长回家带孩子。于小梅说去你的，我还养八个呢！我成老母猪啦！这么一扯淡，俩人都挺乐呵，把着火的事就给扔到一边去了。

转天一早李德林特别主动说今天去丈母娘家不能晚了，吃饭时一定好好地给二位老人家敬几杯酒。于小梅挺高兴说你到那要注意，我哥我嫂子厂子不开支，我妹妹的单位什么都发，我妹夫做生意赔了，两口子正闹意见，刘大肚子和我姐正在高兴头上，我爸看啥都来气，就我妈还行，你说话要注意对各家的影响。李德林正系着领带，停下来有点紧张说：

"这么复杂？要不咱别去了。"于小梅说："你头一年到我家，不去不行！不过，你别土里土气的一看就是个乡镇干部，也有点风度。"李德林说："好好，我多笑少说话就是了。"于小梅说："也别光笑，傻小子似的。"李德林心里说要是厨房不烧成这个黑驴样，我说啥也不去你家。

到了小梅家，一看局面果然严峻，小梅她爸头天可能是输多了点，看啥啥都不顺眼，直说中央电视台成心破坏计划生育国策，晚会变出那么多孩子来，这不是鼓励多生嘛！小梅她哥两口子一年多没发工资了，开了个小铺不咋挣钱，张嘴没三句就说完啰，今年要是不弄点假烟假酒卖，这一家人就得喝西北风了；小梅她妹在银行工作，一个劲臭显跟她妈说这几个月钱发得都糊涂了，东西更不用说了，光电热壶就发了四个，她爱人在一边吹这回要做笔大买卖，把俄罗斯和车臣开仗中打坏的坦克当废铁买回来，回来修理修理改成推土机，准能挣大钱。小梅她妹说你干脆把巴黎铁塔也买来算啦，俩人就哈哈起来。小丽和刘大肚子是开饭前十分钟到的，一进屋就说太忙了差点出不了门，然后就给孩子们压岁钱，新票子嘎嘎地点，很有派头。还好小梅大姐去外地婆家了，要不还得增加点情况。李德林和小梅也抓紧给孩子压岁钱，由于自己没孩子，给来给去最吃亏。吃饭时大家围着桌喝酒，都给老两口敬酒，李德林有点拘束，把赞扬领导的话全拿出来了，小梅她爸倒挺实在说我现在是平民百姓，你别说那些跟我没关系的话。李德林说："那就祝您身体健康！永远健康！"小梅一把就把他拽坐下了，大家也就都乐了。小梅她爸说没事，林彪用的不见得就不用，反正我这辈子也不可能再坐飞机了，你们有啥只管说。他这么一说，大家都放松了，又是敬酒又是打围还划拳打杠子。刘大肚子说别看人家都说我是企业家有多大能耐，其实我就是胆大，上学时我就敢逃学，不信你们看过去当班长啥的现在没一个能挣大钱的！小梅他哥说真是没错，这年头不能太老实了，我原来就当班长，后来一工作给个小组长工会委员啥的就把我拴住了，要啥也不是，没准早出去干了；小梅她妹夫喝多了说我倒是胆子不小往老师抽屉里放过蛤蟆，可我咋做啥赔啥呢？小梅她妹说你就赔吧，哪天把你自己也赔进去也省得我跟你操心啦；大家都说了，小梅捅捅李德林那意思是你别傻姑爷干听着啦，也说说吧。李德林心想刚才犯过一个错误了，这回可别犯了，就说："刚才我说得太正经了点，这回说……"

小梅她妹夫说："不正经的？"

一句话把大家都逗乐了。李德林说："不是，是说点轻松的。说有个退休干部开饭馆，写对子上联是'奋斗一生两手空空'，下联是'开个饭馆补充补充'，横批是'概不记账'。"小梅她爸笑了，发话说："每人说个笑话，好喝酒！"刘大肚子就说："镇长、乡长下饭馆回家带回不少餐巾，媳妇舍不得扔就做了内衣，晚上一看上身的字是'红宝石请来品尝'，下身是'塞外酒家欢迎再来'。"说完看于小梅，小梅脸就红了。李德林忙反击说："那是你们厂长、经理下饭馆带回去的。"于小丽说："是你们乡镇长。"李德林说："我说一个，厂长参加全厂大会睡着了，临结束时副厂长捅他请他讲话，厂长揉揉眼说，'那就上饭吧'。"

这笑话挺有水平，一下子把全桌人都笑得弯腰捂肚子的，都夸李德林有两下子，这一来喝得痛快，一圈一圈一会儿就造下两瓶。都喝得有点多了，小梅她妹夫还想表现表现自己，强睁着眼说："有个小偷大白天搬邻居电视，被抓住了还不服，说不是让胆子再大一点吗？我的失误就是步子慢了一点。"刘大肚子舌头都短了，笑道：

"这是你吧？"小梅跟着说："你胆子可别再大了。"小梅妹夫历来喝多了爱闹事，扔下酒盅说：

"干啥干啥？看我赔钱了也别这么寒碜人呀！你不就是有俩臭钱吗……"刘大肚子把脖子一扭："你说啥，找不四至呀！"不四至就是不舒服的意思，刘大肚子肚子里酒多了也就现出了本相。小丽忙说刘大肚子，刘不服，小梅她妹管她男的，他男的也耍梆子骨，吵吵嚷嚷的。老爷子后来就摔了筷子，老婆子跑屋里心脏不好受了，小梅他哥本来心里就不痛快，就势骂一顿。李德林一看大势不好，拉起小梅就回家，到家一摸满头是冷汗。小梅说起祸的根子就是你，说什么笑话！李德林说谁叫你捅我的？再者说谁叫你跟刘大肚子一起气你妹夫的，你俩到底是怎么回事？

这一问可问坏了，于小梅拉着李德林就要去刘大肚子那说个清楚，李德林嘴里不服输，腿下可不动地方，末了气得于小梅摔门走了。李德林叹口气说，这年过的！

吓人呼啦的。正不知干啥呢，小梅她妹妹找上门来，问凭啥合伙欺侮我男人，李德林忙请她坐，又解释这事跟自己没关系，说着说着就发现这小姨子长得比小梅要好，跟她说话心里挺舒服的，转念一想我媳妇跟她姐夫挺猫腻，我就不兴跟我小姨子亲热点，于是就忙着沏茶倒水的，可不知怎么心里往那一想手都不好使了乱哆嗦，话也跟不上了，人家小梅她妹客气两句抬屁股就走了。李德林送到门口，暗问自己你那胆呢？后来又回答自己，压根儿咱就没那贼胆，这几年忙得天昏地暗的，连那贼心都没起过。回屋抽烟喝茶看电视，思量思量自己一晃都四十大几了，从山沟子里一点点走出来，就跟蚂蚁出洞去觅食，转来转去也就是在方寸之间，寻得一块比自己身子还大的食物，匆匆搬回去供众蚁享受，倒也是很高兴的事，至于人嘛，也不见得是进了京到了省去当大官才算荣耀，能给旁人特别是老百姓多做点事，也是光耀前者后荫来人的积德的事……突然李德林就想起要孩子的事，忙站起身在挂历正月初十上打了个钩，他算计正月十五一过就必须回去了，至于跟老陈说初六后去，那是气话，回去伙房饭馆都没生火，净得到旁人家吃去，麻烦人家是小事，那通喝法受不了，头年大夫说自己有点脂肪肝，弄不好就得喝成酒精肝了。

过年都是两顿饭，吃后晌饭前于小丽来了，说上午大家都喝多了，晚上老爷子让大家还去，咱们都少喝点就是了。李德林说我害怕，于小丽说你害啥怕，应该是我害怕。然后就说："德林你也说说小梅，她跟老刘那么腻乎，外人怎么看！"

李德林一听就急了："我还正要说呢，应该是你说说你妹妹和你男的，我这还一肚子火呢！"于小丽说："我怎么好说，我俩也没登记，小梅的脾气你也知道，弄不好就得跟我干架。"

李德林说："那可得啦，咱俩都成受害者啦。"于小丽笑了：

"你要不管，他俩成了，干脆我就跟你过了。"李德林连连摆手："别别别，我哪敢霸占您呀……"说完他自己都乐了，万一有那一天，还说不上谁霸占谁呢。

于小丽也笑了，压得沙发弹簧嘎吱嘎吱直响，站起来说跟你闹着玩呢，瞧把你吓的，就先去了。李德林这回又冒了一脑袋凉汗，暗道城里如今女人可真开放啥都敢说，真的假的叫咱这乡镇干部也分不清了，往后要是调回来看来还得好好学习学习。

再吃饭情况就好多了，都像个人似的说点得体的话，觉得没把握的话也就搁肚子里不说了。后来老爷子说你们大家得互相拉扯一把，刘大肚子就表示可以拿出点钱来，而且不要利息借给亲戚们，但到时候必须还上。小梅哥嫂表示愿意借，小梅妹夫说一旦和在俄罗斯当倒爷的哥儿们买来废坦克，如果人手不够，还想请各位都跟着参加一下经营活动；李德林一看大家都这么热心肠了，也表示将来提拔到县里来，有什么需要自己办的大家都说话。他刚说完又热闹了，差不多所有人都说你李德林当那个破官没劲，挣不了一壶醋钱还整天操心受累，不如早点办个公司啥的。

李德林说不行我在这条路上都奔了二十多年了，不能半道而废。小梅她爸说对，咱这一家子可分成几条战线，有奔官的有奔钱的还有奔坦克的，形成一个多元化的局面，就能适应发展变化的形势。大伙一听全服了，说老爷子哟，敢情您在家也没闲着，都研究起战略问题了。老爷子说要不也是闲着，发挥点余热吧。

这顿饭吃得皆大欢喜，接着打麻将，刘大肚子痛痛快快输给老爷子一千块，老爷子转身拉着李德林就问："老婆子，小丽的喜事是不是抓紧办了……"李德林赶紧把丈母娘让到前面说话。小梅的牌总不顺，动不动就给人点炮，李德林在一旁扒眼跟着着急，后来小梅她妹指着电视喊："看呀，我姐夫给人家送饺子吃呢！"大伙一看可不是嘛，本县新闻正演在病房里李德林跟村民有说有笑地吃饺子呢，当然是人家吃他说话。于小梅一看就喊："我说我们家饺子和锅都没了呢！"

又在几个熟人家喝了几顿，李德林喝得胃口火辣辣的，还凑热闹玩了两宿麻将，输了四十多块钱，大家说你爱民如子这回组织上准重用你了，你得请吃一顿。李德林说对不起我家着火了，等我调回来头一件事就是请各位喝茅台。话题往这么一说就又勾起了心事，正月初六他就去找刘大肚子，不料刘去深圳谈生意了，据说得十天半个月的才能回来，想找小丽留个话给刘，小丽去北京办事了。李德林一跺脚直接去找鲁宝江，鲁宝江正犯喘，也不便再跟人家张口。正发愁呢，又在街上碰见胡光玉，胡光玉兴高采烈说你怎么样了，我可快调回来了，强书记跟郝明力发话了，你还不快去直接找强书记。李德林就去了，没说几句强书记就说你已经在考虑之列，当务之急是把你乡里的工作抓好，还有什么想法可以跟组织部去谈。李德林吃了个定心丸一样去找郝明力，郝明力说李德林你给群众送饺子的事干得不错，强书记在常委会上提了两回。李德林心里这个乐哟，说我乡里的工作安排得差不多了，送饺子那是应该的，本来还想炖点肉送去呢，我和群众处得很好……郝明力说既然处得很好你就在下面多待一阵嘛，估计乡党委书记的职务很快就能给你。李德林说我现在不是想当书记，我实在是想调回来，我家里有困难。郝明力想想说："你一直没小孩，是不是你爱人怀孕了？"李德林心想咱就顺杆爬吧，就说："是啊，再有一个月就快生了。"郝明力乐了："那也不够月份呀。"李德林挠挠脑袋："可能还有俩仨月，我也闹不清。"郝明力又说现在如果非要回来可没有什么好位子，体委副主任、文明办副主任，还有个文化局副局长，但得兼评剧团团长，李德林说不行，打死我也不能去当团长，你看看还有哪，有没有局长就要退了，我去三两年能顶上的地方，郝明力说这倒有，不过得好好谋划一下，你先回乡下抓工作吧。

这回从组织部出来，李德林脚步格外轻快，在楼外碰见小丁，小丁要去妇幼保健医院了解点数字和情况。李德林告诉他调动有门，小丁也很高兴。不知怎么又说起回来得养个孩子的事，李德林心里就一动，暗想这些年都说我原来的媳妇有毛病，到了小梅这还是人家有毛病？不如我偷偷先查查，好有个思想准备。他把这想法一漏，小丁说正好啊，我认识的这人还能给你保密。李德林就跟小丁进了医院，找了个熟悉的大夫，人家说首先得化验点那东西，李德林钻个小屋里把任务落实了，然后就找个没人的地方等着。过了一阵那大夫跟李德林说你可能从来就没检查过吧，你的精子没有几个活的，即使是怀上了也得流产。李德林冷水浇头一般，连小丁都没找就出了医院。一边走一边想人家说得真对，刚结婚那几年死去的那位就是一个劲的流，结果就认定是人家的毛病，现在小梅连流都不流，看来自己派出的那点兵将都惊动不了人家。

硬着头皮到家，发现桌上有个条，是小梅写的，说有紧急任务出门了，过十五就回来。李德林看罢心头轻松一点，心想躲过一站是一站，我别让她拉到医院露脸，我得抓紧办事，然后找个乡医吃点偏方啥的。于是他就去小流域项目

办，人家说得把报告啥的全报上来，李德林琢磨不是一个人办的事，打电话就把老陈几个人都叫来了。正好小梅也不在家，这一帮人吃住就都在李德林家里，连着忙了两三天，就到正月十四了。县里这时闹花会花灯，白天扭秧歌踩高跷，晚上灯光灿烂的，李德林也顾不上看啥，盯着那些办事的人不放松，该请吃饭请吃饭，该意思的意思，结果人家就表示正月下旬去实地考察，一旦山水林田路的规划跟实际差不离，就能批准立项，全年七家乡就能得着一百多万。李德林美得差点蹦高，老陈说我们先回去安排部署一下，到时候您陪着他们去就是了。

正月十五这天是李德林一个人在家过的，吃了晚饭他站在自己的小院望着那个圆圆的黄月亮发了好一阵子愣，他想这么一个大东西就在天上悬着掉不下来也飞不远去，看来这都是事先安排好的事，就好比自己命里大概注定就得在乡下滚些年后再上来，月亮没人给她充电添柴就自觉自愿地给人间照亮增景，白天的太阳就更不用说了，自己好歹拿着工资还断不了白吃白喝白抽，往后调县里来看来得格外注意廉洁了，要不然就对不起从小就照看自己的日月星辰了。回到屋里电话响了，是小梅打来的，说业务太忙回不去，可能还得在外十来天。李德林也不傻，不动声色地问："你在哪儿，衣服带够了没有。"小梅说我在南边，这边挺暖和。突然小梅小声说德林告诉你个喜事，咱不用去检查了，我好像是怀上了，你高兴吗？李德林一下子就明白了怎么回事，这时他要不是想起刚才看到月亮和想到的太阳，他非把电话机砸了不可。他叹口气说："不高兴，咱别养个酒精孩子。"小梅说："我也这个意思，回去先做了。"李德林说没啥事我歇着了，另外你告诉刘大肚子，如果真有的是钱，就把那张脸皮换一换，换个再厚一点的。那边于小梅肯定是吃惊了，啥话也没说。

转过天一早老陈就打来电话，说一冬天雪旱得厉害，就怕山上栽树的规划不好向人家交代，李德林说到时候再想办法吧。他骑车子又去找项目办的人确定去七家的时间，人家说最起码还得等十天，李德林说正月十五也过去了，年也就算过完了还是早点去吧，人家说再商量商量。正说着呢电话找来，是郝明力叫李德林去，李德林强按着呼呼跳的心往县委大院走，在大门口碰见胡光玉，胡光玉说我回来了，上体委当副主任，不管咋的先回来再说。李德林想着自己回来能上哪呢，匆匆找见郝明力，郝明力开门见山说县委刚开过会，让你去三家乡接胡光玉当书记，希望你做出成绩来，至于什么时候回县里来，组织会考虑的。李德林坐在沙发上愣了一阵没说话。郝明力说："上面电视台要采访你送饺子的事，你做点准备，下午他们就到。关键要讲透送饺子的思想感情，弄好了能上焦点访谈，中央正重视农业。"

李德林心里说要是有人让自己去打麻将就送不上饺子了，转念一想也别糟践自己，腊月里不就是说要送吗……后来他就问郝明力什么时候下文，郝说你把七家乡的事再安排一下回来就下。李德林说等我把小流域治理项目落实了再下文，郝说可以，但要抓紧。然后李德林就到办公室打电话让老陈快来，争取把项目办的人请去。

放下电话他又去项目办，走到街上就听到处唱"天不下雨天不刮风天上有太阳"这歌，抬头看看真是没雨没风有太阳。李德林想这事也怪了，那年唱"一把火"就着大火，头年春天唱妹妹坐船头，夏天就发水，现在又唱这个，弄得天挺旱！操他娘的，回头我编一个"风调雨顺风调雨顺快快奔小康……"他哼哼着就过了大街。

（选自《人民文学》1995年6月号）

调　解

一

　　铁精粉价格每吨由四百块涨到八百块的时候，葫芦营乡下正耪二遍地。下午日头偏西，乡人民调解庭的包德林瘦黑脸上满是汗珠子，可楼里楼外找宋小丽，最后好容易才在乡政府门楼子外的发廊找着。宋小丽正在做面膜，原本很俊的小脸抹成了白面饼，她眼贼尖一看包德林露个头，就说好包叔你可别逼我啦，那个人民调解员的活我干不了呀。包德林说怎么是我逼你，实在是冀乡长他逼我。宋小丽说他逼你好歹把你逼成个副主任，我本来在妇联就要回城了，干啥去你那也去当个受死累的调解员，也不提拔。包德林抹把汗点着烟冲着镜子坐下抽了几口，看看屋里也没旁人，咬咬牙说：

　　"你也是才做了媳妇的人，能禁得住点啥了。大道理咱不讲，我打个比方你就明白了。这个这个啥呢：袜子改帽子，那叫提拔使用，裤子改上衣，那叫交叉使用，而背心改乳罩呢，虽然是平级使用，但位置变得很重要。咋样，明白了吧。"

　　宋小丽就咯咯笑了说："包叔你真行，能把死人说活，其实乡里的调解工作，有你一张嘴满行啦。"

包德林摸摸下巴的胡茬说："这工作是靠嘴，但狗挑门帘子，光靠嘴对付，长了也不行，还得靠……"

宋小丽撕着面膜说："咋着，还得靠脸蛋？"

包德林说："脸蛋确实很重要，我这黑脸就差着行市。"

宋小丽说："您是黑脸包公还能不成。"

包德林说："不成。包公没钱也难成事。"

宋小丽说："那我去了也没钱，咋调解？"

包德林说："那咱就靠心。"

宋小丽说："我心脏有杂音，怕担不动那些麻烦事。"

包德林说："正好，一干调解就没杂音了。放心吧，累不坏你，快走快走。"

宋小丽也就不再说啥，让人麻溜把面膜彻底弄净，还原了一张鲜亮的瓜子小脸，然后就坐包德林破摩托一溜黑烟到虎威去了。虎威的全称是青远县葫芦营乡铁精粉股份有限公司，董事长兼总经理叫王六，本地人。最早他跟他爹在集上杀猪卖肉，那会儿包德林是市场管理员。后来王六贩海货开饭馆包厂子，包德林就调到乡司法所。现在包德林任乡人民调解庭当副主任，才熬个副股级，王六却成了大老板，尤其是铁精粉这么一涨价，就涨得他裤带又涨出俩眼，走道都要横着走了。王六胆大敢干，最近他不知从哪弄来一笔资金，要把他的厂子产量增大一倍，对此县里乡里很支持。可搞铁精粉离不开水，扩产就得增加用水就得打井，有关手续王六都办妥了，打井队也都到了河套上游井地，但葫芦营村的村民不干了，说本来这几年就旱就缺水，稻子都要种不上了，你一开井我们更没水使了。结果工程就误在那儿动不了，还险些动了手。按说这事就该惊动法律了，双方你告我应我告你应，乡里用不着参与了。但乡里一是按着上面的要求，同时也根据本乡的实际，还想在人民调解庭这儿先调解一下，实在调解不了，双方再诉诸法律也不迟。考虑到调解庭人事调动后就剩下老包一个人，冀乡长说包公再有本事，也得有王朝马汉呀，就把宋小丽调整过来。宋小丽家在县城，中专毕业后来乡里工作三年多了，半个月前结了婚，对象是县委办的秘书小苏。小苏本已跟县妇联说好，要把小丽先借调过来，但突然有了这个变动，一下把他们的计划打乱了。

下了摩托，宋小丽抹了一把脸，就变成孙猴子了。包德林不好意思地说："我大意了，忘了告诉你，坐我的摩托，下车千万别抹脸。"

"你这是摩托吗？冒这大黑烟，简直是拖拉机。"

"哪能呢，比拖拉机快多啦。"

"换个新的吧。"

"有这想法。"

"让王六出钱。咱不能白给他受累。"

"回头再说，回头再说吧。"

于是他俩就去找王六，王六办公室里全是刚拉来的瓷器，都没法下脚。王六猛嘬两口大中华，连鼻子带嘴三眼儿一块往外冒烟，说都他娘的说我土没档次，这回我一屋景德镇的瓷器，看有没有档次。包德林说你再做身瓷衣服穿上档次更高了。王六说若有那衣服我就买，就怕裤腰太硬没法上厕所。包德林心说你穿啥也那档次，嘴里便问这得花多少钱呀。王六乐得大鼓肚子直颤，说在市里洗完澡，正赶上体育场卖瓷器的收摊大处理，我一个摊一万，收了十个摊的。宋小丽吓一跳说十多万呀。王六瞅瞅说这小黑丫头咋看着这么面熟呢。宋小丽使劲擦擦脸说这回认出来了吧。王六笑了说原来是你呀，头年我老婆闹离婚你没少帮她出主意，多弄走我二十来万块，眼下这个媳妇跟我过得还不错，你可别来添乱。包德林说人家如今不是小丫头是小媳妇了，接着又解释了一番，说我俩是来调解打井这件事的，为了你的企业发展，也为了群众的利益，我希望咱们赶紧商量个解决的方案。王六说方案是现成的，我打井有正当手续，谁不让打谁违法，我把保安都雇了，明天来一百，谁拦就收拾谁。宋小丽说都是乡里乡亲的，你好意思动手吗？王六说没事我有钱呀，打坏了我给治，救护车我都订好了。包德林说王六你这就有点胡来了，你发财就是有一万个道理，也得想着点人家普通老百姓呀。铁精粉不是航天飞机，噌噌的只是一个劲往上走，早晚有一天价格也会下来。宋小丽说航天飞机也得下来，美国都毁了俩了。王六拍拍大肚子说我早有准备，我在他降价前把钱挣够了就是了，我才不怕了，你俩别吓我。包德林说这不是谁吓谁的事，明天要是伤了人，你更没法施工。王六说要不你们给他们做做工作，让我把井打了，回头我请戏班子唱半月大戏，再送你俩一人一辆摩托……

尽管话不投机也得往下说，一说说到了饭顿，就找了几个人去家饭店。王六洗澡洗得饿了，菜上来甩开腮帮子猛吃，就是不谈正事。包德林跟他说你慢点吃别噎着，你明天先别让保安来，还是和村民谈妥了再动工吧。王六咽下半口说那我一天损失好几千块，谁给包着。宋小丽说就冲您这身板，往下只有您包别人了，别人谁能包得了您。王六松了裤带说到也是呀，这裤带瞅又不够长了。包德林看文说不管用，就来了武的，咣咣就和王六碰了好几杯烧酒，然后说这好办呀，沟里才死了头大公牛，卵子像篮球，你想皮有多大，回头你买下全割成皮带吧。王六咕咕又灌下一杯烧酒，说你吹牛吧，要是有篮球那么大，我就把井址挪了。包德林也灌下一杯，说中中有种你就挪，没种你就接着吹。王六说你以为我是吹呀。宋小丽说牛皮不是吹的，您王总不是肉堆的，你说话得算数。王六就被捧得发晕，对手下人说让保安过两天再来，又喊老板我刚才都吃的是啥呀，也没吃出个味儿来，把最高档的菜上来，老子有的是钱。立刻就端上个的红烧圆鱼，那圆鱼足有小洗脸盆大，身边是一圈蛋。包德林说："这圆鱼个真大。"

王六说："大，大个屁，我见过锅盖那么大的。"

包德林说："我，我还见过碾盘那么大的。"

王六说："我，我，我还见过大眼井那么大的呢。"

宋小丽说："你们都喝多了吧，这说是甲鱼。"

包德林说："什么甲鱼，是圆鱼，圆鱼！"

王六喊："不，不对不对，我就叫王八！我就叫王八！"

宋小丽说："王总，您不是叫王六吗？啥时改名啦？"

王六愣了愣问众人："我，我改名了吗？"

众人说："没改，没改。"

王六说："看看，没改吧，就，就，我就是王，王，王八。"

二

月朗星稀，山风习习。结果众人都喝多了，王六抱着包德林直叫哥们，说看在你跟我喝这些酒的面子上，我让保安后天来，后天村民要是还不答应，就别怪我不客气了。包德林说我抓紧做他们工作，你千万别着急动工呀。宋小丽的手机这会儿响了好几次，小苏急猴子地喊你不能这么晚还不回来呀，咱这还叫度蜜月吗？宋小丽舌头也不使了，把手机给了包德林，包德林说小苏小苏你急个球，以我的经验度蜜月越晚越蜜，一会儿我把她给你送回去就是了，你先看电视等着吧。包德林和小苏的父母是老朋友，小苏就不好发火，说要是喝多了就别骑摩托了，山道危险。葫芦营乡离县城三十里，中间有道小梁儿。

回到乡政府大门口，宋小丽说咱们回家吧。包德林说我给你找个车，我还得去村里，不然明天一早村民很可能兵分两路，一路去打井工地，一路去县里上访，到时县里一个电话，咱还得花钱雇车拉他们回来。宋小丽说："你说这招儿也够损的，县里就不替咱担一点沉重。"

"谁的孩子谁抱，也说得过去。"包德林说，"县领导也没少去市里省里往回接人。这就是那个那个啥，公仆嘛。"

"我看是保姆。"宋小丽说，"我头一天干这活，也别半途而废，干脆我也去村里，干好了有了成绩，包叔你也好成全我调县里去。"

"没问题没问题。你包叔曾分居几十年，不是你婶子先走了，我还得受那苦，放心吧，到时我准替你说话。"

人民调解庭在侧面平房，包德林说咱进屋擦把脸精神精神就走。还没到屋前，宋小丽针扎着似的就叫起来，吓得包德林直捂胸口，喊道："咋啦咋啦？"

"有人！"

"有人你喊啥，我的支架哟。"

"支架掉啦？"

"还在呢，人在哪儿？"

"门口。"

屋门口黑乎乎蹲个人。包德林头发根都要竖起来，连喊带叫让他挪挪把门打开开了灯，那人上前一下就要抱宋小丽，嘴里嘟嘟："媳妇媳妇，你可回来啦，你可回来啦。想死我啦。"

宋小丽脸都变色了，跳到一边喊："谁是你媳妇，流氓！"

包德林上前拦住喊："李大牙，你别耍魔怔，耍魔怔我可不管你的事啦。"

那个叫李大牙的就老实的站在一边说："包大人呀包大人，你可得给我做主呀，她黄花花不能这么坑人，一万两千块，我也太冤枉啦，连她肉皮是啥色都没见着！"

包德林往嘴里倒了几粒速效救心丸说："看过她的脸和手吗？"

"那到看过。"

"就是那色。"

"那也不能那么贵呀。一万二，搁早先能找二百四十次小姐，现在也能找一百二十次呢。"

"啥时涨价了？"

"听说跟铁精粉一块涨的。"

"简直是乱涨价。"

包德林胸口闷得厉害，他心脏不好。前年妻子得病住院，他黑白不歇地在医院伺候，给果也没留住妻子，丧事办到一半他差点心肌梗塞跟妻子一道走了，多亏抢救及时支个架，才保住了性命。但为此花了好几万，到现在还背着一身饥荒，弄得他做梦都发愁。宋小丽知道点细情，忙给他倒杯水，转过来对李大牙说你要是把他的支架吓倒了，那可就不是一万二的事啦，你赶紧走吧，这会儿还来得及。李大牙龇着两往外翘的大牙问支啥架呀，你们这也没盖房呀。宋小丽说行啦行啦谁说盖房啦，你家才盖房你回家吧。李大牙说你真聪明你咋知道我家盖房了，可我白盖啦人跑啦。包德林这会儿手机响了，他一看号码赶紧走得老远处说了好一阵。转回来就显出有点心事，说你俩可别驴唇不对马嘴的乱呛呛，再呛呛我还得支个架，这么着我一个人去村里一趟，小宋你在这听听他是怎么回事。李大牙说："包大人您别走呀，你走了我找谁？"

"找谁？开封府也不我一个人办差。"

"你是断案人呀！"

"咱这是调解，要断案你上法庭。"

"上法庭花钱，还是你这调解吧。"

"这不齐啦，她也是主事人，涉及妇女的事，她主断。"

"是啊？新来的女老包，那中了，我就跟她说。"

"说可说，你要敢碰她一个指头，回头我，我劁了你，省得你想媳妇。"

"不敢不敢，那会儿我做梦做癔症了。"

"那好，天不早了，说得差不多就散了吧。小宋你自己赶紧找个车回家吧，我今天就住乡里了。"

包德林就骑摩托消失在夜色里。宋小丽让李大牙坐在调解庭申请调解人的位子，自己则坐在上方正中调解人那儿，说你有何冤屈的就快说吧。李大牙说咋离这么远，这大屋子说得怪费劲的。说着就抬屁股要挪地方。宋小丽一拍桌子说你给我老实钉那儿，敢动一动我就给你撵出去。李大牙说对不起呀我坐毛病啦，一看见女的就坐不住。宋小丽甩过条毛巾，说这好办你把眼蒙上说。李大牙还真听话，就蒙上眼叨叨叨说起来。原来，这李大牙头年腊月托一个叫宁素芬的媒人说了门亲，女的叫黄花花，是同村的，人长得挺不错，早先在外打工来着。李大牙家不富裕，盖房子的工料还欠着人家的呢。好说歹说把彩礼钱从一万减到八千，本以为再花点钱就能把媳妇要娶到家，没想到黄花花不顺当，张嘴说没有三金别想登记。李大牙没法只好借钱买了金戒指、金项链、金耳环。买完了有宁素芬做证登了记，按说就筹办过门子的具体事了，黄花花说有铺的盖的但还得给我买点衣服吧，李大牙答应说那是应该的，可我手里没几个钱了，就不能买贵的了。黄花花说咋也得让我买得可心吧，他们就去了县城，衣服买了几身，价钱也说得过去。路过火车站时，黄花花碰见了也是这村小名叫大铁蛋的，圆胖子，这会儿在北京做厨子，俩人跑一边嘀咕了一阵，回转身黄花花就跟李大牙说我再要最后一件东西吧，你给我买个手机。李大牙一听就急了，说那东西好几千块不说，咱一个种地的，买手机给谁打。黄花花说我咋也有外出的时候，到时候好漫游给你往家报个平安吧。李大牙说你漫啥游，结婚了就好好在家做饭吧，黄花花说不不不我偏要漫游偏要漫游……

"后来呢？"宋小丽问。

"就漫游去啦。"李大牙说。

"报平安了吗？"宋小丽说。

"到是报了，但不是平安。"

"是啥？"

"跟我说拜拜。就是拉倒了。"

"那彩礼钱和三金呢？"

"都跟着漫游去了呗。"

"这不是骗子嘛！"

"谁说不是呢。"

"那你咋不找她要？"

"要啦，她打赖不给。"

"废物，不给就中啦？带人去收拾她。对这种人，你不能客气。"

"媒人说都登了记了，法律上也是一家人了，闹翻了就回不来了。"

"你跟她睡了吗？"

"往哪睡去，没等回家她就漫游走了。"

"你少说漫游，我听着心里麻絮。"

"那不是时髦的话嘛。"

"你老婆都跑了，你还有心时髦！"

宋小丽越说越来火，就鼓动得李大牙一把把毛巾甩了，说你说得没错，我这就带人去找宋小丽跟她拼命，杀一个够本，连大铁蛋都杀了还赚一个，要是打不过他们，我就死在他们面前，我带着毒鼠强呢。他伸手从口袋掏出个小瓶，晃晃说还是水儿的，沾嘴边就完蛋。说着还往嘴边试吧试吧。宋小丽就觉着小腹一松，差点尿出来，心想这活也太邪了，知道的是这小子要蛮，不知道的还以为我说什么话把他刺激的自杀了呢。不中不中，这调解工作谁愿意干谁干吧，我可没那个能力。想到这宋小丽喊："打住打住！你要胡来我先死给你看！"

"别呀，我那一万二还指望着你帮我要回来呢。你死啦我咋办。"

"你喝了那水儿，就是要回八万二又有啥用。"

"我，我轻易不喝这水儿，你放心。"

"放不了心，你要喝回家喝去，别在这吓人。"

"怎么是吓人，我这是被逼的，那叫一万二呀！"

俩人就呛呛起来，宋小丽让他走他说啥也不走，还不让宋小丽走，急得宋小丽出了一身汗。就这么熬了多时，宋小丽几次都想打110了。后来院里摩托车山响，包德林带个人回来，喊你俩咋还说呢，到是出来说呀，这才给宋小丽解了围。宋小丽越想越委屈，自己一个新媳妇，不回新房和爱人耳鬓厮磨寻快乐，却在这让这么个长大牙的家伙死缠着。这么一想鼻子就发酸，但见了包德林带回来是女的，还是中年妇女，呼啦想起别人说老包这阵子搞对象了，这是谁呀，别就是他相好的吧。这么一动心思，便没了眼泪，说包主任这家伙又要杀人又要自杀，我是没法调解了。包德林笑笑，一指那妇女说我把媒人找来了，这事好办了好办了。果然让宋小丽猜着了，这女人真是老包新处的对象，但是老同学，前段跟老包重新联系上了。她叫宁素芬，和包德林初中同班同桌，那会儿俩人违反纪律还相好过一阵，但不成真，后来就各奔前程各自成家。宁素芬回村当过铁姑娘队长当过妇女主任，再后来年轻人上来了，她就不当村干部，帮着丈夫办粮米加工厂。不成想电动机漏电把丈夫电死，把她坑够呛。这两年孩子大了都出去了，混得还不错，她心情好起来，就开了个小卖部同时兼做红娘，自称婚姻介绍所所长，不收费，只管牵线搭桥不管成不成，唯一的好处是被介绍人给老丈人丈母娘送烟送酒，都到她小店来买，故她的买卖生意兴隆。李大牙的媒是她保的，但出了麻烦她一推六二五，李大牙找过她，她说我牵线买老牛，保看不保成。说得也挺有理，李大牙干着急也没法。宁素芬下了车愣了一会儿问："我说老包呀，你不是要单独跟我聊聊吗？咋他们都在这儿？"

"在这正好，咱俩过一阵谈也来得及。眼下你得帮这个忙。"包德林指李大牙说，"他也怪可怜的，一万多块说打水漂儿就打了。"

"打不打的跟我一点关系也没有！"宁素芬沉下脸说，"老包，深更半夜的你可不该这么骗我，这可不够意思呀。"

"没有没有，我绝没想骗你。我以为他俩谈完散了呢，没想到还在，正好遇上了，也就不能错过去了。"包德林对宋小丽说，"小丽，这是你宁姨，我的老同学，你快给倒杯水，你宁姨可是大能人，经她手牵成的红线，连起来能绕半拉地球。"

"你拉倒吧，少忽悠我，你以为那是织毛活呀，能有那长。"宁素芬脸色就慢慢缓了下来，再接过小丽的水，嘴里便嘟哝，"挺大人还撒谎，真没劲……"

宋小丽想起老包那会儿接那个电话的表情，就明白他驮她来的目的了。说心里话，宋小丽冷丁一见这宁素芬，心里有点不大喜欢她，原因是宁素芬贼壮贼壮的，脸蛋子上两疙瘩肉直往外鼓。一般来讲，这样的女人都厉害。想想包德林瘦不叽的身板，若是让这娘们逮着了，甭多了，有个十宿八宿，包大人肯定变成苞米秸了。这想法搁过去宋小丽咋也想不到，也就是结婚这些天，眼瞅着小苏脸上一点光都没了，这才明白夫妻生活原来还有这等后果。不过，看包德林满脸欢喜劲，宋小丽也只能顺着来，紧忙一口一个宁姨地叫，叫得宁素芬咧着嘴笑，脸蛋子显得更大了。宁素芬说："哎呀，这还有这么好的姑娘呢，可惜我做妇女主任时你还小。这么着吧，今天我也传帮带一把，那就把这李大牙交给我吧，看我咋把这事了结。"

"饶命饶命，我的宁奶奶。"李大牙喊。

"你别喊，这深更半夜的，好像遇了劫道的。"包德林说。

"她，她，她不比劫道的差。"李大牙说。

"你胡说。"宋小丽说。

"劫道的是明抢，她店里卖的礼品，是暗抢。每回没个百八的，甭想出来。"李大牙说。

"我那也是为你好，舍不得孩子套不住狼，舍不得彩礼蒙不住丈母娘。你就知道抠门，结果怎么样，八百拜都拜了，就差最后一哆嗦了，非打破头楔，结果咋样，把人家打跑了吧。"宁素芬说。

"理是那么个理，但勤俭办喜事还是该提倡的，何况，眼下正治理乱收费，你那也得按这个大的精神办事，是不是呀。"包德林说。

"要说乱收费，是黄花花乱收费，她是天仙呀，要那些钱？我才要了两金……"宋小丽说。

"你跟她比不了，她可比你俊多了，她眼睛就比你大，比小燕子还大。"李大牙俩手比画着说。

"拉倒吧，那是眼睛？那是月饼。你是想媳妇想蒙了，把猪八戒他老娘都想成七仙女啦。"宁素芬说。

"打住打住，我看咱们这会儿都有点头晕脑涨了，该歇着了，不然非说出二郎神来不可。"包德林看看手表说，"调解也不能不分黑白天调，也得歇着了，明天再说吧。"

"对啦，反正明天一早我还得来，那我就走了。"李大牙骑上破自行车哗啦啦出了大门喊，"包大人，明天我们可能直接上县里去，你得准备车接吧，我算提前给你打招呼啦。"

包德林一拍脑袋说坏啦我忘了快叫住他，这家伙还是闹水事中的骨干呢，那会儿在村里调解时，有人就提到李大牙咋没来，我咋把这茬儿给忘了呢。宋小丽就撵出去，结果没撵着李大牙，却带来小苏。小苏一脸不高兴，说看样子你这是以乡为家不回自己家了。宋小丽说这不是有事嘛！包德林笑道小苏你受累啦，这么晚还亲自跑一趟。小苏说让别人跑我也不放心呀。包德林说那是那是那是你媳妇嘛。小苏说既然是我媳妇你不能用起来没完，都这个点了也该放人啦。包德林说谁说不放了，才完事嘛。宁素芬就拦住说快打住吧，你俩都没醒酒吧，说的咋这下道呢，好像干啥私事了。包德林揉揉眼说小苏你别乱想，我和小宋办的都是公事，要是私事，我有她呢，她叫宁素芬，女，五十七，曾婚，后丧夫至今……

三

　　形势变得越发严峻了，这是包德林和宋小丽都不曾料到的。铁精粉价格继续上涨，外地车到厂拉，现金一千一吨走人，还得争着抢着交。本地钢铁厂凭老关系九百五，但不敢保证下回还有没有。王六肚子又鼓出一圈，十天之内先买别克后买宝马，紧接着又问哪卖奔驰。在这种情况下，他眼里除了钱就看不见什么了，打井的事说啥也得干了，并扬言出了人命也不过是白搭几车铁粉。而村里呢，虽然已经得到占地费青苗费尘土费噪音费水源费，等等，但几个人一核计，又提出五代水源赔偿费。意思是打深井起码伤害本地一百年，按二十年一代，那就是五代人，要赔就得赔五代，五代人总数是八千六，每人按一千赔，总数是八百六十万。事情到了这份上，就不是谁能调解得了的了。

　　包德林带着宋小丽找到冀乡长，包德林说："这事得经官司了，我们无能为力。"

　　冀乡长说："可别可别，一打官司，咱乡的调解先进单位就没了。"

　　包德林说："没了也没法子。"

　　冀乡长说："老包你准有法子，何况还有小宋。"

　　宋小丽说："我不顶事，全得靠包主任。"

冀乡长说："对啦，才研究了，那个主任我不兼了，回头就报你为主任，还有小宋，也有提副主任的提议了。"

从冀乡长那出来，见院里一圈人围着辆小车又看又说，包德林挺喜欢车的，上前看是个八成新的捷达，就问谁买的。有人小声说是冀乡长从王六那开来的，王六用不着了。包德林皱眉说乡长用他的车合适吗？冀乡长耳朵好使，站在窗口说那是借的，咱们车坏了没法去跑项目了。宋小丽就拉包德林回到调解庭，哗啦哗啦把存档硬纸夹摆了一桌子，把急着调解的几个放在前头，想了想，又择出俩。包德林在一边抽闷烟，用眼角一瞥问："咋着，不敢碰硬的了？"

"那倒不是。我是琢磨咱们受死累，他借车开，咱也太孙子啦。"宋小丽说，"反正还有这么多活要干，干啥都是干。你看这个老百头老俩口赡养的事，找这来有好几次了，你不在时，还跟我磨叨过小半天呀。"

"这事事实挺清楚的，干脆咱开一次庭正式调解吧。"包德林说，"不过，那俩难办的，咱还是得办呀，要不然闹激化了，对谁都不好。"

"包主任，像您这样对工作这么负责，现在可真少了……"

"……"

包德林默默无言了。他心里也不是不知道不光宋小丽要这么说，乡里好多同志私下里也这么跟自己说过。人家说的也有一定道理，就说眼下县里乡里的头头们，别看大会小会嚷嚷喝喝地安排这个布置那个，但真正落没落到实处，人家才不着那个急呢。但看看人家住的房子坐的车子，还有子女亲属的工作，哪一样不落实得妥妥的。至于一般干部，工作当然得干，可同时也没少为自己忙乎，忙调动忙职务忙报销，还忙着利用手中的一点小权力捞点啥外快。人家说台上的包文正那是戏说，你老包对先祖敬佩一下就行了，可别想着真学，铡驸马若是在今天也得检察院起诉法院判，还得给人家上诉的时间，哪能是包公一个人就承包了的活儿。所以你老包别太心实了，好调解的就调，不好调解的就放放，何况你心脏又有毛病。再者说，你才五十多岁，往下说一千道一万有个家才是真格的。得有个伴儿，那事如果自己不张罗，是没有谁替你操心的……说来包德林也不是死钻牛角尖的人，他也不想生前出人头地身后流芳千古，他说这人也是怪了，一辈子在乡里干，干得烦烦的腻腻的，可要让你扔了撇了躲了离了，还就舍不得了。就好比先走了一步的老伴，几十年在一起没少呛呛，背地里也后悔过当初咋就找了这么一位憨大蛮的娘们，可她真的走了，就像把自己的心也摘走了，空荡荡的，怎么也填不实了。后来包德林想，自己大概就是受累的命，而咱们这个社会主义，还就得有这么一拨子人，比如焦裕禄、孔繁森，人家那境界，就是到全面实现了小康之后，也是不可缺少的……

包德林紧忙学小品中赵本山的动作，俩手揉揉眼睛和脸再往前一甩，就像把用不着的私心念杂甩出去一般。接着就布置下一步的几项工作：庭里全面工作自然是由自己来抓，此外，王六打井的纠纷、李大牙的婚姻，还有个架线埋杆工程，都由自己亲自抓。宋小丽目前以庭内日常接待登记为主，再准备老百家的开庭。未了包德林一个字一个字往外蹦着说，小宋你每天下班就坐班车回家不要耽搁。宋小丽鼻子就有点酸了，背对着说："那，那你呢？你就不回家？"

"我在哪都一样，孩子结婚单过，我不回家还省了做饭刷碗，你知道我最不爱刷碗啦。"

"行啦你别往别处拽，你不回家，我也不回。"

"你不回不行，那么着对不住小苏。"

"光你一个人忙，我也对不住你。"

门外脚步砸夯响，汗巴流水进来宁素芬，进屋撩起衣襟就抹脸，下面就露出半截白肚皮。包德林触电般地噌一下扭了脸喊："毛巾，小宋，毛巾！"

"不用啦，我告诉你们，我把黄花花和大铁蛋给拘回来啦。"

"你使的啥法？"

"我让黄花花她哥打电话，说她爹死啦。"

"那能成？见了面咋办？"

"好办，就说手机不真亮听差了，说她爹差点死了，反正她爹老铁蛋混球一个，村里人都盼他早点死，谁想他越活越结实。"

宁素芬的意思是不管我使啥法，反正把你老包交给的任务完成了，现在就该轮到你们登台亮相了。包德林一听就笑了，心说这宁素芬还真是把好手，村里正缺个调解员，她要是肯做就太好了。不料宁素芬贼精贼精的，马上就说："告诉你少打我的主意啊，我知道你心里想的是啥？"

"是啥？"

"你别问，你一抬屁股我就知道你要拉啥屎。"

"埋汰啦埋汰啦。说正经的吧，你不能当铁路警察，只管一段。"

"那我还承包了咋着？我做了那些媒，也不能保证个个不散，都不散还要婚姻法干啥。"

"瞧你的口才有多好，这村里的调解员非你莫属。"

"给工资吗？"

"啥工资……"

包德林往下就没了话，脸色也不自在。要是搁在别人，他肯定得说几句，起码得说虽然是市场经济，咱也不能钱字当头呀，那么着是不是显得咱档次低。但这是宁素芬，俩人才有那么点意思，兴许一句话说重了就气跑了。但就是如此，宁素芬也看出来，嘴里不知嘟哝几句啥，站起就走。宋小丽一看要坏事，灵机一动赶紧拦住，说宁大姐我有件事要求你呢，你村的几件事是我们眼下的重点，从乡里来回跑太耽误事，我们想住到村里去，不知你那方便不，如果不行，我再找旁人。

这主意这话也不知道是怎么想的，反正宋小丽一张嘴突噜噜就说出来了。包德林想说没这个安排，但宁素芬一拍胸脯子说："小宋你瞧不起我吧。"

"哪能，我也得敢呀！"宋小丽说。

"那这就走，正凉快。"宁素芬瞥着包德林说，"只怕是有人不敢去呀。"

"熊包才不敢去。"包德林跳起来。

四

老百头有三个小子俩闺女，当初日子困难让老三给人家倒插门。那会子也不懂法，自己定章程，讲明日后老三就不给老人养老了。现在百老三开铁矿富了，又在同一个村住着，小楼都盖俩了，老大老二原先是一个养一个，就说也该让老三尽孝心了。但老三尤其是他媳妇小冷子说这事早就定下了，再着我们艰难那阵你们谁都没帮我们一个草刺儿，到这会儿想起我们了，没门。为此，闹得沸沸扬扬不可开交……

包德林对老百头家的事了解得比较清楚，他告诉宋小丽别着急饭得一口一口吃，咱还是把王六和李大牙那俩事调解了以后再调解这个。说这话是在头天夜里睡觉前。宁素芬的家，是正房三间对面屋，宋小丽和宁素芬住东屋，包德林住西屋。临街是小商店，有个穿堂门进院。这大地方原本宁素芬一个人住，空落落的，一下多了俩人，宁素芬心里怪高兴，一早起来就烧火蒸黏豆包。宋小丽帮着包，包不严直露馅，包德林说亏了不是旧社会，不然你这新媳妇一准挨婆婆训。宁素芬说谁敢训，这媳妇让人欢喜还欢喜不过来呢。宋小丽脸红正要说啥，大门咣当就让什么给撞开了，吓了他们一跳。进来的是小冷子，小冷子气急败坏，三角眼吊得老高喊："包大人这事我就得赖上你啦，昨天夜里我就想找你。你来得正好，你凭啥说我们非得摊上一份？"

宋小丽说："你们家的事，得往后排呢。"

小冷子说："凭啥？这又不是买铁矿石。"

包德林忙上前说："原先你不是不急吗？怎么你先上火啦？"

小冷子就鸟掐架似的叨叨开来。闹半天她不急也不行了，老大老二再早是逼着他们去接老家儿，昨天老三带着小冷子去市里洗浴美容，回家一看，院里坐着老两口，身后是行李卷不说，还有两口白楂棺材，甭说，连日后发送的任务都一并转移过来了。小冷子就去找老大老二，老大说乡里的包调解虽然没给咱下最

终调解书，但有一处是很明确的，就是老三他也得赡养老人，这话人家说得铁帮铁牢。小冷子跟包德林面对面不超过一尺问："包大人，说话得认，生孩子得养，你不抵赖吧？"

"我抵啥赖呢，那话就是我说的，一点含糊也没有。"

"那我看你就不是国家干部做的。"

"我爹是农民。"

"你祖上应该是老包。"

"那就正式调解，你把人都招来吧。"

"中，你等着。"

小冷子一溜烟儿跑了，宁素芬说瞅瞅瞅瞅连豆包还没熟呢就开堂，将来万一我要嫁给你，早晨连个懒觉都睡不上了。宋小丽笑道干啥还万一呢，就一万个嫁他得了。宁素芬说这年月女人都想嫁个挣钱多的受累少的老爷们，你们老包跟这标准正反着个，我得好好掂量掂量再定。包德林笑道要定可能快定，我是金命，铁含金，铁精粉正大涨价，你该下手时不下手，回头让旁人抢了先，可没处买后悔药去。宁素芬说只怕抢了去铁精粉价跌得砸破脚面，想甩都甩不掉。宋小丽问真的马上就调解。包德林说那还有假，咱这活就是急百姓之急，老百头姓百，这还是个老姓，春秋时有个百里奚，咱就抓紧调成了这事吧。说着他就往当院摆桌子凳子，从提兜里掏出塑料三角牌，分调解员、书记员、申请调解人、被申请调解人摆好。宁素芬拉着风箱说家伙事带得还挺全乎。包德林说干啥吆喝啥，不能稀里糊涂的，那么着甭说三个代表，连一个都够不上。宁素芬的风箱咯噔一下就停了，人愣愣地就瞅老包，眼睛还慢慢地有些湿。宋小丽问咋的啦熏眼啦快揉揉。宁素芬猛地又拉动风箱，火苗子腾腾地蹿起，她摇摇头叹口气说："想不到呀，这年头还有这样的人。"

往下宁素芬就有点异样，村里足有百十来号人过来看老百家的调解，跟过年拜年似的，把院里院外挤个水泄不通，她也不烦，还帮着张罗。后来老百家老的少的都严肃着长脸圆脸到场，对着牌牌坐下。老百头老俩口一坐下就面对面流泪，老百头说还以为这辈子咱见不到面了呀。老伴说这回调解不了咱俩就绑一块跳大眼井，就哭得四下的人乱呛呛成一片，心软的妇人也跟着抹眼泪。多亏了宁素芬，宁素芬喊都静下静下有泪忍着有尿憋着，下面咱们以最热烈的掌声欢迎乡人民调解庭在咱葫芦营开庭。立刻就有了一片巴掌声，接着就是一片肃静。也巧了，一路之隔的小学这时正升国旗奏国歌，就好像给这边升旗奏乐一样。包德林缓缓站起来，仰着脸就看那面在阳光里升起的五星红旗。此时有些小风，那红旗轻悠悠的飘，就飘得包德林心潮起伏，暗想那已是三十年前了，入党时面对党旗宣誓时，自己说过的话，到今天也不知还记得不。反正现在有不少人不记得了，可自己应该记住呀，因为你原本是个放牛的孩子呀，今天能为老百姓多做些事，那不是受累，那是你的福分呀。他暗道老包呀老包，今天你面对国旗，你该明白呀，你只有这么干才算得上活得有意义呀……

宋小丽浑身麻酥酥的，她还是头一次见这场面。她结婚这些日子里，经常和小苏憧憬未来的小家庭幸福生活，包括置套大房，豪华装修，生个儿子，买辆小车呀。说这些话时，两人是搂在一起说的，那感觉是世上再也没有比小两口在一起更幸福的事了……现在，宋小丽身上麻酥得怪不好意思，她或多或少要为自己有过的那小小陶醉而脸红。因为她看到那些妇女们怀里都抱着孩子，她忽然就笑自己太幼稚了，其实小两口床上的话语，是天下大众曾经有过或即将有了的事，对此欢喜应该，但陷进去而忘了或看轻了社会上的事，就显得小家子气了。

宁素芬是表面上难平静，内心更亢奋。她已许多年没有感受在众人面前露脸的滋味了。虽然说给人家介绍对象也没少听赞扬，可拍拍胸脯暗问，也有亏心的地方，那就是为了做成，常常是两头瞒甚至两头蒙，不然哪有那么合适的。背地里遭人骂也不是不知道，可饭吃到半道不能撂碗，戏演到半截不能抹脸。日头早晨出后晌落，你一个大活人就是用竿子撑腰也得站直了过。不过，眼见着包德林干的这人民调解，呼呼地就聚来这些号人，还都规规矩矩地起立立正，这情景可是有些年没见到了。唉，人活在世上是得想法儿挣钱，可人又不能为挣钱活着，自己往下该寻个啥活法，看来还真得重新掂量掂量。

铃声响，学生上课，这边宣布开庭。包德林讲人民调解庭就是为了调解大家生活中的矛盾建立的，实在调解不了的呢，你就再去打官司，不过，咱这做下的调解意见，将是法官判结的重要依据，所以，咱们千万别把这不当回事。宁素芬跳到人当心说就是别不把武大郎当神仙，也别把我宁素芬总当媒婆。小冷子问那你又是啥了。宁素芬说这不明摆着嘛，他俩是乡级的，我是村级的，都是人民调解员呗。院里院外轰地一下就开了锅，有人就喊这好差事啥时让你干了，一年管多少工钱。宁素芬说没钱就是尽义务，你们谁愿意干。众人便说那好吧，就把为人民服务的机会给你吧。包德林给宋小丽使个眼色，宋小丽就上前告诉宁素芬别说了该开庭了。包德林说各村都要有调解员，咱要努力做到小矛盾不出村，大矛盾不出乡，通过调解，让大家心气畅通的过日子。后来他说至于村调解员谁来当，我可以拿个意见，最终还要听村民代表会的意见。宁素芬脸就有发沉，包德林只当没看见，就往下进行。一进行还真有点难度，百老三和小冷子拿出一张纸，都发黄了，上面是当初他倒插门时家里写的字据："老三倒插门，将来不养老。"一共十个七扭八歪的字。小冷子嘴好使，她说："私凭文书官凭印，这是早就讲好了的，咋说变就变。"

老大老二也挺有理："是老家儿变的，他们变了，我们咋就不兴变。"

包德林问："老家儿咋变了？"

老大说："讲好了一家养一个，可他俩非往一块凑。"

包德林问："没房子住咋的？那算个啥过错。"

老二说："你以为光是凑，凑一块他们得干点啥……"

墙根有人问："干点啥？"

老二媳妇说："干啥谁不清楚，还有脸问。"

众人便忍不住，说这说那的。架不住人多嘴多，声音就哄哄的挺大。小学校长跑来说你们声小点中不，学生都听不清老师讲课了。包德林赶紧摆手，把声音平息下来，想想后他说："按说这事挺好调解，但今天我想借这个机会为老年人的晚年生活多说两句。都说孩子是父母的心头肉，可父母在一些儿女的心中呢，别说是心头肉，能是猪头肉，也就不赖啦。"

"说得好呀！哪能把你当肉，不把你当块老干巴骨头扔了喂狗，就不赖了。"百老汉老泪淌着指着三个儿子说，"当初粮食少呀，我和你妈怕饿了你们，顿顿都是把糯粥给你们，我们喝稀的。有一年过五月节，包了十一个粽子，加上你俩妹子，一人俩，你妈把剩下的一个硬给了我，她呢，她说她吃过了，其实她吃过啥呀，她吃的是你们吃剩的粽叶上的米粒子呀……"

"妈呀！妈呀！"

两个女儿哭着扑上来。心软的妇女也跟着哭，哭也传染，一时间，院里院外哭成一片。宁素芬哭得最厉害，一边哭还一边骂："王八羔子操的，你们忘了本呀！天打五雷轰呀！"

包德林一看校长又跑过来了，紧忙又摆手，说："中啦，哭哭就中，不然咱就成了忆苦会了。往下说，往下说，说说往一块凑是咋回事。"

"咋回事？"百老汉说，"我也不怕笑话，我也思想解放一回。就许你们搂着老婆睡，凭啥非让我们分居，我们又不会计划外怀孕……"

"那倒是。"包德林说。

"问题是，问题是……"

"是啥？"

"你俩凑完了，转天老爷子就犯喘，犯喘就得打针吃药，打针吃药就得花钱，我们养不了，只能给老三……"

五

老百头家的事到了给调解妥了。最终的结果是哥仨出钱共养，再收拾出三间房雇个做饭的，让老俩口单过。当然，说是共养，拿大头的还是老三。小冷子对单过特满意，她跟宁素芬、宋小丽说其实我有时一晚上输的钱，就够他们过半年，只是我这会儿也变了不是贫农好后代了，一见蔫喽巴喘的就烦，你们调解出单过真好，花了钱省心。宋小丽说要是赶上没钱的就不好调解了。宁素芬说没钱的有没钱的调解法，下一个李大牙，咱俩干不用老包。宋小丽说是不是挑包主任没当场任命你。宁素芬说我挑也没用，是骡子是马也得拉出遛遛，不然也不知道穆桂英的十个指头是挂帅的能手。

包德林接乡里的电话，去县里开什么紧急会。宁素芬就把李大牙和黄花花还有大铁蛋叫来，也分上下左右坐。大铁蛋问我坐哪儿。宁素芬说你还想坐，搁早年非抓你个坏分子不可，你一边戳着吧。宋小丽就按程序宣开庭，让李大牙陈诉。李大牙用上嘴唇噜噜两大板牙说："别让我沉着诉呀，我够苦的啦，钱花了，媳妇没得着，人财两空。我得站起来诉才是。"

"也是。"宁素芬小声咬宋小丽耳朵，"也不是在水里，咋能沉得下去。"

"不是沉下去的沉。是陈诉。"宋小丽脸都气红了，"就是让你说。"

"就是让你说。"宁素芬说，"一点文化都没有。当初我咋就给你这熊色保媒。"

"说得是呢，你把我保给他，你太偏心眼子啦。"黄花花指着宁素芬说，"不说门当户对，起码也得般配个差不离吧。就说他那俩大板牙，棺材板似的，你还跟我说长得好，说是搂钱的耙子，日后准能发大财……"

"我啥时说过这话。"宁素芬皱眉问。

"说过，你还说那牙吃西瓜好，不用切，能掏进去。"大铁蛋说。

"去你的，有你屁事！"宁素芬拍桌子。

"当初我求你保媒，你让我买八袋奶粉，我没钱，你就不给保……"大铁蛋说。

"去你娘的，跑这来糟塌我！"宁素芬抄起个破瓢就扔过去。

李大牙上前抓住黄花花说不跟我去睡就还钱。黄花花伸手就挠。大铁蛋上前帮忙，又被宁素芬一笤帚疙瘩打个大枣包……

宋小丽呜呜的就哭起来，收拾收拾东西要回乡里。宁素芬左一个大妹子又一个宋调解，没少说好话了，她说我主要是没正式开庭的经验，所以没把好事办好。宋小丽说本来是我主持开庭，怎么是你没经验，明明是我没经验，我不是这块料。宁素芬说谁天生是这块料，连老包也不是，上中学时他上课答问时吓尿过裤子，我清清楚楚的。宋小丽忘了哭，问那后来是咋变成这样的。宁素芬说还不是炉里的焦，炼（练）的，我和那死老头子闹离婚时，老包管开信，我以为他能帮忙，没想到他好把我俩一顿说，最终说得我俩没了脾气。宋小丽说真没想到你还挺新潮，那个年代就闹离婚。宁素芬说啥新潮旧潮，闹不好瞎闹，离不好瞎离呗。宋小丽说那是啥原因呀。宁素芬脸一热说还不是年轻不懂事，现在让我离也离不了啦。宋小丽说离不了可以结嘛，我们包主任可是千载难遇的人呀。宁素芬说就不知人家能不能看上我，我这一身膘，外加保的那些质量不高的破媒，能有多一半都闹到你们这调解了。宋小丽把行李用品放回原处，想想说与其等着他们闹起来，咱不如把工作做到前头，先来个回访，有矛盾苗头就做工作。宁素芬一拍大腿说这主意好，那么着我心里也就踏实了。

她俩就登门查访，跑了一整天，把村里的十几对给查完了，回来一总结，绝大多数还是过到一块了，但有三对目前问题大。打头的自然还是李大牙，余下两对都是男的喝酒要钱不务正业。宁素芬把那俩男的好训，说现在娶个媳妇多难呀，你们身在福中不知福，早晚有一天让你们睡凉炕喝西北风。宋小丽也不失时机地讲夫妻之间要互敬互爱，这么着好日子才地久天长。她俩做工作时李大牙一直跟在腚后，直问我的事到底咋办，给他们调了也该轮到我了。宁素芬说你那不好调得往后放。李大牙说再放黄花花跟大铁蛋走了，还调个蛋呀。宋小丽到了晚饭后接了小苏的电话，小苏又急了，说你关心那些两口子，咋就不关心咱这两口子，告诉你呀，总让我守空房可不行呀。宋小丽听了脑袋就嗡嗡的。宁素芬说要不就算了，这的调解我承包了吧。宋小丽说那可不合适，我看群众挺欢迎咱们上门做工作。宁素芬说敢情啦，不吃他不喝他还给他们说舒心话，搁我我也愿意。宋小丽点点头接着就发愣，眼里全是小苏急赤白脸的样子。宁素芬说要不你就让小苏来一趟，我这有的是空房，他一来就不闹你了。宋小丽脸唰地一下就红成火烧云，说宁姐你想哪去了。宁素芬说可不是我不正经，我年轻时闹离婚就因为这，那会儿我带铁姑娘队修大寨田吃住在山上，死老头就受不了就闹，后来让老包一调解我才明白了，往下仍不回家睡觉，但抽空回去，也不过撒泡尿的工夫，他就没气了。宋小丽咯咯咯就乐，乐得肚肠子都疼，心里说这基层生活真是丰富多彩，下来收获还真是不小。只不过不能叫小苏来，还是我抽空回县一趟，反正车有的是。月色在她俩又说又笑中变得浓重鲜亮起来，后来宁素芬说不行啦眼皮干架了，呼噜声立刻就响起来，宋小丽则好一阵也没睡着，自言自语道你真行说着就着呀。

六

包德林一大早赶回来，半个下巴胖了。路上有一个拉西瓜的车刮了人，他上前管，拉西瓜的给了他一拳。宁素芬忙用热手巾捂，说你也不能见啥事都调解，这回都调解到下巴上了。宋小丽说不能放了他，得收拾他。包德林一愣说可真是跟啥人学啥人，你这话像是她说的。宁素芬说别总把我看成孙二娘，我也有温柔的时候。宋小丽说对啦我也有强悍的一面……

"可没空说用不着的了，又来了麻烦事了。"包德林抽着烟说，"县里要修四十里六十六米宽的迎宾大道，好招商。葫芦营这儿是重点，这回拆迁任务大了。县里说哪个乡出了上访的，哪就扣一半工资。"

"这不活折腾人嘛！"宁素芬说，"六十六米宽？连我家和小学校都得拆一半吧。招商用得着这宽？都是属螃蟹的横着走道咋着！"

"我看有点不切合实际。"宋小丽说。

"冀乡长很快就下来布置，咱们还是抓紧把眼前的几个事理顺了吧。"包德林说，"王六打井的事我了解了，铁精粉价钱估计要跌，我想劝他不打的好。"

"怕是够呛，小冷子说王六又买个新车，女秘书也换了。"宁素芬说。

他们正要出门，小冷子披头散发跑来，口里喊可了不得啦可了不得啦要出人命了。包德林说你别急你慢慢说。小冷子说昨天晚上王六把我家百老三叫走了，商量今天一早就强行施工，为此还从外面找了打手，说今天要杀鸡给猴看，不打死十个八个的不行。我劝老三别掺和，他不听，还说王六的女秘书怎么怎么漂亮，说他也想配一个。我说你红了毛了你还敢和她配，他说现在矿长啥的早都配着呢，我就想跟他干那事增加增加感情，谁知他又说我没有那个啥性感。结果我俩就打起来。小冷子骂："王八犊子王六，不学好呀，就想跟女秘往一块配，配了让你们生小王八蛋！"

"不是交配的配。"宋小丽低头说。

"管啥配也不该配！"宁素芬说。

"村支书和主任知道不？"包德林问。

"他们说管不了，他们都得了好处，才不跟王六对着干。"小冷子说，"村民打头的是大铁蛋他爹，可他也不是善主儿，是个滚刀肉，捉着蛤蟆他得攥出尿，沾着他事就不好办。"

"好像不让往地里埋杆的就是他。"宋小丽说。

"没错，春天有车的压了他家地边子，也就二尺宽，愣让他讹去二百。你说他多能耐。"宁素芬说。

"那算啥能耐，那是浑不讲理。"包德林说。

包德林说着起身就走，宋小丽和小冷子紧随。收尾的是宁素芬，紧麻溜关门上锁一通忙，嘴里说这些人没长屁股说走就走，也不容人家个空儿。这时节，通红的太阳浑身冒着火地升起来，让山地顷刻之间就感受到燥热与焦旱。土垄里的小苗夜里吸吮的那点露水，在阳光下呼啦一下就蒸发了，几叶嫩绿的小苗无奈地仰望着天空，在盼望不知躲到哪去的云儿能化几缕细雨来……

河水已变成一根细麻绳了，有的地方细得藏在石缝中，乍看分明就是断了流。可就是这点水，河套里的上千亩稻田还指望着它，确让人瞥一眼就口渴。包德林看见王六的人与村民正往一块聚，让人心惊的是，双方手里都拿着家伙，或镐把或铁锹，都是劈下去立马要人命的东西。

"干啥呢干啥呢！"包德林怕他们碰面就动手，大声喊着就跑了下去。

众人回头看看，却没当回事，继续朝河当心走。河当心竖起了打井架，井架四下有人护着，王六头戴绿色的安全帽站在高处喊："都听我的号令，我说动手就动手，往死里打，打死了，我负责！"

村民也稳住阵脚，大铁蛋扛着铁撬杠护着他爹，他爹小个儿，轴实，留着小胡，人称老铁蛋，他喊："保卫家园，人人有责，谁不出力，别吃大米！"

王六说："老铁蛋，今天你是来找死的吧。我请来的可都是武林高手。"

老铁蛋说："王八犊子，今个非让你绿盖揭瓢不可！"

王六说："有种你带人往上冲！"

老铁蛋说："有种你先动我的人一指头！"

由此看来，双方又都不想头一个动手。这就给了包德林机会，他跟跟跄跄地从沙窝里跳下爬上，终于冲到两队之间。包德林喊："谁先动手，打官司先输一半！先输一半呀！"

"那也得讲个理吧，不能光凭这个。"老铁蛋说。

"那是那是。"包德林说，"可先动手和后动手还是不一样。"

"我有批示，我这有县里的红头文件。"王六抖着一摞批示喊。

"就是有中央文件也没让你打架。"包德林说。

"乡亲们，有问题有矛盾我们可以调解，调解不了还可以打官司，千万不能械斗，伤了谁都是要受到法律制裁的。"宋小丽嗓子尖尖地喊。

"是呢，谁动手谁是大傻×！现在不是'文革'造反那会儿，你以为伤了人没事，那是做梦娶媳妇，没门！快都散了吧，双方出代表，有包主任给你们调解一把。"宁素芬说。

"你算哪根葱？到这装相？"老铁蛋说。

"她是村里的人民调解员。她话粗理不粗，大家得当回事呀。"包德林说。

"百老三，你给我出来！你瞎闹啥，挣多少是个够，一进监狱全他娘的没用了！"小冷子尖尖地喊。

"没你的事，你懂个屁！"百老三说。

"我，我是宁姐的助理，也能调了你们。"小冷子说。

还是人多力量大，加上村民们其实都明白一旦交了手的后果，正好有人这么说，就借坡下车把才刚鼓起的劲给泄了，家什也都戳在地上，眼瞅着领头的咋办。老铁蛋当然是拉强弓不下马，这事是他带头折腾起来的，已经弄到手好几万块了，全分光了，指望着往下再弄到钱，自己想啥法也得多落点，若是走法律程序，输赢两说着，起动就有花费，你领头的不多出点血，也叫不起套来呀，万一输了，自己就亏大发了。他心里暗骂这个包德林呀你咋坏我的事，就晃着身子上前抓包德林。包德林那身板哪架得住他杀猪的手抓，一抓抓在肩膀头上，就跟卸了环儿似的，一只胳膊立刻就动不了啦。旁人咋拽还就拽不动他。

"狗日的你放开不！不放开我捏碎这俩蛋！"宁素芬一把就抓了老铁蛋的裤裆。这时人都穿单，老铁蛋可能里面连裤头都没穿，就让宁素芬抓个着实。

"你个娘们敢抓我这儿！"老铁蛋用另只手要抓宁素芬的头发。

宋小丽上前死死攀住老铁蛋的胳膊。场面一阵混乱，包德林喊素芬你可别胡来呀，老铁蛋这才松了手，宁素芬也放开了。老铁蛋蹲下说你们就这么调解呀，专向着他们老板，八成是受了他们的贿吧。大铁蛋说没错呀，冀乡长就开着王六的小车，吃的喝的全是王六报销。王六得意地说还让你说着了，甭说乡长，就是县长、市长都是我的哥们，花钱我都供着，你有气你也拿呀。村民一听这话就又来了气，有人说咱拿不出钱咱有劲砸扁了他。立刻镐把锹头子又被攥紧，气氛顿时紧张起来……

"王六，你给领导行贿，我这就报检察院呀！"包德林掏出手机就按号码。

"慢着，你有啥证据？"王六跳下来喊。

"这有三百人吧，还不是证据！你亲口说的。"包德林说，"行贿和受贿要同等判呢，你可害了人家县长、市长。"

"别打别打，包大哥呀……"王六变了口气。

"咋的啦？"

"我说着玩呢，县长、市长是谁，我也不认识呀。"

一片笑声。

七

冀乡长带着派出所和乡法庭的人急急火火地赶来了。这一来可好，好似把才要灭的灰火又给煽呼着了，河套里顿时杀气腾腾。冀乡长讲说一千道一万，多上项目才是最硬格最硬格的道理。他掰着指头说："有了项目，才有税收；有了税收，才能发工资；有了工资，才不给农民增加负担；有了不增加负担，才能脱贫致富；有了脱贫致富，才能全面奔小康；有了全面奔小康……"

"才开上捷达车。"大铁蛋低头说。

"谁呀？谁说的？给我站出来！"冀乡长发火了。

"我说的，咋啦？"大铁蛋还真应了。

"你小子有种……"冀乡长眼睛直瞅派出所的人，就差喊绑了他了。但毕竟是乡长，忍了又忍，他说，"我给大家解释一下，乡里跑项目需要到处跑，跑就得有交通工具……"

"那还叫跑？跑就得用腿，用轮子那是坐车。"老铁蛋说。

"是，是坐车。坐车能提高工作效率嘛，就是为了提高效率，乡里才要有交通工具。可是，乡里的车坏了……"冀乡长挺费劲地解释。

"中啦，乡里的车坏了好了跟我们没关系。乡长你也提高一把效率吧，快把眼下这事给解决了吧。"老铁蛋说。

"对，对，快解决这事是真格的。回头你坐火箭，也没人管。"小冷子喊。

"说得对呢，大热天别在这挨晒啦。"众人说。

"安静，安静啦！下面我们就以热烈的掌声欢迎冀乡长回答大家提出的问题。鼓掌鼓掌！"宁素芬跳到人群当心，使劲鼓掌，有点主持人的样子。

冀乡长瞥了她两眼，有心问你是谁呀，敢命令我回答。但眼前的情景，却不容不答。他想了想说："关于打井嘛，我看是这样，既然人家有了批示，就得让人家打。至于说可能要影响稻田用水，我看也没啥了不起，一斤大米才多少钱呀，可一吨铁精粉是啥价格……"

"问题是铁精粉哪怕一万块钱一吨，那也不是我们每个村民能挣得着的。我们是农民，种田才是老本行呀！"

"你们还是观念太陈旧，为啥总不能快点富起来，就是脑瓜里总想着那点地。"

"不想地想钱，银行有钱，想得来吗？"

往下的对话就越来越不愉快了。冀乡长本来还想把双方的利益平衡一下，但身为一乡之长，又年轻气盛，双方话不投机一呛火，他也就冲动了。他后来就说现在可是法制社会，哪个刺头非要鸡蛋往石头上碰，我也就管不了那么多了。老铁蛋就问那补偿呢，总得他王六吃肉让我们喝口汤吧。冀乡长说喝汤不喝汤我管不着。众人就喊你管不着你来干球。偏偏那王六火上浇油喊你们还想喝汤，喝我的尾矿水吧。这话一下就捅了村民的心窝子。原来这铁精粉厂给环境造成的最大危害，就是提炼后的废渣，俗称尾矿。尾矿就是黑泥汤子，流到哪儿就盖了哪儿黑了哪儿。为啥选矿一般都建在半山上，那就是利用没有田地的山谷，垒坝做尾矿池。当然如果多投钱，也可以绿化，但现实中没有几个矿主真格的管你环境保护如何，多是采选个差不多了挣了钱了一撇了之。王六的厂子本来就没在环保上投啥资，把河套边上的一片鱼塘愣做了尾矿池，至今矛盾还没了结，这回再扩大，肯定对环境伤害更大，但他准是使了钱了，竟然把各种手续都弄得挺齐全。这要是在法庭上较起真来，他还真就有理在先了。村民中也有明白人，混乱中说王六把上下都打点好了，咱只能动家伙了。老铁蛋就往前一推他儿子，大铁蛋和一个保安脸对脸碰到一起。大铁蛋就喊他打我呀，后面呼啦一下就涌上来，双方就交手打了起来。这一打可不要紧，什么冀乡长什么派出所都不管用了。也不是他们不制止，架不住人多家什多，弄不好连他们自己也被拍在下面。

包德林反应极快，一把拽着宋小丽就从火线上窜出大老远。宁素芬和小冷子给卷了进去，好一阵才脱身。包德林说你们出来了，冀乡长呢。宁素芬说这该问你呀，你俩拿工资的就知道护着自己，连领导都不要了。包德林朝那边看看说没大事没大事。宋小丽问咋就没大事呢，都打红眼了。包德林说你瞅只要双方队形不乱，打得再凶也是家伙碰家伙，如果队形散了都混到一块了，就要出人命了。小冷子说快想个法吧，一会儿乱了可咋办。包德林掏出烟说让我抽口烟想想，眼下也没啥好招子呀。宁素芬说你可真够镇静的了，都火燎腚眼子了，你还有心抽烟。宋小丽说是啊快瞅队形要散了。包德林一看可不是咋的，虽然老铁蛋这边人多势众，但王六的人都年轻力壮家伙又合手，一阵试探后村民们还是落了下风。老铁蛋死活不让退，还喊包饺子包饺子以多打少。王六喊每人多给一千给我上。包德林手哆嗦了，点了两下烟也没点着，后来他跳起来就往火线上跑，跑几步回头喊你们快找个亮堂地方装死。宁素芬问咋装呀。包德林说小丽不是带着口红嘛，往脸上抹。小冷子说那也太干呀。宁素芬说干没事我撒泡尿就行了。包德林说撒啥尿河里不是有水吗，说完他接着跑过去。

"别打啦！都出了人命啦！都他娘的出人命啦！"

包德林登高这么一喊，就管用了。尽管刚才彼此打得那么热闹，也有零星挂彩的，但毕竟还没到下死手的时候。一般的械斗规律是，只要有人喊死人了，就得停一下。这时还能弄清谁下的手，不然总有打官司那天，到时候连谁打的都找不着。所以偌大个河套，顿时就静了下来就找就看。一静下来冀乡长和派出所的人就发挥作用了。冀乡长捂着头哭丧着脸说打吧打吧，死了人我受处分，我也让你们舒服不了，看我咋收拾你们。派出所所长姓白，人称大老白，这会儿脸上黑不溜秋，他瞅瞅上前问包德林："人呢？"

"那不是嘛，三个。"

"哎哟，流那些血呀。"

"可不是咋的，够呛。"

"哟，这边干架，人咋死那边去了？"

"你想当全国最大的白薯吧？"

"不当。噢，我明白了。"

大老白掏出枪举着喊，保护现场谁也不能上前，上前我就崩。包德林说你们还愣着干啥，想当凶手呀，是不是细粮吃多了想蹲大狱吃窝头呀……话声未落，人群呼啦一下就散了，散了个干净，但两边领头都没走。

冀乡长急了问包德林怎么把人都撵走啦，凶手不抓啦。老铁蛋说完啦死了三个妇女，天灵盖都碎啦，王六你小子赔命吧。王六脸上冒汗远远地说咋一下死三个呢，这钱可得花老了。百老三说那有一个好像我媳妇，就要上前。包德林说谁都不许靠近，咱就在这说咋办吧。冀乡长说死了人能咋办，谁都别想得好，放着好日子不过，这回都傻眼了吧。老铁蛋说我有啥事，死的是我们的人。包德林说你不带着来她们能死，你是挑动者，你别想脱干系。王六说我认出钱中不，出多少钱我都认。包德林说你以为有钱就能摆平，不中啦，你肯定得被判个无期二十年的。王六说哎哟那我的这些厂子呀。包德林说到这会儿想起厂子啦，你不是叫人往死里打你负责吗？王六说要不是冀乡长来，咱不是都平息了吗？冀乡长急了说怎么是我来了反倒打起来了，我是来平息的。老铁蛋说你可不是，本来老包把我们都说乐了，你一来一说有了这个才有了那个，有了那个又有了那个，结果我们就又有了火……

"你们还有完没完呀！"那边宁素芬喊，"晒死我们啦！"

"我受不了啦。"

"快拉我一把。"

包德林说："哎哟，还有救，快救人吧！"

八

原先包德林是左手抽烟右手举杯，到晚上在宁素芬家院吃饭时，他右胳膊根本抬不起来了，只能用用左手抽一口烟放下，再举杯喝口酒。

本来王六说啥要到饭店去吃，说咱还吃那个啥甲鱼火锅。老铁蛋说别看我们村民穷，我们也请得起。但宋小丽小脸上还没擦净口红，手一摆说不是不敢吃你们的饭，实在是我们做人民调解员得守规矩，一旦吃了谁的说话就不硬气了。后来冀乡长说在饭店吃饭太费时间，他还有事要办，结果就在宁素芬家弄了几个小菜。包德林变得很深沉，好半天才摇摇头说："二位，我还是那句话，事情都到这份上了，你们就走法律程序吧，我一个乡调解庭，庙小，整不了你们这么大的神儿。"

"可别可别，乡亲们都说你们是三个代表，你总不能眼瞅着大家的事不管吧。"老铁蛋说。

"包主任，我考虑妥了，我的厂也搬不走，一打官司和这的人就彻底生分了，还是你们调解吧。"王六说。

"既然双方都愿意，我看你就调吧。"冀乡长说，"这表明群众对咱调解工作是肯定的，老包你说是不？"

"那倒是，不过，话说回来，调解这工作，直接涉及双方各自的实际利益，不是说调成就能调成的。"包德林说，"比如你们双方吧，一个提出再补偿一百万，另一个说有手续不该再花一分钱，你说咋调好。"

"要我看一方少要点，一方再出点。"冀乡长说，"双方一迁就，不就结了。"

"我看中，我们要五十万。"老铁蛋说。

"行，五十万就五十万。"王六举起杯。

"痛快！谁也不能反悔呀。"冀乡长高兴得要蹦起来。

"早知道这么容易，我们还装啥死呀。"宁素芬说。

"你们功劳很大，没有你们装死，就没有停战；没有停战，就没有坐下来谈判；没有谈判，就没有调解；没有调解，就没有这五十万；没有……"冀乡长说得兴奋停不住。

"冀乡长，捷达车没有了。"大老白甩把脸上的汗进来。

"咋就没有了呢？"冀乡长愣了。

"这有封信。"

冀乡长看罢脸色就变了，原来是河套洼地弄鱼塘的几口人家写的，说找了多少回也解决不了问题，只能用王六这辆车做抵押了，啥时把尾矿治理了啥时还车。冀乡长就火了，说白所长你是干啥吃的，一趟马一趟河，就是他再有问题没解决，也不能扣我的车呀！白所长一跺脚说红了毛啦，这就是抢劫，我得抓人了。说罢就要走，包德林赶紧说老白你别急嘛，这车反正也有下落，不如把事情统筹考虑考虑。白所长问咋统筹呀。包德林说是不是跟尾矿治理一并考虑。宋小丽说我看也是。冀乡长说也是个啥，尾矿治不好还就不能把车弄回来。他狠狠瞪了包德林和宋小丽一阵，啧啧牙说："你们二位可真行，让你们干调解，你们咋把我给调进去。"

"那不是关心领导嘛。"宁素芬说，"别人想调还调不进去呢。"

"还有你！"冀乡长气不打一处来，"你热烈欢迎我回答啥问题，明明是把我推到崖子边受罪，不然我也挨不上两土坷垃，也丢不了车。"

"没事，王六有的是钱，让他再给你弄辆新的就是了。"宁素芬说。

"那合适吗，乡里的工作是大力扶持民营经济，哪能揩他们的油。"冀乡长说，"王厂长，你说是吧。"

"没，没事。"王六结巴一下说。

"他身上油多，多揩点还帮他减肥呢。"宁素芬说。

"这么着吧，你不是又买辆宝马吗，那奥迪也闲了。我先开两天奥迪吧，等把项目跑下来就还你。"冀乡长说。

王六还就没话可说了，乖乖地把车钥匙交过去。冀乡长很高兴，说声你们谈吧，我还得去县里开迎宾大道紧急工程会。包德林说要是会上征求意见你咋说。冀乡长说你说该咋说。包德林说依我看那工程有点不合实际劳民伤财。冀乡长说这话我敢说？包德林说你要心里还有老百姓就说。冀乡长笑道好像就你心里有老百姓们的，我见机行事吧。就和大老白走了。剩下这几位愣了好一阵都说不出话来。后来老铁蛋说王六你看你冤大头不，忙活半天全给人家忙活了。王六挠挠头说哪都这样，强龙不斗地头蛇。包德林说你就不怕老百姓。王六说不怕我上这来干啥，我这一身土，早去桑拿了。宁素芬说你还是到你的尾矿池里桑拿吧，你小子可把人祸害不轻。这么一说，气氛就变得有些压抑，包德林用左手又举杯又抽烟不方便，啪地就碰倒了一瓶啤酒。宋小丽问那只胳膊还抬不起来呀。宁素芬说你个老铁蛋你抓猪呀使多大劲捏他，他工资一分不多得，你使那大狠劲干啥，天下往哪去找这么好的人……

晚风一点点吹来，暑热在暮色中渐渐消失，山村的宁静在这一刻就显了出来。也就怪了，这酒喝到后来人全都默不作声了，只是安稳地喝，轻轻地碰杯。老铁蛋不再提钱，王六也不再提打井。末了还是包德林说那会儿冀乡长都给你们调解了，你们要是能接受，就那么办吧。老铁蛋马上说不中我得找人核计核计。王六说我也得考虑考虑你说的那么啥来着。宁素芬说狗记性呀，一桶粥嘛。宋小丽说是统筹。然后这饭也就吃完了。剩下他们三个人，包德林说离睡觉还有段时间，把李大牙和黄花花找来吧，反正也闲着。宋小丽说你胳膊都动不了还是歇着吧。宁素芬说对极啦可不能再为那些王八球子受累了。然后她眨眨眼微微一笑说这会儿还有班车，小丽你回家吧，省得你爱人惦着。宋小丽愣了一下，但马上说那好吧，我也得回去跟小苏谈谈话了。包德林说你回家也好，让小苏在网上查查钢铁的行情，我琢磨着快该降价了。宁素芬说回家还给任务，你狠不狠呀。包德林说搂草打兔子，捎带脚的事。宁素芬说行啦小丽快走，要不他又想起啥事来，你回家也别睡觉了。宋小丽说哪能呢，你们也早歇着吧。宁素芬说我送你，开车的是我侄儿。

宁素芬送走宋小丽回来，把院门关上，对包德林说："大热天的，别穿那么严了，捂痱子呀。"

"干啥撵小丽走，晚上万一不安全呢。"包德林说。

"放心，我侄儿说了，保证送到家门口。"宁素芬说，"就担心她，也不担心我。"

"你有功夫，会黑虎掏裆。这高招儿跟谁学的？"包德林说。

"那谁不会。唉，也就是为你。"宁素芬说。

"多谢啦。不然我还得吃大亏。"包德林说。

"跟我客气啥，咱俩谁跟谁。"宁素芬指着包德林的长袖衫说，"这衣服是租来的？"

"不大好，就咱俩。"包德林说。

"你跟小丽整天不也是俩人。"宁素芬说。

"那不一样，那是领导和被领导的关系……"包德林说。

"那咱俩呢？"宁素芬脱下半袖衫，薄背心里有两只大兔儿在小跳。

"慢着，我有点眼晕。"包德林赶紧瞅别处。

"怕个啥，也不是没吃过猪肉，还怕见猪跑。"宁素芬手脚麻利收拾了家什。

"你属啥来着？"包德林没话找话。

"属猪。"宁素芬沉脸说。

"我也是。"包德林说。

"俩猪。"宁素芬说。

"嘿。"

"哎。"

后来两人就一屋一个躺下了，但两个屋门都没关。包德林胳膊疼一翻身不由得叫了一声。宁素芬说我可不是想别的，用不用我过去给你揉揉。包德林说揉也不管用歇歇就好了，你就别过来了。宁素芬眼泪就要流下来，心想这人怎么变成这样，原先可不，上中学时是他先给我递纸条，要跟我相好，现在都无牵无挂，又赶上这么宽松开放的年头，他咋就没了劲头呢。包德林耳朵挺尖，抽冷子就问你哭个啥，有啥憋屈事跟我唠唠反正也睡不着。宁素芬说我想我好命苦呀，好不容易和你重新接上头，不成想你半道重点转移了。包德林说谁转移啦，我跟你是吃了秤砣铁了心。宁素芬说那为啥躺在那屋死猪似的，跟这屋是隔着山呀还是隔着河，要么就是我这身肥膘吓着了你。包德林笑了说啥也没隔，那是没到时候，到时候就是刀山火海我也能跳过去。至于肥膘嘛，不瞒你说，自小缺吃的，吃肉就想吃肥的，娶媳妇就想娶胖的。宁素芬咯咯就笑了，说咱说正经的，你说咱俩的事啥时办好。包德林想想说眼下调解庭工作太多，小宋又刚调来没经验，各村调解员也没配齐，配齐了我还准备办一次班再出去考察考察，等把这些忙过了，咱再办事也不迟。宁素芬说还不迟呀，只怕这些事了了又有新的事，我就傻

等着吧。包德林说没法子，这乡村调解工作一点也放松不得，要不然影响小康建设。宁素芬说中中中天底下闹半天还有你这么一个办事认真的人。包德林说不可能就我一个，你说过分了。宁素芬说大伙都这么说，你看冀乡长他忙些啥。包德林说甭管别人忙啥，我这辈子该忙啥我心里清楚，将来你嫁给我保准你心里踏实。宁素芬说就怕穷个底掉睡觉踏实，不怕来贼。包德林笑道哪能呢，还得保护好你那身肉呢。宁素芬说这身肉放在这你都不稀罕，贼也不稀罕。包德林说别别实在是天太热，不是干那事的时候。俩人说着说着不知不觉就睡着了。

九

宋小丽起个大早从县城赶回乡里，还没进村老远一瞅吓了她一跳，村委会旁的水塔顶檐上坐着个大活人，比比画画地跟下面说什么。下面已聚了些人，还有不少人往这儿跑。小冷子过来一把抓住宋小丽说李大牙这鬼要跳水塔，快找包主任吧。宋小丽说包主任昨晚上没走呀。宋小丽飞跑到宁素芬家，见院门紧闭着，就咣咣砸，好一阵宁素芬问谁呀也不让睡个安稳觉。宋小丽喊就知道睡都要出人命啦，还睡啥睡。包德林一听紧忙下地，拎着上衣问在哪里在哪里……

水塔离地面少说也有二十来米高，下面全是水泥地，人摔下来肯定玩完。村主任喊李大牙你有啥事下来说，犯不上要死要活的。李大牙喊我今天就不要命啦，她黄花花把我骗个溜干净，问题总也解决不了，我只能这么干了，太阳一竿子高我就跳。说罢就谁都不搭理，看样子真下狠心了。包德林过来抬头看看问情况如何，村主任说这不明摆着嘛，那檐溜滑出溜下来就完了。宁素芬跺脚说完了完了要出人命了，早知道不保这破媒。宋小丽说出了人命麻烦就大了，包主任都有责任。包德林就挤出了人群，找个背阴地抽着烟走来走去，跟钻进笼里的地鼠子似的。宁素芬说你有啥想法快说，来回审得人眼晕。宋小丽说那是领导在思考问题。宁素芬说没见天安门上的人都这么走。宋小丽说人家走也不能让你看见。包德林终于把烟一掐说机会难得呀，快把黄花花和大铁蛋给我找来。宁素芬问找他们来干啥又有啥机会。包德林说我正好把我几年总结出来的几种行之有效的方法实践一下，将来好推广。宋小丽问都啥法儿呀快告我我想学。包德林说一会儿你就知道了。

太阳都高过一竿子了。下来就有人说咋还不跳呢。宁素芬说妈个巴子谁盼着跳，良心长肋巴骨上去啦。宋小丽指挥着人往塔下堆稻草，说从上面看日头，一竿子高还早着呢。小冷子喊你要跳就往草上跳呀，千万别把大牙磕掉。包德林说行啦都安静看我的，就抬头喊小李子你看谁来了。黄花花躲在一旁仰脸说李哥你别寻短见，不是我成心骗你，实在是咱俩不合适呀。李大牙低头仔细瞅说原来你也来了，我这可全是你逼的。黄花花说我可没逼你上水塔，我还想临走前跟你谈一回呢。李大牙说咱俩还有啥好谈的，你都跟大铁蛋好了，你就说退不退钱和东西吧。大铁蛋从一边抽冷子冒出来，拽了黄花花就要走，走了几步转身喊大牙你要是条汉子，你就下来。李大牙说我要是条汉子，我也不上来。大铁蛋搓搓手对包德林说你这招不灵呀，这小子激不下来。包德林挠挠头说这激将法一般很管用的，那就换亲情法吧。他跟宋小丽耳语几句，宋小丽就拿起喇叭说小李你家中还有老母亲，你若是死了，她的晚年靠谁呀。李大牙顿时泪如雨下，大叫娘呀娘呀我的娘呀。宁素芬点点头说这招儿还差不多。不料见李大牙抹去眼泪，说老娘我对不住你呀，我把你养老的钱全赔进去了，我没脸再活下去了。说罢身子就往下溜，人群一片惊叫。包德林皱眉说我操的咋这也不灵，那就得用美人法啦，他又跟宁素芬说了几句，宁素芬仰脖子就喊李大牙你不就是想娶媳妇吗，我这有的是，管你够挑。李大牙说我挑不起，也买不起你家的见面礼。眼看就没法了，李大牙又站起来喊日头有一竿子高了，看那架势真要跳了，包德林一跺脚说看来不来绝的不中啦，他扯脖子大喊："李大牙，你想和媳妇睡觉不？"

"做梦都想！"李大牙身子马上钉住。

"你媳妇就在这儿，你干啥不睡！"包德林拽住黄花花。

"哪个是我媳妇？"李大牙问。

"傻蛋，你俩不没起离婚证吗？"包德林说。

"那她也不让呀！"李大牙喊。

"谁说的？"包德林瞪黄花花。

"我，我让，你下来呀！"黄花花咬着牙说。

"说话算数？"李大牙说。

"算，算数。"黄花花眼泪都要出来了。

李大牙就问哪块草厚，就要往下蹦。宁素芬喊死鬼把卵子摔丢了你还睡个屁。李大牙就抓着铁栏杆嗖嗖下来。下来就找黄花花，说不能不算数呀去睡觉。再一瞅黄花花已进了村委会屋里。包德林说人来齐了吧，咱这就调解你们这档子事。李大牙说我不调解我要睡觉。宁素芬说大白天你睡个屁，要睡天黑再睡，还得看人家愿意不愿意。李大牙说老包你咋使唬人的招儿。包德林说不错这是我的绝招儿，谁叫前几招儿不好使呢。宁素芬说人家救了你的命你知足吧，摔死了再给你八个媳妇你也用不上一个。众人也都跟着说，整个压倒一切的气势，李大牙也只得渐渐平静下来，调解会就往下进行。但开了一上午，也没调解下来，倒不是黄花花赖着不还，关键是还多少。李大牙说虽然登了记可我和你也没有过那事，你还是黄花姑娘，所以你得全退。众人说这在理呀，应该全退，否则你黄花花就有诈骗的嫌疑。黄花花低头不语，后来大铁蛋说不对不对她不是黄花姑娘，你李大牙睡了人家这我知道。全场人立刻就目瞪口呆，不知道这里面有多少弯弯绕。村主任说这事也好办，小孩的爹是谁，当娘的最清楚，黄花花你到底跟过谁，只有你自己最知道……一屋的人就静静地等着回答。不料这当口包德林说就散了散了上午就到这儿，下午接着来。众人都不明白问这是咋了，包德林说饿坏了从早上就啥都没吃，饿透气了。

回到宁素芬家，宁素芬做着饭说老包你那些招儿也不咋着，推广出去有点丢人。包德林说在一般情况下，激将法、亲情法就能解决问题，用不着动用美人法，尤其不能用唬人法，今天这情况是有点特殊了。宋小丽说我不明白为啥到了关键时刻你给散会了。包德林说那是隐私不能说，说了咱就侵犯了人家的权利。宁素芬说那可就难弄清了，知道谁先睡了她。包德林说那就靠你俩了，吃了饭你俩马上去给黄花花做工作，想法儿弄清楚但得保密。吃了饭宋小丽和宁素芬才走，小冷子和百老三来了，百老三特热情还拿来一条中华烟给包德林。包德林说啥也不要，小冷子说你包主任把我们家的矛盾调解了，他们哥几个和气了，刚才他又觉悟了，不想配女秘书了，还不该谢谢你。包德林说我干的是分内的活，用不着谢，再者说这么贵重的烟我也享受不起呀。百老三说有啥享受不起的，有钱就享受得起。包德林说我没钱我享不起。百老三说包主任我挺佩服你，我想聘你为我的专职法律顾问。包德林说咋个专职。小冷子说就是不管别的了专跟我们干，一年能给你五六万的。包德林说钱可不少，可惜我不能干。百老三说你先别一口回绝了，再考察考虑，另外有用钱的地方就找我。小冷子笑道我都知道素芬和你的事，娶媳妇哪有不花钱的。临走时百老三死活把烟给扔到炕里，没法子包德林只得说那就谢了。

包德林还想打个盹歇一会儿，宋小丽和宁素芬脸色深沉地回来了。宋小丽说情况太复杂了。宁素芬说黄花花是被百老三强奸的。包德林脑袋嗡地一下就变成柳斗了，好一阵才缓过来。院外摩托响，大老白拎着铐子进来问："他家住哪儿？"

"你咋来了？"包德林问。

"我报案了。"宋小丽说。

"等等，等等，让我再考虑考虑。"包德林说。

"包主任，你……"宋小丽伸手从旧报纸下搜出中华烟，"你可别糊涂呀！"

"小冷子两口子来，我们瞅见了。"宁素芬说。

"不是为这个……"包德林想说什么，却一时理不清思路。

"这是重案，先抓了再说吧。"大老白转身要走。

"不中，这里面一定还有事……"包德林说。

"我，我不干啦！"宋小丽眼泪流下来，拔腿就跑出去。

宁素芬想追，包德林说让她去吧。随后包德林让宁素芬叫了黄花花来，慢慢地讲做人要诚实，尤其在一些大事上，千万不能胡来，尤其是强奸这种罪过，一旦定错了，就毁了人家的一生。当然，如果确有此事，也绝不能放过他，即使他有钱，也得受到法律的制裁。黄花花憋了半天，才红脸说半年前她在县城一个酒吧里当服务员，有一天百老三去了，在包房里他把自己给整了。包德林问你们是事先讲好了，还是他强逼的，事后他给钱了吗？给了多少。大老白说我好像在县里见过你，你当过坐台小姐吧。黄花花脸就又红，红过了又白，后来她叹口气说我说实话吧，其实百老三也不是头一个，我原想挣点钱回家过日子，不想让几个东北人给抢了还差点要了命。要不是李大牙总说可等到新婚之夜了，又要见红，我就跟他过了。我害怕露馅，才跟大铁蛋跑，等跟了大铁蛋，我只能赖到李大牙身上……

包德林浑身稀软。宁素芬说哎哟你这小黄毛丫头，你差点搅乱了一锅粥。大老白说你干过那事起码得罚款，你跟我走呀。包德林说罚啥呀罚，她还欠人家不少钱呢。黄花花说李大牙给的彩礼钱全给我爹看病了，我拿啥还呀。包德林把大老白叫到院外，说你还是把捷达车找回来，告诉那几家别干违法的事，尾矿污染的事我正想法儿呢，他王六有一万个不是，一扣他车，他就逮着理了。大老白说按说扣车性质挺严重的。包德林说咱先调解，如果不退车，你该咋办就咋办。大老白就去了，包德林跟黄花花说到底想不想和李大牙好。黄花花说要不是当初我爹治病急等用钱，我说啥也不跟他扯。宁素芬说那你就痛痛快快把吃下的东西吐出来。黄花花说我要是能吐就吐了，还至于这么耍赖。包德林想想说不是大铁蛋要娶你吗？你就考验他一把，让他替你还上。黄花花问还上以后呢。包德林说我帮你想法子。黄花花咕咚就跪下了，说包领导你比我亲爹还好呀，我自小没娘，我爹有病从来没为我想过啥事……

包德林眼里也湿了，他想自己的女儿孩子都好几岁了，遇到点啥难事，还要让自己给她出主意想办法。可天底下还有那么多像黄花花这样的女孩，要是家里但凡有法儿，也不至于让她去坐台……

十

宋小丽特别后悔，后悔自己不该那么不冷静。她接了宁素芬打来的电话，就找车回葫芦营，在街上小苏来电话告诉她个消息，说从网上虽然没查出钢材价格涨跌的准确消息，但有个朋友对这方面特有研究，他说钢材生产过热，国家马上就宏观调控，价格必大落无疑。小苏知道是包德林让打听的，还特意说如果是包主任想开矿千万劝他别干，干了就是人家牵驴他拔橛。宋小丽说这个信息太有价值了，随之便觉得有点对不住小苏，这两天心情不好，到晚上特讨厌办那事。故而她在电话里说小苏我爱你。小苏一下激动了，说要不咱这会儿就回家，顶多半个钟头。宋小丽脸火辣了说你急啥，我尽量晚上回来就是了。

有辆小车吱地停下，冀乡长探头问小宋你回乡里就上车吧，小宋就坐了进去。车开出县城，冀乡长说："小宋你干得不错，我也不把你当外人，我想让你当调解庭庭长。"

"那包主任呢？"宋小丽心里发紧。

"他到点了。"冀乡长说。

"属猪的，才五十七。"宋小丽说。

"问题是……他干调解虽然有能力，可他动不动就调解我，调得我进退两难的，我这不是没病找病嘛！就说这车吧……算啦，不提啦，烦人……"冀乡长把这奥迪开得飞快，拐弯时差点拐沟里去。

"其实，包主任也是为您好。"宋小丽婉转地说。

"那倒是。"冀乡长减慢速度说，"迎宾大道县里不搞了。亏了老包提醒，我没表错态。只是，他太认真，把借车这事弄到领导耳朵里，开大会时人家没提名，但我知道是冲我的。"

"也许不是老包说的，他这个人从来不打小报告，这我敢保证。"宋小丽说得斩钉截铁。

"好家伙，这才几天，你就被他俘虏了。"冀乡长苦笑着摇摇头。

车没进乡政府，却开到王六的厂子，正巧包德林他们都在。冀乡长说这车完璧归赵呀。王六说要不您开我那新宝马吧。冀乡长说我还敢开宝马，我非让马踢趴下不可。对这包德林一点反应都没有，还说白所长把捷达车已找回来了。冀乡长说别提车了还是说你们的事吧，县里要求在发展经济的过程中切实保护环境保护农民的种粮积极性，稻田可不能毁了。王六脸一沉说冀乡长那天你还说为了上项目，宁愿多做出牺牲，这才几天你就变了。冀乡长说那天是那天今天是今天，县领导说了咱就得执行，回头一河套稻田都成黑泥了，让我跟领导咋说。王六说咋说我不管，我买设备的订金都给了，你不能坑我。冀乡长说我咋坑你，明明是你们要坑我。说罢他要了包德林的摩托车，一溜黑烟骑乡政府去了。

往下这事眼看就僵住这儿了。多亏了宋小丽，她把那信息一说，包德林说王总你好好想想，你说过人家是赔本卖你设备，天底下可没有这么便宜的事。宁素芬说就是嘛东西没毛病凭啥降价，我那的洗头膏为啥便宜，都是人家卖不出去的破玩意儿。王六想想立刻出去掏手机打电话。这边老铁蛋说千万别不干呀，那么五十万块钱没了。宁素芬说你别见钱眼开，回头你老实让人家在你地里埋杆，三十块一根，你凭啥要六十，你比旁人多一个脑袋咋的。包德林说那事回头说，先说这个吧。好一阵王六终于回来，脸上都是冷汗，大肚子直往下坠，说我的娘差点上一大当，朋友那边都见好就收了，我这还傻乎乎往上上呢。他拍拍肚子说："老包，我送你两辆新摩托吧。"

"不，不。"

"要不把捷达开走。"

"不，不。"

"你啥都不要，你要啥？"

"我要你把养鱼池那几户的麻烦给了啦。"

"那个好办，要钱给钱，要治尾矿就治尾矿。我问的是你想要点什么？"

"我就想要大家在一个和谐的环境中发展经济。"

"还、还有要这个的？你有病吧。"

甭管王六理解不理解，包德林自己心里有杆秤，该做啥不该做啥一点也不乱分寸。往下这几个事也就顺当了，王六不再扩厂不打井，村民也跟他闹不着了，稻田也保住了。李大牙的钱全额退了，但转来转去，这钱实际是百老三出的。包德林跟百老三说你和黄花花的事，以我的分析还不是强奸，但后果很是严重，你自己看咋办吧。百老三连说您说咋办就咋办。包德林说我看还是花钱消灾为上，也不诓你，一共一万五。百老三说可够贵的。包德林说谁叫你吃着碗里又惦着锅里，你媳妇哪点差了，你也算花钱买教训吧。百老三千谢万谢，又提一年给包德林五六万。包德林说有这五六万你还不如把跟你干活的劳保交了，省得人家说你太黑。百老三连连点头说是是。往下那一万五是包德林做证，百老三和黄花花当面谈当面给的，讲明一次了断谁也不找谁的麻烦。完事了黄花花悄悄跟包德林说我谢谢您，这三千给您吧。包德林点点头说还挺诚实往后的路好好走，这钱留着给你爹看病吧。黄花花立刻顺当地和李大牙办了离婚手续，又和大铁蛋登了记。

这事没让宁素芬知道，怕她嘴不严。但小冷子来找她，问包主任好像给我家老三和黄花花开了一个小会，也不知啥内容。宁素芬就问宋小丽，宋小丽知道但装不清楚，就说可能是埋线杆的事。宁素芬说埋线杆跟他俩有啥关系，就去问包德林，还说看来还是把我当外人呀，这么着村调解员我不干了。包德林想了又想，说老铁蛋不让在他家地里埋杆，黄花花现在跟大铁蛋登记了。而埋杆拉线正好解决百老三矿上的用电，所以才把他俩找到一块，让黄花花做做工作，让百老三多出点钱，让老铁蛋别添乱。宁素芬听了说这事还瞒我干啥，其实这事交给我办就行了，还用你出面。包德林说我想让你歇几天，等天凉点好把咱俩的事办了。这话一说，宁素芬就坐在炕沿边低头不语，包德林使个眼色，宋小丽说我出去转转。宁素芬不好意思地说这也不怕见人，你正好帮我出出主意。宋小丽说我回头一定出，这会儿不出。她赶紧就去找百老三和黄花花，让他俩把口径对准，防止出差。果然，宁素芬心情一好工作更来劲，饭也不吃就找小冷子解释，小冷子听完说你说能是这么回事吗？宁素芬说我也觉得尿不到一壶呢。俩人就找百老三和黄花花，问了一气倒是没问出大破绽，但总有对不上茬口的地方。这时多亏宋小丽找宁素芬，说你和包主任结婚的事，我有主意了。小冷子一听就把那事撇了，说走走走咱们核计你们结婚的事多有意思，一个破电线杆绕得我脑仁疼。

　　一晃三伏过去了，乡里机构改革人事调整，任命宋小丽为庭长，包德林退二线。宋小丽很不是滋味，找冀乡长说还是让包德林当庭长。冀乡长要调县里当局长，他说这事不是他定的，是上面有文件，有年龄限制。冀乡长还说多亏包德林当初不让借王六的车，有俩乡长就因为这种事没调动成。宋小丽说你们也不为老包想想，他干了这么多年连个副乡级都未当上。冀乡长就笑了说其实老包自己明白为啥当不上，他不跑动不送礼哪能成。宋小丽听得心里堵堵的，说我也没送也没跑呀。冀乡长说你家小苏跟着县领导呢。宋小丽心里就有了主意。再见到包德林时，包德林正在村里为一条新路占地的事忙活，出麻烦的人又是老铁蛋，他听说新路要从他的承包地过，连夜在地里又盖小棚又栽树苗，愣给弄个满满登登，要按实物补就得多花十多倍的钱。县里有文件，坚决不允许这种做法得逞，否则修路钱就全变成补偿款。老铁蛋和他老伴这回在地头上搭铺，拉出誓死不妥协的架势。交通局的推土机就在一边候着，只要把人一架走就开推。包德林已经说得口干舌燥，仍丝毫不见效。急得他没法儿。宋小丽过来把包德林叫一边小声说："包主任……"

　　"主任是你啦。"包德林说，"往后我听你的。"

　　"包主任呀……"宋小丽眼泪汪汪地说，"咱不管了，中不？"

　　"因为啥？"包德林问，"就因为不让我当主任？"

　　包德林哈哈笑起来。他笑得那么痛快，笑得那么响亮，笑得所有的人都朝他俩看。宁素芬嗖嗖窜过来问你笑啥这高兴。包德林指着宋小丽说让宋主任跟老铁蛋说吧，她刚从县里来。老铁蛋就愣了，坐起来问咋着，除非她有能耐改道。宋小丽一本正经地说真叫你说着了，才刚我和冀乡长去县里，县里征求乡里的意见，说这条道占地太多，为保护耕地，眼下没占的就尽量不占了。交通局的人也挺明白，说既然有这指示，就暂停了吧，都撤了。说罢人员就拉出打道回府的架势。老铁蛋受不了啦，一骨碌爬起来喊："慢着，还是把我这儿占了吧。"

"不行啊，上面有新精神。"

"我这破山坡地，不打粮食。"

"但也是经济用地。"

"屁！都是我昨天夜里整的，我全不要啦，还不中？"

老铁蛋死活拉着包德林和宋小丽不让走，后来宁素芬说你们还是帮他一把吧，他说往后他再不干滚刀肉的事，村里再有需要调解的，他愿意参与。包德林说你还想调解旁人。老铁蛋说是真心的，就想学习你们，活着有点意思……

平静下来，宋小丽说我想让小苏跟县领导说你包主任的待遇。包德林连声说你饶了我吧，我这级别挺好的，祖辈至今顶数我官大。宋小丽苦笑了，又问宁素芬你和包主任的婚事啥时办。宁素芬沉下脸说出麻烦了，我俩的孩子有意见。包德林在一旁说甭管他们，咱该办就办看能咋着。宋小丽笑道这事我来调解吧，你们只管准备就是了。宁素芬说真是的，给旁人调解了千千万万万万千，轮到自己一件也不调。包德林就笑，笑着说宋小丽你成熟了，那会儿一下就明白我的心意。宋小丽说那不是学您的绝招吗？不过那会儿您干啥那么笑。包德林说其实没啥，我是想说，我干这人民调解，压根儿就没图个啥。他说罢夹起个报纸包就走。宁素芬说又上哪去。包德林说去看看老百头老两口过得咋样，顺便把这条烟给他，那老头子烟瘾可大呢……

此时，长空碧蓝，秋风爽爽。

女乡长

立冬，刮小凉风。孙桂英到马营子乡当乡长差三天一个月，跟人大杨主席、副乡长老焦一起到焦杖子村，也就是老焦他家那村检查工作。晚饭是老焦安排的，在村部旁春玲子办的农家饭小馆里吃热浆水豆腐，豆腐没上先上四个小菜：一盘碧绿的拌苦里芽，一盘冒红油的咸鸡蛋，一盘雪白的凉拌粉，一盘金黄的炸小鱼。老焦人熟地熟店老板子一般，话出口就跟火大把饼子烙糊了似的，喊村主任大强你磨蹭个球呀，快把你们的原浆小烧儿弄上来。立马就上来了个大白塑料桶，还有几个蓝瓷大酒盅，一盅起码能小四两。孙桂英就皱眉，说老焦咱开会可定下了下村不那个什么（喝酒）。老焦装听不见，大强小脸大嘴头发稀，嘿嘿笑道说孙乡长呀孙乡长，您还没满月就深入咱村，我们不表示表示心里也不落忍呀。孙桂英脸一下子红了。她属耗子的三十三了还没结婚呢。杨主席会来事，忙说他是说你到乡里还不够一个月，不是那个满月，你别误会。老焦说对对还差三天零二小时满月，我记得贼清楚，那天是集，集才散你来的，来了先去了趟厕所，对不。老焦还没喝就有了三分醉相。一旁的春玲子瞥了他一眼，说你张嘴就没好话。

孙桂英好生尴尬，心里又毛毛躁躁贼拉紧张，暗骂这个死老焦他是哪壶不开提哪壶呀。孙桂英这会子最怕旁人提厕所，一提就来尿儿。但也就没法了，坚持没一小会儿她就蔫溜儿起身到后院。真是邪门了，自打到乡里，就坐了个新毛病，尿频，以前可从没这种事。后院有猪圈鸡窝没栏，还养俩小猫头鹰，一旁新建个挺干净的厕所，是蹲坑，白瓷的，下面通着沼气池。春玲子男人几年前下小煤窑砸死了，眼下自己挑门立户带俩孩子过日子，过得还不赖，可见这女人有两把刷子。孙桂英解罢小肚子轻松，见春玲子在门外守着，忙说你来吧我好了。春玲子笑了说我没尿我怕狗吓着你。孙桂英心里呼啦就热乎，对视一下说瞧瞧你头发多好，黑缎子一样。春玲说没心眼傻吃傻睡省心省的，哪像你负那大责任。孙桂英深吸口气打个激灵又皱眉说是啊责任是大了点，就显出几分乡领导的样子。春玲子咯咯笑却不往下说了。孙桂英有些疑惑，忙让神色松下来问大姐笑什么。春玲子说我见你这点工夫都上两趟茅厕了，要是开会可咋办呀，那还不得憋破了尿泡，真不如我们老百姓，啥时想尿就尿想拉就拉。孙桂英脸上腾地又发烧，难为情地说没法子只能少喝水呗。春玲子挺有经验地说尿泡短一准是着凉了，咱女人一凉就冻了内里，不像男人阳气足，公狗越冻越来劲。孙桂英虽然听得心里麻麻萦萦（发麻），但有些日子没跟女同胞聊过天了，身边都是些烟气哄哄的老爷们，也就有意想跟春玲子再唠几句别的，不料这工夫屋里老焦嗷嗷喊上了，喊那个穆桂英你咋还不回来，再不回来帅印可让别人抢了。孙桂英只好进屋，一看老焦他们大酒盅子碰得咣咣响，杨主席说你再不来我们都造下树上的鸟儿成双再成双对了（四盅）。孙桂英说你成八对才好，我可不是穆桂英，帅印谁愿意要我双手奉送。杨主席脸红乎乎地说那可不中，咱乡的书记上调，你来了大家二话没说就选个全票，现在你不想挂帅哪行呀。这话就说得孙桂英哑口无言。明摆着人家杨主席这是在表功，乡人代会上曾有代表不满意上面派干部来，要选老焦，是杨主席做了不少工作才确保孙桂英高票当选。老焦还行没太往心里去，但也嘀咕说可不是嘛，不想干早说呀。春玲子上前顺手抓了半个苹果往老焦嘴里塞，说这些嚼咕还堵不上你的嘴呀。老焦吐出苹果说不知道我有糖尿病吃不了水果。春玲子说那你还玩命喝酒。老焦说这身板全靠酒撑着呢。杨主席冲老焦使个眼色，意思

是你闭嘴吧，然后举起酒盅子，说孙乡长自打你来了我差点把酒都给戒了，今儿不在乡里，你也别把自己当领导，你说啥也得喝点了。孙桂英说我根本也没把自己当领导，我实在是不能喝酒，在新加坡喝过一次洋酒，差点休克，把大使馆都惊动了。孙桂英在新加坡一个学校学习过一年，属于后备干部出国深造，孙桂英很珍惜那次机会，到马营子头一天开见面会时，她还提到新加坡公务员如何遵守时间。那天用了小个把钟头才把一个楼里的干部召集起来。

这话也就是随便一说，搁别人那也就拉倒了，可老焦这会儿耳朵里道儿窄，脸上挂火，咕嘟又造下一盅，完了甩干，冲杨主席说得啦人家一竿子又去新加坡了，看来咱这咋也是不中呀，没有洋酒更没有大使，这破鸡巴小烧人家不认。杨主席猛地瞪了他一眼说别瞎胡浸，又忙跟孙桂英说老焦修道拔钉子户累草鸡了，喝点酒缓解缓解，你别往心里去。大强咧大嘴说要不我给你们说个段子乐呵乐呵。孙桂英真想跟老焦喊干脆让你干这乡长得啦，你以为我稀罕呀，我愿意从区里到这来受罪。可转念一想这话一说不等于撕破脸了嘛，往下我靠谁干工作呢，于是就笑了说任大强你还有这两下子，那你就说一个。杨主席说可得说干净点的，说好了奖励你个酒。大强说我的酒再奖我我成傻小子了，我不要酒，我出个闷儿（谜），要是猜着我多给乡卫生院拉十车砖，猜不着呢，派给我们村的工就不出了。杨主席说好呀你敢跟我叫板你以为我猜不出来。大强说我跟你不敢是想跟孙乡长，就怕人家不应战。孙桂英心想不就是一个谜嘛，自己小时候挺能猜的，不能让他们小瞧了，便说你说吧我猜。春玲子忙说你别猜他狗嘴里吐不出象牙，说了你受不了。孙桂英不服气说我不信我受得了你说吧。大强说那你听好了，说"越抻越长，越扒拉越硬"，是啥？孙桂英一下子还就愣了，心想这能是什么呢。春玲子抄起啥就砸大强，大强躲着说你俩一起猜也行，你明白。孙桂英拉春玲子到后院，孙桂英问是什么呀，咱不能输给他，乡卫生院院墙正全一半呢，缺砖。春玲子脸通红说大妹子你真不知道还是假不知道？孙桂英说真不知道。春玲子趴在孙桂英耳根子一说，就臊得孙桂英恨不得钻柴垛里去。春玲子说我说你受不了你非说受得了。转身她去端菜，孙桂英浑身发热，看一旁水桶里有水，哗哗往脸上撩了几吧，鼻子嘴顿时一股子酸味儿，心想看来这是要逼我上梁山当孙二娘了，我今个不抹下这张脸，往后也没法在这当乡长。春玲子从冒油烟的灶间探出头，说搁这儿你就不能太文绉了，该收拾就收拾他们，你瞅才端上那一锅炖小鸡都造光了，狼都吃不了这么快。

孙桂英一跺脚，进屋抄起酒盅就灌下一大口，一条火龙直钻心里，顿时胆气还就大壮，说大强你别得意，我猜出来了，是你那个那个……老焦说打住打住你肯定猜差了。孙桂英说不可能，你、你别以为我不敢说，没吃过猪肉，还没见过猪跑，是那个……杨主席忙说谜底是油条油条呀，这叫荤面素底，孙乡长你可别上当。孙桂英一下就愣了，也是呀，那油条可不是越抻越长嘛。可咋硬呢？她问。老焦说炸成了我，能不硬嘛。杨主席说炸成老焦了呗。大强说对对炸成我二舅。他管老焦也不知从哪叫二舅。孙桂英不由自主地又抄起一盅造下，一时间她暗问自己这是怎么了。这几年又是出国深造又是党校学习又在区委办公室当副主任，口才练得不错，反应也很机敏，为何一到下面来人就发木就发傻呢，这不成傻大姐了嘛，往下起码得在乡里干个几年吧，这么个状态恐怕够呛……

吃到半道，孙桂英觉得冒汗了，抹抹脸，唰唰往下掉渣儿，她问后院桶里是什么。

猪泔水。春玲子说。

孙桂英喝高了，在春玲子家的热炕上睡了一宿，天亮一看手机上全是短信，都是陆小林发的，陆小林是孙桂英的对象，俩人搞有小二年了，前阵子已准备登记结婚，就因孙桂英来马营子乡，给耽搁了。但俩人之间温度不减，除了打电话就发短信。今天陆小林的短信依然很浪漫，除了宝贝呀爱你呀那些肉麻的悄悄话，还有：我正在喝着咖啡，对面橘红色的软椅虽然空着，但我看得见你就坐在那儿，手中有我献上的一枝红玫瑰。孙桂英按定炕沿抬头一瞅，没有软椅红玫瑰，只有大红板柜和蓝瓷大酒盅子。春玲子说那是我奶陪嫁的，你要喜欢我送你一对吧。孙桂英说没准是文物，你别弄坏了。春玲子说要不你拿一个帮我找人看看，要是值钱就不使了。孙桂英说那好吧你这就收起来，换杯子喝。说话下了炕，就觉得腰腿轻松不少。这时院里有人吵吵，一个嚷今天我非见乡长不可，另一个是大强，说人家乡长是女的，还睡呢，你耍流氓呀。那个说咋是我耍流氓，明明是乡政府耍流氓不给工钱，这还有处讲理吗？春玲子推一把孙桂英说大妹子你还是装睡吧，大头蒜来了，没好勾当。孙桂英提上鞋问大头蒜是谁，他要干什么？没等春玲子说话，门外咣当就闯进个四十来岁的男子，头发蓬乱，鼻头扁大，人是没啥模样，进屋就抱孙桂英大腿，吓了孙桂英一大跳，大强和春玲子把他拽一边，他喊孙乡长你可得救救我家的日子呀，我媳妇半夜跑啦，我没法活了，看见没，这是毒鼠强。他手里拿个白纸包，一角打开了，往外流着白面面儿。

孙桂英立刻就觉出什么叫头发根都竖起来。那是真的，每根头发都跟钢针似的戳在脑瓜皮上。不过孙桂英还算有两下子，干咳两声暗告自己要镇静，一拍炕沿道你有话慢慢说，你死了还救个屁呀！这话挺赶趟，一下就把对方给镇住了，大头蒜说对呀死了还救个屁日子。孙桂英暗想多亏昨天酒桌跟老焦他们学了两手，没这个屁，这话就没劲。不过，说罢她自己脸都红了，长这么大，还从没说过这么粗的话。

大头蒜叫焦大来，因为爱在众人面前显摆逞能，外加鼻子大，就得了这么个绰号。不过，甭管人咋样，这回他确有冤情，冤就冤在他把卫生所新楼的工程从旁人手里揽过来，原指望在其中能挣一笔，不料把工钱料钱全垫进去后，却要不来钱了。一晃小三年过去了，卫生院把楼都住旧了，日前又重新粉刷，还修围墙，但赔大头蒜的十万块钱还是无影无踪。就为这大头蒜的家里闹翻了天，一是要债的闹，二是他老婆闹，三是他自己闹，心烦，喝酒耍酒疯。

孙桂英问，你要过吗？

大头蒜说，要过八百遍。

孙桂英说，怎么答复你？

大头蒜说，说让我等。

孙桂英就问大强是咋回事呀总不给钱。大强支支吾吾不说，后来说好像还有乡中学和政府办公楼，钱全欠着呢，听说有二百多万呢。孙桂英顿时脑袋就嗡嗡的，她想起来她跟会计小张说了好几次要听乡里的财务情况，小张总说账都送区里审计去了，得审回来才能汇报，看来这里边还有文章呢。孙桂英就对大头蒜说看来你还得等等，等我回乡里把情况了解一下。大头蒜就喊，咋又让等呀，这还是人民政府吗？我死了算啦。说罢就要往嘴里倒那白面面。孙桂英吓得跳过去抓他的手，又喊大强快别让他吃。大强却在一旁没事人似的说让他吃让他吃吃了省心。孙桂英气坏了说你怎么这么心狠你是村干部呀。春玲子过来抓过纸包说让我看看是白面呀还是粉淀子。大头蒜立刻就蔫了说是白面不是粉淀子，我家两年没漏粉了。

孙桂英气得直跺脚，转身跑到后院，钻进厕所尿了一大泡尿，系好裤子后啪啪煽了自己俩嘴巴，出来自言自语道，请客点龙虾，下班就回家，后两个是什么？人家吃面粉，我当鼠药抓，我他娘就是新四大傻之一呀！

回到乡里孙桂英就查欠款的事，小张把账单子递上，表情不自然，瞅着窗外说账上可没有您说的那笔呀。孙桂英说怎么会没有呢，村里都证明焦大来确实干了工程。小张不吭声还瞅窗外。孙桂英就明白这里有事，干咳了两声说过一段我想把乡里干部重新聘一遍，你是什么学历呀。小张忙把眼珠子从窗外收到窗台，说我是自学电大。孙桂英说哎呀学历还是低呀，如今学财会的大学生想找工作都难。小张的眼珠这回紧麻溜落在孙桂英身上了，小声说这事乡长您要非得问，那就得问杨主席了。孙桂英问干什么要问杨主席，这跟杨主席有什么关系？小张说我实话告诉您吧，那大头蒜是小工头，他上面的大工头是杨主席的外甥王庆，王庆把工程转包给大头蒜，所以咱应付款上没有大头蒜，而只有王庆。孙桂英说那大头蒜应找王庆要才是。小张说王庆又聚赌又诈骗判了好几年，大头蒜往哪去要。孙桂英说那大头蒜也找咱也要不着呀。小张说问题是咱还欠着王庆的钱，王庆的钱又……孙桂英问又怎么着你快说我脑仁都疼。小张说我肚子疼我

得上厕所。孙桂英急了你别走回答我咱们乡到底有钱吗？小张说哪有钱呀只有欠债，马上这楼和中学还有卫生院敬老院今冬取暖的煤都没着落。孙桂英说听说去年乡里卖地有笔收入，咋这快就一点也没了。小张脸唰地就大变了，问您咋知道的这清楚。孙桂英嘿嘿一笑却不说。这是从陆小林那得到的消息，陆小林在土地局当科长，市里征用马营子地建高速路，有一笔占地补偿款，是陆小林经手的，起码有一百多万。按惯例，除了补给农民，乡里咋也得留点。所以，说起这笔钱孙桂英心里有底。后来小张吭哧吭哧就要说了，刚说这里事大了，不料杨主席和老焦推门而进给打断了。杨主席说新路今天奠基，孙乡长你得铲头一锨土。老焦说拆六十多间临时建筑容易嘛，可累死人啦，我的胰岛素都用光了。孙桂英抬手让小张出去，说你们辛苦了快坐快坐抽烟，然后问几点奠基，市里区里有人来吗。杨主席说我把陆科长请来了，他对咱乡的事一直很关心。孙桂英心里咯噔咯噔就猛跳了两下，说请他来干什么，他也管不着乡村路。老焦说别看你俩处着对象，但也得警察打他爹——公事公办。孙桂英说警察也不能打人呀。老焦说我是说旧社会的警察。杨主席说举贤不避亲嘛，往后咱还有不少事要麻烦陆科长呢。孙桂英说我俩的事可得保密呀。杨主席说那是自然，这点你放心。老焦说你老大不小快办了得了，我还等着喝你的喜酒呢。孙桂英说不行不行，我才到乡里，哪顾得上那事。杨主席说瞧你说的，那么着革命前辈还都得打光棍了。

楼下大院锣鼓响了，还有唢呐呜哩哇啦地吹得挺欢。孙桂英心里也为之一振，虽然从国道通往乡政府门口的这条道是上任领导抓的，工程前期是老焦带人干的，自己不过听了两次汇报，但毕竟在自己这一任上开工了。马营子虽是郊区乡紧临市区，可交通状况并不理想，比如焦杖子村，春天梨花开得漫山遍野甚是好看，市里人都想过来观花，但就因道不好走，来的人很少。自己头年春天让陆小林找了个车来过，结果路上净是大沟，一憋气又回去了。孙桂英想象春玲子那样的农家饭馆各村都有不少，可以说是万事俱备只欠东风，东风就是乡村公路，眼下这一段路虽然不长，但由乡政府这开始，往下的目标就是全乡村村通油路，那就为农民办了大实事好事了。自己身为一乡之长，若由此这的经济发展提高到一个新的阶段，无疑是个极好的开头。这么一想，便扔了才刚的烦事，也少了私心杂念，就高高兴兴跟着众人去，又讲话又铲土，显得十分兴奋。她这一兴奋，就弄得老焦很得意，奠基一结束老焦拉住陆小林，说你不能走呀中午咱得好好喝两盅。陆小林摇头说喝两盅，你那一盅是二斤的吧，我可受不了我得走。话是这么说，但他根本就没想走，而是半推半让地上了二楼进了孙桂英的办公室，随手把门还关上了。孙桂英一看屋里就他俩，脸就发红说你来干什么凑什么热闹。陆小林说不是我非要来，是他们非要我来，这工程的钱是我帮焦乡长跑来的。孙桂英说你别光帮他你也得帮我办点实事。陆小林说那当然我正要说呢。他就说村村通工程是省里一公里补贴六万，余下地方自筹，马营子各村如果铺到村委会门口，得铺30公里，上面补贴180万，但得自筹100多万。这100万可是个难题呀。孙桂英说那你就帮我一下吧。陆小林说帮你可以但你得答应我个条件。孙桂英说什么条件呀你可别乘人之危。陆小林说怎么是乘人之危明明是锦上添花嘛。孙桂英说好好就是锦上添花你说条件吧。陆小林说条件就是咱俩登记结婚吧。孙桂英脸一下红到耳根子，说你坏你坏你就坏吧，看来你对我还是没有真心。陆小林说怎么是我没有真心，没真心干嘛要登记结婚。孙桂英一下子就无言可对了。她给陆小林倒了一杯水，自己也喝了一口，说不是我不答应你，实在是眼下我做不到，我才到乡里，总得把工作铺开吧，要是什么都没干就办自己的事，大家该怎么看。陆小林说随他们怎么看，问题是你自己心里得明白，这马营子不过是你的加油站而不是落脚地。孙桂英皱眉问这话怎讲，难道我脚不沾地就飞走。陆小林说不是不沾地，我的意思是你还得把目标盯在区里市里，一个女同志，怎么好在乡里干多长时间，长了把你的前途也耽误了……

　　结果两人说得就很不愉快。到了饭桌上尽管老焦一个劲挑气氛，说今天是特殊情况可以喝酒，可陆小林还是郁郁寡欢的样子，结果就扫了大家的兴，酒也没喝多少，孙桂英心想也好，喝多了下午什么也干不成。下午孙桂英召集个小会，想把财务的事再碰碰。刚提个头儿，杨主席一摸手机就出去了，然后推开门缝说我有点急事请个假呀。老焦站起说我得把拉水泥的车再落实一下，你们先说着。这二位一走，剩下俩党委成员一对眼光，跟孙桂英说这会还是改日开吧。结果屋里就剩下孙桂英和小张。小张也要走，孙桂英说你等等我问你个事，你在乡里也干多年了，你说吧眼下咱乡里的工作最急需解决的问题是什么。

是啥呢？小张眨眼想。

你有啥说啥？孙桂英说。

要是我看呀，最要急的，是干群关系。小张说。

说下去。孙桂英说。

很简单，就是咱这头儿挺费劲地干，可老百姓却不信任了。小张说。

不光是不信任，还有抵触情绪。孙桂英说，你瞅瞅他们怎么说咱乡政府，一张嘴就没好话。就是左右邻居住着，也不能这么说人家吧。还有修这道，明明对所有的人都有好处，可就有人硬说一准又是啥腐败工程，这也太叫人心寒呀……孙桂英终于遇到了被倾诉者，叨叨叨说起没完，说得小张站也不是坐也不是。后来小张被说得受不了，说我肚子又疼得上厕所，开门就走。等到屋里就剩下孙桂英一个人，她脑子第一反应是我怎么忘了问小张上午没说完的话呢。但随着就想自己也该上厕所了，可又很奇怪，这会儿怎么尿又少了呢……

这是咋回事呀？孙桂英还没想出个所以然，但忽地想往后我是不是也得入乡随俗把说话改改，比如把什么怎么改成啥和咋，这不省俩字嘛，天长日久，那得省多少劲呀。对呀，她拍拍小肚子，自言自语问是不是说话多了把尿都说没了？

过了两天，天阴沉沉的要飘小雪花。陆小林来电话，说市扶贫办有他一个哥们管钱，说可以给孙桂英弄50万。这可把孙桂英乐坏了，她赶紧告找杨主席和老焦。杨主席倒是在他自己的办公室里，可让人给堵里面了，孙桂英冲着几个后背问干啥呢。杨主席在里面说没事没事你回去吧。那几个人转身喊有事咋没事呀，没事上你们这衙门里来干球。孙桂英说有事说事干啥出口伤人。其中一个大眼皮的拉起架势说你们破坏民主强奸民意草管人命我得管管。孙桂英说好家伙都是戏词呀，那叫草菅人命不是草管，要是有人命得赶紧报警轮不上你管。大眼皮放下架势说好好算我不会用词，可他任大强就这么回事。孙桂英一愣说你们是焦杖子的，我咋没见过。大眼皮说是焦杖子大沟里的，车开不进去，你们当官的往哪见。孙桂英问因为啥呀堵杨主席。大眼皮说选举呗，我都选上了却不让我当，凭啥？杨主席说你自己说选上不算数儿，结果得听选举领导小组的。大眼皮说村里就那些人我心里有数儿，我知道我得多少票。孙桂英说你咋有数儿。大眼皮哼了一声说我猪都杀了三口，我能没数儿。杨主席就拍桌说你用不正当手段拉选票，不罚你就不赖了，你还来这找后账。大眼皮说别看他们不杀猪，背地里的勾当也没少了。杨主席说那你就拿出证据来。大眼皮说证据有的是，就怕你们连我家大门都不敢迈进一步。孙桂英说你说我们不敢进你家大门，你也太小瞧人啦。大眼皮说那好十天之内我见不到你，十天之后我再进这大门就不走了。孙桂英说一言为定。大眼皮说一言为定，说罢招呼人就走了。

人走了，杨主席就埋怨说你不该跟他较劲，他叫焦劲，专跟人较劲，杀猪的，挣钱了，头年想当村主任，没选上就到处找，硬说乡里村里搞鬼。孙桂英说杀猪的也不见得当不了村主任，关键是选的公平不公平，选出的干部是不是给村民办好事办实事。杨主席就有点不高兴，说你要信不来就下去考察考察，也算是了解实情。孙桂英说正好我这两天就觉得心里发空，看来是缺这方面的情况，到时候您也得跟我一起去。杨主席摇头说我可能有事，怕是去不了。孙桂英说去不了不行，有事抓紧办，要不到村里没人喝酒。杨主席就笑了说拿我当酒坛子呀。孙桂英说反正咱们得连情况带酒满载而归才是。

放下这话题，孙桂英就说那50万。杨主席说机不可失千万得抓住不放。孙桂英说那得咋抓。杨主席笑了说你也会说"咋"啦，有点意思。孙桂英说都让你们带的，连普通话都说不好了，你快说咋抓吧。杨主席说依我的经验，那就得送礼。孙桂英问送啥礼，是土特产呀还是烟酒。杨主席说这些都过时了，眼下就得点炮了，又省事又安全，顺便还误（娱）乐了。孙桂英心里立马就别扭，她早就听说这乡镇干部给上面打溜须的这个招数，就是打麻将把钱输给你。而上面一些部门的小头头也特爱吃这一口，钱到手，还不算受贿，但彼此心里都明镜似的。

据说杨主席打麻将可以连轴干个四五十个钟头，他腿爱哆嗦，以活动血脉，曾经一天一夜哆嗦散了两把折叠椅，后来东家专给他预备个大木凳子。孙桂英问除了点炮就没别的法儿，咋说那也是要钱呀。杨主席拉着长音说别的法儿当然有，可办着费劲，送金送银吧，咱这儿不出那物件，直接送钱，弄不好就成了行贿，找小姐呢，出了事还得定组织卖淫……孙桂英沉下脸说这都是歪门邪道，你说说正道。杨主席说正道就得一层层往上打申请打报告，然后你就傻老婆等汉子傻等着吧……

谁是傻老婆，谁等汉子！胡说啥。孙桂英忍不住了。

不是胡说，是真的。早先我是，这会儿轮到你了。杨主席说。当乡人大主席前，他当过这的乡长。

那也不能说人家是傻老婆呀。孙桂英想想是这么回事，但仍愤愤不平。

话粗理不粗，你多担当吧。杨主席还牛了起来，他明知孙桂英只能往这道上走。

这么着吧，咱两手抓两头来，我负责打报告往上跑，您负责找关系再娱乐，记住，是娱乐不是误乐，但甭管啥乐，也别乐大劲别出格，还是喝酒吧。孙桂英说。

就怕劲小了不管用。杨主席说。

喝高度的。孙桂英说，她成心装不明白。

好吧。不过，钱来了这工程谁干呀？杨主席看似很随意地问。

招标，按规定办。孙桂英说。

她说得很坚决，她有点要捅窗户纸了。其实，乡里的这点机密一点也不复杂，在全心全意为人民服务这些光亮言语的背后，如果要把某些人心里真正起作用的因素摆出来，就是两点：权与钱。孙桂英有点道行，她已经了解到点内情，就是杨主席手里有个公司，乡里的好些工程这些年都让他弄走了，别人插不上手。孙桂英眼瞅着杨主席脸色就不好起来，但装着没看见，说声我去厕所，就把杨主席请了出去。她自己走在楼道里不由得想笑，暗道都以为我是傻老婆，往下我就干一把给你们看看，看谁傻。想着走着，她一头就钻进厕所。女厕所从外看和男厕所是俩门，但女厕是套在男厕里，而且是三合板墙还不到顶，除了人见不到面，声音听得贼清楚。对此孙桂英极不习惯，有好几回本该痛痛快快放松一把，却不得不忍着细水慢流，贼不好受，况且女的这边只有一个坑儿，妇联办公室计生委都有女同志，若赶巧了还得排队，既不方便又不雅观。

也不知吃啥了，孙桂英肚子不大好，蹲的时间长了点，厕所门就让人敲了好几次。人家不知道里面是谁，还说快点别在里面过日子吧。有男同志还起哄说八成在里面生孩子啦。气得孙桂英没解完就出来，到了办公室就做了决定，为了体现男女平等，把厕所改改，一层楼一个性别，二层改成女的，男的去一楼三楼。

下午老焦也不抬头看，熊瞎子进了女厕所，吓得小张见鬼似的尖叫，叫得老焦大喊，你咋上这来了？改站着尿了。小张拎着裤带就哭到孙桂英办公室，说孙乡长你得保护妇女权利，我可让他给吓坏了，都尿裤里啦。孙桂英安慰一番，出来在楼道里等着老焦，想说你也咋不看新换了帘。一会儿见厕所出来老焦，头上顶着的白布帘上印个女字，他喝多了，边抓边说，啥破帘子糊我脑袋。

你咋又喝多了呢。孙桂英说，这也太不像话了，影响多不好。

还不是为了修道。老焦说，狗日的工头，非让先付款，不灌他他不动工。

那你也得瞅瞅再进呀，把小张都吓出毛病了。

这是咋回事，几天没来，改朝换代啦？

老焦把布帘撇一边，叫孙桂英到他办公室里，说出了麻烦事了，大头蒜几个欠债户把乡政府给告了，法院要划走乡里修路的钱。孙桂英一听头皮发麻，问有多少。回答说加起来有四十多万。孙桂英说没跟法院讲这是专款专用。老焦说人家不管你啥款只要你账上有钱就划。孙桂英就在原地走溜儿，边走边说这可咋好这可咋好，好容易把工程开了，咋出了这档事，这不毁了咱们嘛！往下还得争取资金，不是白争嘛。老焦说可不是嘛，要不咱把告状的收拾收拾。孙桂英问咋收拾。老焦说以前干过，把他们叫到一块儿，好话歹话一块上，让他们收回状

子，不收就找他们小脚。孙桂英连连摇头说那可不好，那太侵犯人家的权利了，有点霸道。老焦说不霸道你就得让他们给大民主了。孙桂英说别说用不着的，还得动脑筋，一定得想出两全其美的方案。

方案还没想出来，楼道里又有人喊了，是计生委的女同志喊谁这么缺德把门帘扔了，弄得男女都不分了。过一会儿杨主席满脸通红进来说没门帘我以为又改回男的了，你看这事闹的。孙桂英对老焦说都怨你你头上有角呀，刮啥门帘子。老焦说一个厕所瞎改个啥。杨主席说改也对就是一时顺不过劲来。孙桂英想想说咱去焦杖子喝小烧去吧，我心里有点乱，在这楼里静不下来。

一阵凉风刮过，天空碧蓝碧蓝水洗过一般。还是在春玲子家，喝小烧时孙桂英到后院转了转，问春玲子那俩小猫头鹰咋不见了。春玲子说让我给放了，这会子地里田鼠子多它们有吃的。孙桂英想想说你看我和那猫头鹰比比，我有能力自己打食吃嘛。春玲子愣了一下，笑道你是乡长你咋能和那小鸟相比，你还用打食吗？只要你敢张嘴吃食。孙桂英笑道这是啥意思，我可不想当贪官。春玲子说不是让你当贪官，是说你得敢张嘴，敢说话。孙桂英点点头说这一点你说得有道理，好马出在腿上，好人出在嘴上，话都不敢说，还能办啥事。春玲子说可不是嘛，不说白不说，说了不白说，回头不当乡长，想说都没处说了。

孙桂英回到桌上，摸摸茶杯说我还忘了找人看那大酒盅了吧。老焦说换这大茶杯更厉害，咋着那你还想武喝呀。孙桂英说虽然过去我文喝都不行，可今天我确实想武喝一把。杨主席说不必不必，我们也不攀你的酒，你表示表示就中。孙桂英说不行我不能光表示我得身体力行，喝了和你们一般多的酒，我的话也就好说了。老焦问你是不是有话要说呀，要说趁着明白就说，回头喝迷糊了还咋说。孙桂英摇摇头说不喝酒我还有点张不开口呢，非得有点酒劲在肚子里撑着才好开口。杨主席就眨眨眼不吭声，后来他就给大强使个眼色，大强贼精立马就说，上次猜谜虽然我赢了，但砖照拉不误，还多拉了两车。今天我不打赌，我光说点逗乐的，让各位领导乐呵乐呵。杨主席说那好呀你说吧，你能让孙乡长乐一次，我就喝一个酒。孙桂英说可别可别哪能让人大主席为我喝酒，政府还要接受人大监督呢。杨主席说理是那么个理，但实际是咋回事大家都明白，大强你就说吧我准备喝。大强就说当初刚进口化肥，村干部占小便宜，用化肥袋做汗衫，于是就有这么个顺口溜：远看是尿素，近看是干部……

孙桂英说，打住打住，这顺口溜不好，糟践人。

老焦说，那起码是三十年前的事，你见过咋的。

大强说，听我老爹说的，他那会儿当过小队会计。

杨主席说，就是就是，你自己罚一个吧。

大强自己咕嘟喝下半杯，说我认罚，往下你们也该贡献贡献了。

孙桂英说，我贡献贡献吧，我说咱们乡当前忙这忙那，最该忙的却给落下了。

杨主席说，不可能吧，该干的事咱可一样不落的全干了。

老焦说，是呢，不论是修路，还是扶贫，还有小学校危房改造，还有啥来着……

大强说，啥都没落，乡里工作诚是带劲呢。

孙桂英说，光带劲不中，还得带着最要紧的劲才行。

杨主席说，你明说吧，啥是最要紧的劲，咱别打哑谜。

老焦说，对，咱小胡同子赶猪，直来直去的好。

孙桂英说，那好吧，咱先把酒干了。

孙桂英真得喝酒了，不喝酒她有点不敢开口。这会儿她的心就像小时候过年点炮又想听响又害怕一样，突突突跳得贼快贼快。本来，她想把那层窗户纸再保留一阵，可细一琢磨不成，乡里的好多工程要开不说，一堆陈账也需要跟杨主席弄清楚，还有就是众人的情绪，不解决这个难题就没法调动起积极性。不过，她又深知这药捻子一点着就没个熄灭，往下非来个大爆炸不可。结局是炸个皆大欢喜，还是炸成不欢而散，乃至炸个伤痕累累、反目为仇，那都还是未知数。因此，此时确需有一定的勇气。她把几个茶杯倒得溜满溜满的，端起来一仰脖咕嘟咕嘟几口就灌下去，然后把杯往桌上一墩说干干都干，谁不干谁不够意思。她先

瞪一眼大强，大强毕竟是村干部，对乡领导尤其是乡长还是敬畏的，他不知道孙桂英要说啥，但隐约能觉出这里可能有点要紧的事，说不定还得牵扯到自己。大强可不傻，他连手都没用，脸往下一趴，大嘴唇就叼住茶杯沿，一仰脖，咕嘟就灌了下去。这手绝活带有表演性质，一般都是在喝得差不多时才露露，今天提前亮出来，他是想以此调节一下气氛。老焦怎么说也是个粗人，想问题简单点，他抓起杯子说不就是干了这杯嘛，这好办。话音未落，酒已进肚。这三人中，唯有杨主席心眼活泛，他一看孙桂英那架势，就料到往下肯定是酒没好酒话没好话，而且多一半是冲自己来的。他想我还是先下手吧，等她把话说出来，我成了答复者，就被动了。想到这他举起酒杯说这杯酒喝得很有意义，我很赞成孙乡长的话，我们的工作现在确实有漏洞，比如，在全乡经济如何跨越式发展的问题上，不少同志还缺少勇气，更缺少思路，比如说我吧，原先也抓过经济，但这两年到了人大以后，就整天忙到具体事务中去，很少有思考全乡的发展大计，特别是孙乡长来了这一段，我也没能很好地为她出谋划策，我为此感到很惭愧呀。说罢他把杯里的酒喝下一半，然后又说往下请你放心，我一定把这些失误弥补回来。

这么一弄，跟用个大面团子塞嗓子里，孙桂英一肚子话全堵在里面说不出来了。大强一看火候有点变，紧麻溜的扇风，就说起这村那村乱七八糟的逗乐子事。老焦倒不怎么说，他只是喝，喝得口滑，只管往肚子里倒。杨主席笑呵呵地劝孙桂英喝酒，还挺关心地说往下你可别喝这么冲了，这么喝半斤顶八两，一般胃口都受不了。孙桂英这会儿心里虽然明白，但眼前物件都来回晃荡了，身子也像坐在半空云彩上，忽左忽右的直悠忽，后来悠忽大劲了，她就什么都不知道了。

十天末了，孙桂英真的抽出时间去大眼皮焦劲家，谁劝也没用。焦劲家在大沟里半山腰，叫老鸹梢子，没路，是骑驴上去的。孙桂英长这么大头一回骑驴，任大强还特意往驴背上加了条褥子，叫孙桂英侧身往后靠驴腚上坐。孙桂英心说那么可就像乡下小媳妇回娘家了，走了一会儿她一骗腿，就像骑兵那么骑了。这回她不光自己来，她还把杨主席和老焦还有任大强都叫了来。杨主席说要进城为那50万请人喝酒蒸桑拿，老焦则要去法院说明情况，防止那40万给冻结了，任大强有个外甥结婚要去喝喜酒。所有这一切，都让孙桂英给挡下了，她如今也变得不温良恭俭让了，说你们甭管有多急的事都给我放下，都跟我去老鸹梢子，除非我这会儿嘎巴死了。她这么一说别人还能说啥，都只好乖乖地跟着。

老鸹梢子这地名挺邪乎，一听就知道得有多偏僻。孙桂英问杨主席和老焦去过没有，回答都说当然去过，但起码也是二十年前的事了。孙桂英鼻子一哼说二十年前还理直气壮还当然，纯粹俩官僚。她又问大强，大强说他也有小二年没进那条沟了。孙桂英数叨说那你村主任咋当的，那么不接触群众群众能没意见。大强分辩说焦劲那家伙可不是啥好群众，一会儿你见了就领教了。孙桂英说我不信他还能把我吃了。老焦说孙乡长你今天是不是吃啥药了，咋这么大火气。孙桂英说我吃炸药了，小心炸着你们。结果就说得其他人都不吭声哑巴了。孙桂英心里呼啦一下这个乐哟，怪不得当头头的爱发火，敢情训斥人真痛快呀，看来有空儿还得跟春玲子多请教，那小寡妇肚子里有真货。

　　山高路窄，孙桂英在驴背上骑了一阵觉出有点难受，主要是身下太硌得慌，有点像骑在立起来的门板上。她想下来歇息，可回头一瞅，老焦和杨主席都沉着脸骑，嘴里还不时吆喝让驴快走，而且他们还没人牵，不像自己前面还有大强给拽着缰绳，她就不好意思说啥，心想坏啦刚才把人都得罪了，这回说啥也得坚持住了。忍了一阵两条耷拉的腿发麻不说，裤裆下都木了，费大劲想挪挪身子却挪不动。她强忍着笑笑说咱们可别带着成见去看人家。意思是只要谁一答声，她就说咱停下商量商量。可老杨说你就放心快走吧，道远着呢。老焦则往驴腚上给了一拳，说走你的呀，找揍呀。大强在前加快脚步，说您坐稳了可别出溜下去。约莫走了个把钟头，孙桂英实在忍不住了，小声说这驴背咋跟刀背似的。大强瞥了一眼身旁立直立陡的山崖，把话又咽回去了，他是怕一不小心把驴给弄毛了滚下去。不过，这时也容不得他再说什么，迎面有人在喊，你们干啥来啦！孙桂英一眼就认出一片黑松林前挡道的正是那个大眼皮焦劲。让她更紧张的是，那焦劲手里有个明晃晃的家伙，让日头一照一闪一闪的刺人眼，没错，那是杀猪

的尖刀。大强一把就拽住驴喊你想干啥，你想进大狱呀，我可把丑话说在前头，过去你咋闹我也没为难你，你别以为往下就干啥都中了，这回你要把孙乡长吓个好歹，看我不把你秃噜成你见天整的没毛猪才怪呢。老焦也喊，大侄子你可别胡来，共产党的天下可不许再出胡子（土匪），你拿刀劫道可是犯重罪。杨主席则叫孙桂英说咱不能和鲁人置气，你别冒这险，咱们回去，我让派出所来人收拾他。孙桂英一瞬间心里还真是怦怦紧跳，气喘得都费劲了。说老实话，虽然体验到乡镇工作有些难，但万万想不到还会有这种难法，这简直是要人命呀……

　　还好，人在关键时刻，最要紧的是不能泄气，一泄气就全完了。孙桂英还真行，没泄气，暗自说我要是让他给吓回去，那可就是光腚眼子推碾子，转着圈的丢人现眼了。这话是春玲子跟她唠嗑时说的，她记得贼牢，同时，她心里也热乎了一下，虽然来之前把人家仨人说得不高兴，可到了关键时刻，人家还都保护着自己。也怪，心里往这上一想，身上还就有劲了，她把腰一挺右腿往上一窜，人嗖地一下就跳下来。吓得几个人都啊了一声，好悬，孙桂英若是劲略大一点，非掉崖子下去不可，那崖子有十来丈高，掉下去没个活。大强脸都变色了，说我的娘你不要命啦，你要是掉下去我可负不了责任。孙桂英朝下一瞅尿都快出来了，她强笑道没事没事掉下去摔死也比在驴背上硌死强。然后，她一把推开大强，就奔了焦劲。身后老焦喊要去我去你站那儿。杨主席喊大强你愣着干蛋呀。孙桂英倒是都听清了，这一听清她心里又生出几分感动，暗道我今天说啥也得争这口气了。她嗖嗖地就窜到焦劲跟前，本来想说你有种你就给我来一刀，没想到那焦劲大嘴一咧嘿嘿一笑，说，九天半了，孙乡长，没想到你还真来了，有种！

　　孙桂英顺着话茬说，有种又咋样，就用刀子来欢迎我？

　　焦劲把刀子往腰里一别说，我杀猪欢迎你，你不愿意？

　　孙桂英心里一动说，不是杀我？

　　焦劲说，你来看我，我杀你？我还是人嘛！

　　杨主席喊你把刀子放下。

　　焦劲说我早放下了。

　　看似闹了一场虚惊，但众人还是不信，一直与焦劲保持着距离。后来到焦劲家大门口往里一看，院里果然有口猪才开了膛，这才放下了心。焦劲老婆背对着大门傻乎乎的还问撵走了没有，我这猪肉可不给他们吃。焦劲说不给人家吃还都给你吃。他老婆说我给狗吃也不给他们吃。焦劲上前朝老婆的腚噔地就是一脚，踢了个狗吃屎，说你再胡说八道我给你也开了膛。孙桂英一看有人打妇女，火就往上撞，骂你这个活牲口，嗖地上前就抓焦劲，焦劲吓了一跳，胳膊一甩，把孙桂英甩了个马趴，呱唧嘴啃在地上，血就出来了。焦劲害怕了说这是咋闹的，赶紧要扶孙桂英起来，孙桂英一伸手，稀里糊涂就把焦劲腰里的尖刀拔过来，这一下不光焦劲，其他人也吓坏了，都喊孙乡长孙乡长，不知道一怒之下她会干出什么事来。

　　焦劲老婆看孙桂英满嘴是血，又听别人喊乡长，就知这祸惹得不轻，吓得上前狠狠抽了自己一个嘴巴，说他不是个东西，你饶了他吧。孙桂英一把把她的手抓住，另一只手用尖刀子指着焦劲的脸说，你打错地方了，打那儿。焦劲老婆连连点头，扬起胳膊就是一个耳光。孙桂英摇摇头说不中没使劲呀。焦劲老婆犹豫，焦劲说让你使劲你就使劲，你找抽呀。焦劲老婆一跺脚，抡圆了乒乓就是七八个耳刮子，倒也扇得焦劲身子打晃。扇完了她看孙桂英，孙桂英问焦劲，往后还踢人不？

　　踢谁？

　　她呗。

　　你为她出气？

　　那当然！

　　这下可坏了，焦劲老婆哇地一声坐地上就哭起来，边哭还边念叨，说我挨了多半辈子踢呀，大肠头子都给踢出来过呀，拉屎都不好使了，没想到春雷一声响，来了一位女乡长，让我出了一口气，就怕你走了他算后账……她一套一套的还没完没了啦。孙桂英就问焦劲找不找后账，焦劲再三保证，并让老焦他们三人做证，那哭声才停止，往下那女人顾不上抹眼泪，就抱柴火烧水，又喊快把最好的肉给我割一块下来，我得给乡长炒个四碟四碗。焦劲这会儿也变得温顺了，说你们先坐着，我把猪先收拾了。连说两遍人却不动地方，孙桂英说你去收拾吧。大强说刀还在你手里他拿啥收拾呀。孙桂英这才意识到尖刀子还让自己死死攥着呢。

山里的天特别的蓝，蓝得像一汪水。日头也格外的亮，亮得似透过放大镜照过来的。往下的事也变得让人难以想象，那焦劲好像压根儿就没较过劲一般，挺客气地接待人。还有更奇的，他那么大块头，竟然滴酒不沾。架不住老焦一个劲劝，他勉强喝了一盅，喝完脸立马红得赛关公，说了句其实我也不是非要当村长，我就是想……下面的话没说完，就一头扎炕上睡过去了。

不可思议，不可思议呀。杨主席摇摇头说，这也不像是大眼皮了。

咋不是呢，就是他。大强推了一把说，瞅瞅，这会子眼皮成锅盖了。

杨主席说的不是那个意思。老焦说。

其实，我家不缺钱，他就是想要那个面子。焦劲老婆说。

她的话说完，屋里静了好一阵子。孙桂英想就着这气氛说点什么，但就觉得下身热乎乎的还有些疼。她心里一惊：来例假了？不能呀，没到日子呀，若提前也不能提前这些天……

要说女同志就是不容易，有时得些个毛病还不能跟人说。孙桂英本想一个人去医院算啦，但走路实在困难，只好打电话让陆小林来。陆小林问怎么啦伤着哪了，孙桂英说不小心把腰给扭了一下。到医院挂号挂外科，外科大夫偏偏是个男的，孙桂英咋也不能让他检查，就讲了讲。讲时陆小林在楼道等着。那男大夫说那得看看伤况。孙桂英问啥伤况。男大夫说就是得检查。孙桂英不愿意。男大夫说那你就去看妇科，就转了妇科。到妇科是女大夫，看完了问就你一个人来的吗？孙桂英心想人家可能看见外面的陆小林了，就说是我对象陪我来的。对象这个词既可理解为搞对象，又可理解为爱人。大夫就出去了，再回来给孙桂英上了药又开了药，护士就她扶出去交给了陆小林。那会儿是上午，医院人特别多，乱哄哄比乡下赶大集还热闹，孙桂英也就没留神陆小林是个啥反应。等回到他俩都准备得差不多的新房，孙桂英发现陆小林的脸色不好看，孙桂英还问咋着你不好受呀。陆小林摇摇头说没什么，然后就说有事要走。孙桂英倒也没想别的，虽然没结婚，但两人关系早就明确了，要不是孙桂英恪守传统，依陆小林就住一起了。孙桂英问你帮我们跑的那50万怎么祥了，我这可等着米下锅呢。陆小林含含糊糊哼了一声，就走了。孙桂英心里就有点别扭。但她也没多想，她更没想到陆小林会多想。

养了两天，好歹能走道了。这两天陆小林一次也没来，孙桂英往他手机上打了几个电话，都打不通，说不在本服务区内。孙桂英想兴许他出差了，过几天再联系吧。这天早上她想上乡里上班，没出门就有个电话打来，先说是市委的，孙桂英心一动，幻想着可能有好事吧。但紧接着人家又说是市信访局，说你马上来一趟，把你们乡上访的人接回去。孙桂英如同冷水浇头，一点高兴劲也没有了，没法子立刻就去，好在她家离市委很近。去了吓她一跳，是大头蒜焦大来带着十来个人，横八竖八躺着坐着把人家楼道门给堵了，堵得一群上班进不去楼的干部在院里议论纷纷，说这马营子乡怎么搞的，听说新去个女乡长，看来还是不行呀。孙桂英脸上这叫挂火，上前喊都起来都起来，这也不是你们家热炕头，有问题咱回乡里去解决，你们在这闹腾算咋一回事。大头蒜猪似的摊着身子说也不是没去过，要是能解决我们还到这来干球。孙桂英说那也不应该堵人家大门呀。大头蒜说不堵他们大门还堵我们自己家大门，那么着更不把我们当回事了，工程款更要不回来了。正呛呛着老焦、杨主席还有大强都来了，孙桂英问有车吗？老焦说雇了辆大拖拉机，拉猪能拉一百多头，装这点人宽宽绰绰的。杨主席说事情太急，想找辆面包都找不着。大强说坐拖拉机就不赖了，他们有功劳呀，那么着我没事也到这来坐着。孙桂英说都别说用不着的，快去做工作，先把人接走是真格的。可真要让他们上车却难了，一个个屁股生钉似的硬是薅不起来。老焦急了，说赶一车活猪都没这么费劲，你们这是生逼着哑巴说话矬子蹦高呀。说着撸胳膊挽袖子就要动鲁的，杨主席拦住说得做思想工作。大强说还是让孙乡长再去劝劝。孙桂英一看转了一溜遭又转到自己头上，心里火苗子腾腾的直往上冒，强

忍着她上前说这么着吧，你们不愿回乡里，你们说个地方吧。大头蒜说那咱们去北京吧。信访局的人嗷地一声就喊，咋越做工作越来劲呢，这可不好。老焦说要不你们去联合国。大头蒜说联合国说英文，上访费劲，还是在咱家里吧。眼瞅着门外聚的人越来越多，孙桂英心里一翻个说要不然去我家，我家就在这旁边。她这么一说，还真就管用了，大头蒜点头说，去你家可以，但要还是解决不了，可别怪我们待在那不走。火燎眉毛针扎腚，孙桂英顾不了许多连声应下。这一应下可管用了，大头蒜立马叫人都起来起来，有俩起来慢的还挨了他两脚，说把这当家了，这里没白面馒头。

走到半道任大强悄悄撵上跟孙桂英说去你家不合适，这帮人一顿能吃好几十个馒头，还是另找个地方吧。孙桂英说干啥另找地方，现存的主要矛盾是解决问题，不是吃多少馒头。老焦说对是解决问题，但可以找家饭店去解决，我出钱。杨主席说这个主意好，但不非得你出钱，我出我有钱。大头蒜耳朵贼尖，立刻站住说有钱为啥不给工钱。杨主席说就是不给你你能咋着。大头蒜说那我们还是回去堵楼道吧。孙桂英急了喊你们要干啥，都把嘴闭上，跟我走。这么一厉害，总算震住了，谁都不好再说啥，噼里啪啦就往小区里走。也巧了，正赶上陆小林从新房出来，孙桂英上前拽他到一边，说你让人绑架了还是出国了，好几天不见个影。陆小林说我有件事想跟你谈一谈，你有空吗？孙桂英说你看不见这些人，哪来的空。陆小林说那我走了。孙桂英说你别走你先给我办件事，去多多的买些熟肉来，不怕肥。陆小林瞅瞅那些人，眼珠立刻变成了玻璃球，吃惊问怎么着你要在咱家请客。孙桂英说没错你快帮帮我吧。陆小林脸又拉老长说这个忙我可帮不了，这些大脚丫子一进去，木地板不是全完了吗？孙桂英火了，说少费话，就说帮不帮吧，我这都火上房了，没空儿跟你磨牙！老焦见事不妙，忙说要不我跟陆科长一块去买，你们先去吧，硬拉着陆小林就走了。

也难怪陆小林不愿意，他俩这新家确实装修的怪漂亮。特别是桃红色实木地板，把整个房间的档次极大地提高了。平时孙桂英和陆小林进屋都换拖鞋。今天孙桂英有点想法，她想起在老鸹梢子：之所以有那么个结局，还不是因为心诚，俗话讲心诚则灵，这次可以借鉴上次的经验。上次是亲自上门，这次是迎客上门，人心换人心四两换半斤，就不信天下有解不开的疙瘩……

这屋得换鞋吧。杨主席说。

那少说得熏死俩。大强说。

不用不用，这地板不怕踩。孙桂英喊。

她带头没换鞋就进了屋，为了表示不怕踩，她还假装使大劲踩了两下。其实她使的是前脚掌，前脚掌面积大，若用鞋后跟就不行了。可这一下麻烦了，凡是进屋的人都先踩两脚，有两位鞋后跟还钉着一圈橘子瓣铁钉，马掌一般，一脚下去就是个一溜月牙小坑，踩完了他俩还纳闷，说不是不怕踩吗？这鞋印是咋出来的。然后，又换个地方狠劲踩几下，又蹲下摸摸。但这时候孙桂英根本顾不上地板了，毕竟自己是主人，咋也得给人家闹杯茶喝呀，她是又拿烟，又烧水，又找茶杯啥的。等她忙下来，这些人已经坐的哪都是了，沙发、床铺，还有一位坐在厕所的马桶盖上。杨主席皱个眉头抽烟，其他的人也抽，抽得燎着了棉套似的，烟头可地全是。

孙桂英不可能不心疼，忙抓过个空碗，说把烟灰烟头放碗里，大头蒜说不方便。孙桂英说就一人一个吧，往下就一人端一个碗抽。陆小林和老焦拎着一大兜子熟猪蹄进来，一看吓一跳，陆小林说哎哟我的天呀这是抽烟还是喝粥。老焦说你们搞二次土改吃大户呀，咋祸害成这样。大头蒜还挺牛说人家乡长都没嫌弃，你们算怎么一档子事。杨主席说好啦好啦今天咱们都听孙乡长的，谁也别乱呛呛。孙桂英说也不是都听我的，还是要听大家的。大头蒜说听大家的可以，我们从早上起来还没吃饭呢，是不是让我们吃点东西再说。孙桂英说行啊东西不是买来了吧，那就边吃边说。一个人就分了两个猪蹄啃，啃着啃着大头蒜说孙乡长你好事做到底吧，这么香的猪蹄没有酒可有点瞎了。孙桂英说有酒有酒，就喊陆小林给拿酒。大头蒜说指着橱子里说这不都是酒嘛。陆小林一听就急了。橱子里都是名酒，除了人头马就是茅台五粮液的，他喜欢收藏名酒，但自己从不喝。孙桂英一狠心说老陆那就拿一瓶吧，洋酒喝不惯，就喝茅台吧，今天还要说事，不能多喝。陆小林就僵在那里，拿也不是不拿也不是。老焦刚要说不喝橱里的喝散酒，不料杨主席悄悄地拽了他一下，意思是你别参与。老焦于是就没开口，往下的局面就更尴尬了。陆小林后来瞪了孙桂英一眼，鼻子哼了一下转身就走，并把门关得山响。大头蒜说看来人家是不愿意让咱喝酒呀，那咱就喝凉水吧，这猪蹄子有点咸。立刻就有人要去厨房弄水，孙桂英脸上挂不住了，自己上前哗啦一下把橱子拉个大敞门，把所有的酒全拿下来说，喝喝，可说好了，谁也不兴喝醉了，喝醉了罚挖十个树坑。大头蒜哈哈笑道孙乡长你真是干大事的人呀，出手不凡，那我们可就喝了。

往下就喝起来，杨主席嫌坐沙发里窝的慌，就跟人换了把椅子。那椅子是仿欧洲宫廷的，四条圆腿，高后靠背，涂着金色，甚是华美。大头蒜和老焦大强也各坐了一把，四人面对面啃一口喝一口。喝口洋酒，大头蒜说药味，杨主席颤着腿说你土老帽儿，老焦说我反正喝白的不喝这洋的，大强说这个贵轻易喝不着药味我也得喝。孙桂英看众人喝了一气，就说你们别光顾喝，也说说上访这事咋办。大强说对对别光顾喝了忘了正事。老焦说都记住这可是人家孙乡长个人的酒，别都灌到狗肚子里去。这工夫估计酒劲泛上来，嘴里肚里都是舒服的，有人便嘻嘻张着大嘴笑道，那是那是，只要大头蒜不长狗肚子就都好办。很显然，大头蒜是这伙人的主心骨。老焦就说大头蒜你也太不够意思了，不就欠你俩钱嘛，你这么一闹，把我们全装进去了，今年年底的奖金都泡汤了。大头蒜酒量不大，舌头都不利索了，说你泡不泡汤跟我有啥关系，又不是我给你弄的。杨主席腿颤得更厉害了，说怎么不是你弄的，你不鼓动人来上访，我们能跑这儿来陪你喝酒吗？孙桂英说你们好好说别干架，要不我的酒可白搭了。老焦说来来来有种咱俩干三杯，干了杯咱就从起别犯咯计（意见）。大头蒜说别说干三杯，干三十杯我也行，只要乡里得把工程钱给了。杨主席身子晃得椅子腿直响，脸上关公似的，把杯子往下一放，说大头蒜不是我说你，这事顶数你不讲理，你是从王庆手里包的工程，工程款你就得找他要。大头蒜说问题是他进去了，我往哪去要。杨主席说大头蒜不是我说你，自古以来冤有头债有主，孩子哭了找他妈。这个道理你应该清楚吧。大头蒜说我就清楚我盖的是乡卫生院，乡卫生院归乡政府的工程，所以我就找乡政府。杨主席说大头蒜不是我说你。大头蒜跳起来喊你还不说我，就是你一个劲说我，把我往沟里说，说白了你心里比谁都清楚。杨主席说我清楚啥。大头蒜说你自己明白，我懒得说。孙桂英说闹半天你懒得说，那我的酒可就全白搭了。老焦说也是你小子就来痛快的，拉半截子屎算怎么一档子事。杨主席站起来说我还不想听呢，狗嘴里吐不出象牙来。说着就往外走，孙桂英上前拦住，顺手抄过一个茶杯，嘟嘟管啥酒倒个溜满，双手端起说，我还就不信咱当头的架不住几句话，这么着，您要有负担您就把这杯酒喝了，喝了就没负担了。杨主席脸通红喘粗气，转身一屁股坐下，那椅子一条腿咔吧就让他给坐折了，人差点来个大仰巴脚，幸亏身后有人及时拽住。他站起来说你说你说你说，我要是皱一下眉，也算我白在乡里混了二十多年……

大头蒜说看看还是老虎屁股摸不得吧，还没等摸就翻了脸。旁人也说要这么着可没人敢说，今天说了，往下还活不。孙桂英说这叫什么话呀，让你说你又不说，不说又来上访，咋啦，要么是你们有病，要么是我们多余，算啦算啦，往下你们的事别找我了，我也犯不上操这份心……

就把大头蒜给将在那儿了。老焦悄悄给孙桂英使了个眼色，意思你咋火上浇油呀，他不说你干啥还挑唆他说，没看见杨主席脸色都不对了吗？孙桂英心里说我要的就是这个结果，我就是要让大头蒜把话说出来，要不然他老杨一个劲跟我打太极拳，我一提这事他就使招把我的劲给泄了，弄得这麻烦越扯拉越没完没了，今天到市里上访，明天说不定就去了省里去了北京，到时候坐蜡的还是我。想到这她把酒杯端起来，说今天咱是老牛钻胡同直来直去，有谁竹筒子倒豆子一下见底，我就喝一杯，咋样，有有胆量的吗？

有。大头蒜终于架不住了，站起来说，杨主席刚才你一个劲说不是你说我，这回我也得向你学习，不是我说你，欠款这事的确与您有关呀。当初我们是从王庆手里包的工程，可谁不知道王庆的后台是您老人家。王庆喝酒时当着大伙的面说了，给谁工程款全在您一句话，您说给东他不敢给西，您说给南他不敢给北。大伙说有这事没有。众人异口同声地说有有有，是活干完聚餐那天他说的，我们可以对天发誓。

疮疤给揭开了。杨主席脸一会儿红一会儿白来回交替着变，变得挺不是色。后来他说反正现在王庆不在这儿，也没人对证，你们爱咋说就咋说。大头蒜说怎么能想咋说就咋说呢，人得有良心呀。老焦一看杨主席要下不了台，就说有事说事别说人家良心，人家良心怎么不好了。大头蒜仰脖咕灌下半杯洋酒，舌头就不好使了，说本本本本本……老焦说你本本本个啥，比棉裤腰还笨的嘴，还来这较劲。孙桂英说你是不是说本来。大头蒜好不容易咽下口气说是是本来，这外国啤酒可真冲，差点没把我呛没气了。孙桂英说你也想演小品呀，我那是真XO，你这一口喝了我小半月工资。大头蒜说是啊那不喝了喝凉水吧，他要过一碗凉水造光，说我不是说杨主席良心不好，我是说人得讲良心，本本本本本来嘛，那话确是王庆讲的，不信咱去监狱找他，看他咋说，谁要是撒谎谁是四条腿爬的。杨主席再也忍不住，一拍茶几说你纯粹是个刁民，站起身就走，老焦也跟着走，出了门又推开探着半个脸说，这也就是在孙乡长家里，要是换个地方，看我不收拾扁了你们。

门咣当一响，震得整个房子都动了一下。屋里顿时鸦雀无声。孙桂英的心也一下揪到了嗓子眼。完啦，挺好的计划，全乱套了。大头蒜说孙乡长你看看，这还叫人活吗？孙桂英一想这会儿我得熄熄火了，便说他俩酒喝多了，你们别往心里去。有人说咋能不往心里去呢，整扁了咋吃饭。孙桂英说大头蒜你们也是，有人欠钱你们可以打官司告他呀，这么闹有什么用。大头蒜说告了人家说没证据打不赢。孙桂英问你手里一点字据都没有？大头蒜说琢磨着乡里不会打赖，就信了王庆。孙桂英说那你们只好去找证据，要不然闹到哪你们都占不了相赢（上风）。大头蒜说这么说也不能再上访了。有人说还访啥呀，乡长家的酒都让咱给造光了。

众人走了，看看一屋狼藉，孙桂英心想往后可不敢往家领了。

陆小林火了。晚饭后他回来，进屋就说这日子可没法过了，你要是这么不把家当家，我可就要另做打算了。陆小林没喝酒，他是挺认真地说的。要是搁往常，孙桂英肯定一下子就火冒三丈了，你有什么了不起，敢跟我叫板，不是当初死乞白赖求我啦，忘了你还学外国人来过单腿下跪呢。但这会子孙桂英没敢来硬的，她想自己确实做得是有点过了，把新房弄成这个熊样不说，还把那些个好酒都给造了，人家陆小林自己都没舍得喝。她就笑了说你别生气回头我改就是了。陆小林说你改可以但地板上的这些坑儿你改得了吗？孙桂英又笑着说也是呀，你说他不好好坐着踩哪门子地呀，这叫啥人呀。陆小林说那是人吗？你是领来了一群驴，驴蹄子能老实吗？孙桂英笑不出来了，皱着眉头说小林你咋这么糟践人呀，谁是驴。陆小林蹲下摸着说谁把地板踩出坑儿谁就是驴。孙桂英就火了，抬起腿噔噔踩了两脚，地板上没出坑儿出俩挺真亮的鞋印。她忘了换拖鞋。她说我也踩了，你敢说我是驴。说这话时她脸色就变了，眼泪忽地就要冒出来。原因是她心里怪委屈，本来自己费了半天劲没把矛盾调解成，心里就够别扭的了，这会儿一句安慰的话也没听着，还让人家没鼻子没脸数叨了一顿，这叫怎么一档子事呀。

祸害成这样，你还有理啦？陆小林喊。

你要是嫌弃，咱俩就散！孙桂英喊。

你以为我不敢呀。陆小林说。

那你就走，我不想见你。孙桂英说。

那、那、那好吧，这话可是你说的，我走……

陆小林头也不回，噔噔噔还真的就走了。这个房子是孙桂英的，是单位福利房，但装修是陆小林花的钱，还是陆小林一手操办的。所以，陆小林的话其实是只说了前半截，后半截则很明了，一旦真的吹了，这里还有账要算呢。可能是一下子还不能下狠心一刀两断，故后半截话到嘴边又给咽了回去。

孙桂英把话甩出去，眼瞅着陆小林真走了，她却有点傻眼，心想怎么会是这样一个结果呢？乡里的难题还在那一团乱麻撂着，这边倒快，一刀下去，好几年的感情就烟消云散了。但愿是一场梦，可惜又不是梦。孙桂英抓过酒瓶子，管

是什么酒，咕嘟嘟就仰脖灌下去。

天大冷了，乡里要准备迎接上面各式各样的检查评比，各部门都忙得脚后跟打后脑勺。几个头头这些日子都不太欢喜。老焦原本是最大大咧咧的人，也不行。对乡里的事他不是不清楚，但他不愿意陷得太深。所以他历来的政策是枪口对外，有什么不好打的局面不好啃的骨头，他就去冲锋陷阵。可若是头头之间有点啥事，他就绕开了。不是怕得罪人，实在是大家都在一个锅里抢马勺，彼此都知根知底，谁好意思揭人家的疮疤儿。老焦自己也有疮疤，是啥呢，说来也不算啥，是他有毛病，做不下种。就为这媳妇跟他散了，剩下他一个人有几年了。家里还有个老娘需要他照顾，弄得他动不动就烦，一烦他就要喝酒，这二年常去春玲子家的饭馆去喝，喝时看春玲子浑身是劲的样子，就有些羡慕，从羡慕发展到喜欢。喜欢后就愿意帮她，日久天长也就有了想法。春玲子心里哪能不明白，可再往下，两人都止了脚步，毕竟春玲子男人才没日子不久。寡妇门前是非本来就多，村里人又爱传闲话，传来传去，就传得老焦不咋自在。

可能结交了乡长，春玲子腰板有点硬，思想上也就放开了，赶集这天飘雪花，一早她过来，径直到乡政府找老焦，进屋把旁人撵走，问好多天了咋也不见孙乡长去。老焦说人家是乡长也不能总上你家吃饭。春玲子说我听大强说孙桂英跟她对象闹别扭了，这事跟你也有关系。老焦也不瞒说我就是那天在孙桂英家喝完酒话说得多了点。春玲子说那还要咋着，还不想法子给找补回来。老焦说咋找补呀我不管。春玲子说你不管合适吗？别忘了人家是乡长，你是副乡长。老焦心里一翻个，就明白春玲子心里想着自己，就说那咋办听你的。春玲子说你去劝她对象，我去劝孙桂英。老焦一拍大腿说真有你的，我说啥得娶了你了，不然非让旁人抢了去。春玲子脸腾地红了，说没出息的样。说罢抹抹脸就去找孙桂英，但见门锁着，一问得知孙桂英和小张去乡卫生院了。春玲子就撵去，一进卫生院楼里就觉出冰凉冰凉的比大街上还冷，见到了干瘦的胡院长她问咋不生火，把孙乡长给冻跑了他。老胡知道春玲子和老焦的关系，让了座说你说说我可咋办，没钱买煤，她孙乡长还非让我烧锅炉，你说我烧啥。春玲子笑道烧你大腿。老胡苦笑说我腿上没肉没油，点都点不着，不如你的经烧。春玲子说老娘的大腿还留着跑道呢，舍不得给你。老胡说留着给老焦吧。春玲子说你眼馋吧你。然后问孙乡长和小张呢。老胡说她俩去看隔壁的敬老院。春玲子问你咋不陪着。老胡说孙乡长让我在这等着答复她啥时烧锅炉。春玲子说那你打算咋答复。老胡说乡政府不给钱我没办法。春玲子说其实你有办法。老胡说真没办法，除非免了我，可我估摸她不敢，这一大摊子。春玲子说到时候你可别后悔呀，这年头连个小村长都争得头破血流，你要让院长的位子，我估摸得准有人谢你。说罢她就去乡敬老院。

敬老院是平房，跟卫生院烧一个锅炉，那边不点火，这边也变成冰窖，没法子只好装了个大煤炉子，白天老人们都集中到一个屋，晚上再各回各屋睡觉，靠电褥子取暖。孙桂英和老人说了没多大工夫，鼻子一酸，眼泪都快掉下来了。在这住的老人本来就够可怜的了，多数是无儿无女，连个一家老小热炕头都享受不着，这会儿没成想又挨冻。小张悄悄拉了孙桂英一下，意思是差不多就走吧，越说下去难办的事越多。孙桂英没理会。她之所以上卫生院和敬老院来，除了这俩处需要给予关注，还因为她想动用乡里的一笔钱，把大头蒜那笔账给了了。毕竟是乡里的工程。先还了，免得他一个劲上访，弄得上下都不消停。但小张说这笔钱杨主席说了这钱是他要来的，旁人不能动。到这会儿，她算彻底闹明白了，杨主席不仅手里有公司，还掌握着乡财政上另一个账号。据说这是当初让他从乡长转到人大主席的一个条件。当然，这个账号上的钱也有说法，表面上也说得过去，那就是乡里一些工程是由杨主席具体抓落实的，专款专用，与乡里一笔结算。杨主席说放到这边可以防止他人挪用，可确保工程按时按量的完成。比如说大头蒜跟王庆那包的工程，表面上看到王庆那就到头了，其实不然，真正的头是杨主席，他不发话，就是把王庆杀了，王庆也拿不出钱来。不过，王庆这小子也混蛋，他吃喝嫖赌抽样样都干，有时杨主席给他钱了，他不好好给人家，他在当中截留，人家要得急，他就五马倒六羊拆东墙补西墙，加上杨主席每次给款时总要留尾巴，有时还是老绵羊尾巴贼大，再加上王庆趁火打劫，最终给人家干活人

的钱就落下多少。特别是给大头蒜的这笔，本来杨主席就给了个零头，偏偏这零头还让王庆给赌输了，结果还就一分钱也没给……

孙桂英想通过给大头蒜结工程款，打破老规矩，把杨主席手里的那个权拿过来。拿过来后，手里有钱了，也好解决卫生院敬老院存在的一些难处。为这她急得牙疼，心里想看杨主席也不是那种人呀，咋干起事来这么狠，这山头子咋攻破呢。正要寻思着，春玲子找来了，春玲子说乡长大妹子我想死你啦。孙桂英也有点想春玲子了，就起身离开敬老院往卫生院走，胡院长远远的候着，春玲子小声说把脸绷住，敢说半个不字就免他。孙桂英就使劲绷着，到跟前瞅也没瞅老胡。春玲子给老胡使个眼色，胡院长忙说我想好了，咱马上就开炉。孙桂英皱着眉问不是没钱买煤吗？胡院长说我就是把我自家房子卖了，我也得把煤买了。孙桂英不是狠心人，一听这话还就有点过不去，说可别卖房，你去筹钱先烧着，回头我再帮你想法儿。春玲子说可别听他的，他要卖房我把眼珠抠出来当泡踩。胡院长脸红了说我这不是表决心嘛。春玲子说你表决心也不能这么表，我听着可有点要挟人的意思。胡院长说没那意思没那意思我去落实了，也不跟孙桂英打招呼转身就颠了。

孙桂英心里贼痛快，跟三伏天喝了一杯冰水似的。尽管这会儿天挺冷，可她嘴角都起泡了。春玲子眼尖说你咋上火了呢，这大冷的天。孙桂英说没啥可能穿多了吧。她不愿意说那些窝心事，说了丢人不说，也解决不了问题。春玲子是急性子，说乡长大妹子你就别瞒我啦，我都听说了，你可千万别为乡里的这些破事跟你对象闹别扭，那么着我们心里可过意不去。孙桂英问我们还有谁呀。春玲子脸上一红说能有谁，不就是那个破老焦嘛。孙桂英听说过他俩的事，但没往心上去，乍一听还有点反应不过来，只好又问那你干啥过意不去，这里又没你的事。春玲子说还不是老焦那破嘴胡嘞嘞烂扯，不帮你了事反帮倒忙。孙桂英这才忽啦一下彻底醒过闷儿来，敢情她是为老焦赔不是来了。孙桂英心里倒是感动了一下，想想这女人可真是够情义，不像陆小林那么没良心，于是就要说点安慰的话，好让春玲子放心地走，自己也好去忙别的。可话到嘴边上了，也不知哪根神经一转，让她想我何不利用一下春玲子呢，这乡镇的工作不比大机关讲套路，既然如此我何必自己约束自己呢。

孙桂英立刻眉头一锁，说大妹子呀我有点话这两天一直想找你说说，可就是没空上你那去。春玲子一愣说是吗？要这么说我还来对了，你有话快说吧，我留心听着呢。孙桂英说不忙不忙你看那边集上的衣服多好，我给大侄子大侄女买两件，你帮我看准大小。春玲子忙说用不着用不着有衣服穿不了呢。孙桂英说咋的啦把我当外人，那以后我也不敢去你家了。这么一说春玲子就不能拦了，只能跟着走，嘴里叨叨叨一个劲夸孙桂英仁义，夸得孙桂英脑仁疼。疼也得忍着，孙桂英得想词儿，长这么大，还从来没撒过谎，更没编过成套的谎词，这乍一要撒谎，心脏还有点不听使唤，突突突地打小鼓似的乱跳。等到买了两件衣服，稀里糊涂把钱给了，给完了都不知道多少钱一件。再往下她就找了个路边僻静的地方要说，可还没等说，又来尿了，来的还怎急，说憋不住还就要憋不住，也多亏这道边有个厕所，她说声等会儿就钻进去。里面没人，哗哗就尿，尿着就听外面吵起来，是男的，声音还挺熟，说你这娘们也太霸道，凭啥不让进去。春玲子说一会儿再进这会儿不行。男的说这不是你家，你家只许焦乡长进可以，这是厕所，你凭啥把门守户的不让尿，要憋死人呀。春玲子说闭上你的破嘴，少说用不着的，一个公狗破家伙，哪个墙根儿不能滋出去，还非得进屋。男的说那我可在这尿了。春玲子说那好你就当着老娘尿，看我咋把你那家伙凿扁。又有个男的就说他那家伙越凿越硬……

孙桂英抬头一看一边有溜挺长的小便池，心说坏了这是男厕所呀。也不管尿没尿净，她提裤子就起来，到外面一露面，反倒把那俩男的吓了一跳。那俩一个是大头蒜一个是大眼皮。大头蒜说哎哟哟不知道您在里面。大眼皮说知道了说啥也不能打扰。春玲子说咋样我说不能进吧。孙桂英也不能不说话，她说乡里要建厕所，我得视察视察看看哪种结构好。春玲子说看看乡长多关心你们，要给你们男的多挖几个坑，让你们拉个痛快，把大肠头子都拉出来得了，走，我陪你再视察别处。

又有人来上厕所，她俩就走，大头蒜和大眼皮追上来说乡长你视察厕所不如视察视察我们。孙桂英就站住，说视察你们啥。大头蒜说你先视察我俩的脸。大头蒜的脸上有血道子，大眼皮的左脸比右脸明显的肿起一层。孙桂英问这是咋搞的。大头蒜说要不来工钱，这又要过年了，媳妇在娘家不回来，去接她让她给挠了。孙桂英点点头问大眼皮你这是咋闹的。大眼皮说还不是你给坐下的病，我媳妇今早上又心疼我白搭进去那三口猪，就扇耳光。孙桂英问咋就一边肿。大眼皮说她只会使右手，总扇这半片。

就说得孙桂英有点哭笑不得。春玲子说那好办你大头朝下让她扇就扇着那边了。孙桂英一看这也不是在大街上说的事，就掏裤兜掏出钱，有三百来块，递给大头蒜二百说你先买点年货，多说好话把媳妇接回来。又把一百给大眼皮说，告你媳妇要是当了村干部五头猪都挡不住，吃了三头是便宜了你们。二人连连点头脚下却不动，春玲子喊你们的屎尿呢，还不进去。二人这才想起来，转身进了厕所。

春玲子拉起孙桂英就跑。孙桂英说没事甭跑。春玲子说你口袋装钱多了没处花呀，一会儿没拿工钱都找来，你给得起吗？孙桂英说那倒是啊，就跟着春玲子钻进集里。集里人多，一进去就没处找了。俩人走到一家小饭店门口，春玲子说这是我娘家兄弟开的，咱俩进去吃口饭吧。孙桂英看看手表说时间不早了我得回乡里开个会。春玲子说你不是要找我说啥话吗？刚才又买衣服又上厕所的，还是进里边去说吧，要不我回家心里也惦着。孙桂英一听这话还有点后悔了，自己那想法不咋光明正大，真不好意思往下跟春玲子编啥了。可话说出去，也不好往回收，再者春玲子又是自己到马营子后挺对脾气的人，这个友谊应该珍惜。于是她就跟春玲子进了饭店。春玲子兄弟正好在，一看姐姐来了，还带来了乡长，乐得屁颠屁颠的，紧麻溜自己下厨，三下五除二就炒了四个菜，色香味俱全，还都不走油。春玲子说我兄弟这一手贼棒，这菜不油腻。孙桂英这阵子要么吃食堂粉条子炖肉，要么陪上面来的领导下馆子，已吃得腻腻的。一看这菜还就来了食欲，说既然都炒了我也就不客气了。春玲子兄弟说您要是客气那就不是一家人了。春玲子高兴不知咋好，喊兄弟拿瓶酒来，这大雪泡天的我们姐俩造两盅。孙桂英往窗外瞅，可不是咋的，雪还下大了，又让北风一刮，天地就成了白蒙蒙一片。一瞬间她心里就想起陆小林，就想起自己的家。咋回事呢，今天是自己的生日。要是搁往常，虽然老母亲跟哥哥在外地，但陆小林和几个好朋友也会在今天聚一聚乐和一番，可如今对象也散了，朋友也断了，家也顾不上了。她鼻子一酸，差点流了眼泪。因此，她也就没拦春玲子，反而伸手举起玻璃杯说给我倒满，我得跟我大姐喝个痛快。等酒倒好了，她说声感谢了，咕嘟就下去小半杯，喝得春玲子直发愣。就说这阵子陪客人练得不善，可也不能这么喝。春玲子多精，阿庆嫂似的，一看这架势就起了疑心，她给兄弟使个眼色，她兄弟知道他姐和老焦的关系，到后屋就打老焦的手机。老焦问咋回事，她兄弟就说怎么怎么了，可能乡长有心事情绪不对劲。老焦说让她们慢点吃，我们这就过去。

　　喝了一大阵子，老焦头上顶着雪推门进来，嘴里说车开不过来，我俩是挤过来的，下雪了集上人还这么多。然后扭头喊老陆进来呀磨蹭啥呀。孙桂英愣了片刻，揉揉眼抬头看，一看人没进来先进来一把紫红色的玫瑰花，她的眼泪就跟断了线的珠子，稀里哗啦就掉下来。没错，进来的是陆小林。原来陆小林在机关正胡思乱想时，让老焦给堵屋里了，老焦说你们家的损失我可以赔偿，但你没必要跟孙乡长闹翻了。陆小林说那是我们个人之间的私事，你可没必要参与。老焦说问题是我是那天的当事人之一，我有责任不能不管。俩人呛呛得半红脸时，春玲子她兄弟打电话来，一说可能有啥心事，陆小林呼啦想起今天可能是孙桂英的生日，一查手机上的记录果然是，就想不管咋说也好了那么一回，人家过生日还是要去的，何况往下的事也该谈清楚，一旦正式分手，房屋装修也花了小三万块，总得有个补偿。所以，他就跟老焦来，半道上还买了花。老焦不清楚陆小林是怎么想的，还以为自己大功告成了，心里那叫一个美，进屋很得意地看春玲子，又抓过酒杯咕嘟喝了一大口，说咋样我办事效率够高吧。春玲子瞥了他一眼，冲陆小林说快坐快坐我和大兄弟还是头一回见面，看看多棒的人呀。陆小林点点头坐下，有点不好意思地把花轻轻放在孙桂英跟前，说祝你生日快乐。这一句话倒没把孙桂英说得有多大反应，眼泪一流心里就静下来，她小声说谢谢。老焦和春玲子这才明白是咋回事，春玲子说闹半天是你的生日呀，咋不早说，早说给你煮鸡蛋蒸豆包。老焦冲她兄弟说这也来得及，快去弄。孙桂英说可别弄我不过生日，我还上着班。陆小林说实在来不及，要不我就买生日蛋糕了。春玲子说晚上你俩回城里过再吃蛋糕，在咱这吃鸡蛋保你圆圆满满不生病，有啥沟坎都能滚过去，吃豆包让你再多长几个心眼，再难的勾当也难不住你。

这一说就把大家说乐了，往下又添了俩凉菜就一起喝酒，喝了时间不大，春玲子兄弟把熟鸡蛋和热豆包都端上来，孙桂英说我这两样我还真得吃了，我现在是又有难事又缺心眼。陆小林说那50万我说得差不多了，回头焦乡长跟我去一趟就行了。老焦一举酒杯说那太好了，你说啥时去我就去。孙桂英当然也高兴，但毕竟才撕破了脸，只能很客气地说，那真得好好的谢你呀。陆小林说用不着那是应该的。春玲子笑道看你俩这么客气，真叫人羡慕呀。老焦说那你俩就别生气了中不，你俩点个头，我把这酒全干了。孙桂英说今天咱不提那个，快吃饭吧，吃完了我还有个事要和你商量。陆小林说对对我们单位一会儿也有个会。老焦说那哪成呀，费这么大劲把你俩召集到一起，说这么几句就散了可不中。春玲子给老焦使个眼色，说我俩要出去买点年货，你俩慢慢聊着，我们不回来不能走呀。她说罢拉老焦出去，看有人要进来吃饭，就拦住说对不起这店我们办喜事包了不接散客了。

他俩一出去，孙桂英还真就有话要说，她说小陆你心里怎么想的，不妨说出来，别放在肚子里憋着。陆小林说我想跟你说咱们应该珍惜咱们的友情，别为了旁人毁了自己。孙桂英说啥叫为旁人毁了自己，我不明白你说的啥意思。陆小林皱眉说你看你一口一个啥啥的，我都怀疑你是不是原来的孙桂英。孙桂英哼了一声，说看来我都变得让你都要认不得了，那你还来干啥。陆小林说我是说你要保持住自己的本质，起码要注意文明，要洁身自好。这话就说得有点不合适了。孙桂英眼睛一瞪说你这话啥意思，我咋不文明咋不洁身自好啦。陆小林说看你这凶样，我可不是这的村民。孙桂英说跟村民我从来没厉害过。陆小林噢了一声说，原来是这样，那好我也不客气，我问你，你上妇科去到底是怎么回事。孙桂英脑袋里嗡地响了一下，待了一会儿说我受了点外伤去看呗。陆小林说外伤怎么会伤着那儿，那地方最隐蔽怎么能伤着。孙桂英脸臊得通红，说我那是下乡骑驴硌的。陆小林说谁知道你是怎么弄的，那大夫出来把我好训，好像是我弄的，我吃饱撑的，没事找事呀。孙桂英气坏了，抓起那把玫瑰就扔过去，说我看你就是没事找事，你哪是给我过生日，你是来寒碜我的，你走你走。陆小林也脸红脖子粗，说是你让我说心里话，可你又一点也听不进去。那好我走，可我还有话，咱俩的关系如果终止，那可是你提出来的，你要承担责任。孙桂英就要说出我承担责任就承担责任，可呼啦就想起那五十万，猛地把嘴就闭上了。陆小林站起身说那我就走。孙桂英说回头我一准给你个准信。

雪越下越大，集市上已是白茫茫一片了。鞭炮声预示着喜庆的春节就要到来，欢乐的气氛在瑞雪里越发显得热烈。孙桂英浑身发冷发软，她万没想到和陆小林见面会是这么一个结果，以往俩人也有生气的时候，都是以陆小林服软或让着自己收场，可如今陆小林全无昔日之举，显然他是有备而来。孙桂英抓过酒杯就要大口灌下去，她想我的命运咋这么不好呢……

孙乡长，我们给你过生日来了！

门开了，春玲子老焦带着大头蒜大眼皮等人进来，大头蒜怀里抱着个生日蛋糕，大眼皮手里拎着冒热气的血肠子。春玲子说他们听说你过生日，说啥也要来，还非得来洋的，弄个蛋糕还写了字。老焦说人多一块热闹热闹更好，其实他们也都是老实人，闹点小令（麻烦）也正常，要不也锻炼不了你。大头蒜说是呢我们都知道你心里挺想着老百姓的，我们也挺理解你的。大眼皮说没错你吃这肠子，吃了心大肠宽，保准不会憋出病。

孙桂英一拍桌子说来来喝酒，又说老焦你喝完酒就去找他，说啥把那钱弄来，告诉他，我啥事都依他都负责。春玲子则四下瞅瞅问，人呢？

五十万还真落实了。这当中陆小林功不可没，当然乡里也没少下力量。孙

桂英听说管钱的一位领导喜欢收藏，就跟春玲子商量，花了三千块把那六个青瓷大酒盅给买了。春玲子说要是你个人要我全白送给你。孙桂英说是乡里花钱，春玲子才收下。其实乡里哪有那份开支，那钱是孙桂英个人的。她送给那领导一对，那领导还真内行，说这是清末的，一套应该是六个。孙桂英留个心眼，说眼下就找到这俩，回头我再给您淘弄。那领导乐坏了，收好瓷碗立刻就打电话把钱批了。送瓷碗这事是孙桂英自己一个人去的，陆小林那头则负责请他的哥们吃饭还买了纪念品还有名牌西装。孙桂英当着老焦的面对陆小林说我们也得谢谢你呀。陆小林说我就不必了，要不是从你们乡长远考虑，我都不愿意帮你们送礼，万一出差头不合算。孙桂英说这点你一百个一千个放心，出了啥漏子我顶着，跟你一点关系也没有。陆小林说那就好那就好。说话说得很平静，没有了先前当着孙桂英面就兴奋的表情。老焦忍不住说这事落地了，也该把你俩自己的事弄稳妥了，我就告辞了。孙桂英没急着表态，她要听陆小林咋说。陆小林说我俩的事不忙，我这阵子单位的事特多，你们乡里的工作也够紧张，过一段再说吧，说罢还就走了。孙桂英心里这叫不是滋味，看来陆小林是下了决心了。老焦说你看看他怎么还不着急了，我这么大岁数都着急，你们咋能不着急。孙桂英问你俩啥时办喜事。老焦说我再动员陆小林，我们一对老家伙，你们一对年轻人，咱同一天办。孙桂英说甭管我们你俩先办，我给春玲子当伴娘。老焦说那不中，那么着我们也不办。孙桂英说要么你先去办事吧，你先去趟监狱再找杨主席……

老焦找到杨主席，说王庆他妈求我去看王庆了，王庆想早点出来，让你想法儿呢。杨主席眉头皱成一条僵虫，说他又赌博又诈骗我有啥法。老焦说他还说想立功赎罪交代更多的问题，让你有个思想准备。杨主席就火了，骂这个混球子，凭啥让我思想准备，我又没参与他那些烂事，我才不管呢，多关他几年才好呢。老焦一看这样只好向孙桂英交差，说按你说的我都办了，王庆确实想立功赎罪，可有些账都是他舅掌握着底细，他实在弄不大清楚。孙桂英问你和王庆咋个关系。老焦说我没关系，是春玲子跟王庆他妈有点关系，也不知从哪论的，王庆他妈得管春玲子叫姑姥姥。孙桂英乐了说那么着杨主席不也得叫嘛。老焦说可能就因为有这层关系杨主席才不愿提。孙桂英一拍大腿说中这事你办得不赖，往下你就抓两件事，一是接着跑村村通的钱，二是抓紧把喜事办了。老焦想想说我得给你提个醒了，也不能全怪人家老陆有看法，你来乡里这才多少日子，咋说话啥的都变得跟我们一样了。孙桂英一愣问变了吗？老焦说变了，变得粗拉拉的，兴许老陆接受不了。孙桂英说我觉得还变得不够，管他接受不接受。老焦说可是老陆身边小姑娘不少呀。孙桂英说随他便你别说了，我去找春玲子。

　　春玲子一见孙桂英来了乐够呛，拉孙桂英到里屋说我淘弄来个偏方治尿多，吃煮猪尿脬。孙桂英说猪尿脬先放放我有个事求你。就说了现在需要让王庆他娘出面找杨主席如何如何。春玲子听了说这个好办但得找大眼皮媳妇，我是从她那跟王庆他娘论到一块的，只要大眼皮媳妇一出马，事情准能办成。孙桂英一听腿裆就疼，说还得去老鸹梢子咋着。春玲子说你今天来着了，任大强娶儿媳妇，大眼皮两口子昨天就来了。孙桂英说那咱赶紧去找她。春玲子带她就去任大强家，一看酒席一悠一悠还开着呢。这山里办席论"悠"，一悠有八桌的也有十桌二十桌，任大强是村长，他又好交，少办不了，还赶上冬闲，村里村外的人都来。他没想到孙桂英会来，一看来了也乐坏了，只是舌头早就不好使了，说你能来我太太太太高兴了，往下上刀山下火海全全全全全凭你一句话。孙桂英笑了说你快歇着吧，别喝出了脑血栓，接着赶紧掏钱随礼，大强还不让，说你能来就给我增了大大大大光，哪还能让你出钱。孙桂英说我不是给你我是给大侄子的。这么一说，大强只好收了。随后就得喝酒，春玲子说喜酒不能不喝，你喝着我去找人。这一找可费劲了，孙桂英都喝迷糊了，春玲子才把大眼皮两口子找来，春玲子说这俩人猫个地方打麻将，可难找了。大眼皮问啥事呀找我。孙桂英说我我看看你脸上的肿消了没有。大眼皮说这几天她犯了肩周炎，胳膊抬不起来，把我给救了。大眼皮媳妇眼珠通红说多谢你啦李乡长，你找他没我啥勾当我忙去啦。说完转身还就走了。孙桂英喊你忙啥我找的就是你。春玲子就撵出去。大眼皮说乡长呀你前些天帮她，今天帮帮我吧。孙桂英问帮你啥。大眼皮说这败家的娘们

一沾麻将不要命，连着干了一天一宿了，一口大肥猪钱全让她给输了。孙桂英一愣问那你是干啥的。大眼皮说我要不管，就得输两口猪。孙桂英心里暗叫坏啦坏啦，净顾着修道啥的，没下力抓赌钱。她喝了一杯茶，等春玲子把人拽回来，捋捋头发问，我对你咋样啊？

好呗。

好呗，咋见面就跑？

那边开着局呢，我得捞回来。

回不来啦，我就来整这事的。

妈呀，那可白搭我一头猪了。

一头猪？还得罚一头呢！

要猪没有，要命有一条。

你在这反省着，看我高兴不高兴再说。

孙桂英给派出所打完电话，就拽上任大强和村干部就去抓赌。她不敢放一个村干部走，她估计大强他们可能都跟着玩。最近这阵子赌博风又有点厉害了。一是手里都有点钱，二是也有闲空。但值得庆幸的是南边的六合彩啥的还没传过来。不过这会儿这里麻将玩的钱也比以前翻番，玩得也都红眼，而且不避讳干部和外人。因此，孙桂英他们到了个屋里，屋里烟气腾腾，有人瞥了一眼，还说领导来啦，一小会儿给你们腾地方。任大强嘴里直喘粗气，骂没看见乡长来了吗？还不收了。孙桂英说不忙不忙接着玩吧。那些人说是呢又不是警察没事。过了一阵警察来了，一窝端。端完了几个女的关屋里男的蹲院外。女的说我们没瘾我们就是屁股沉，来串门子不愿意走。派出所所长过来说，那可就罚了。孙桂英小声问罚多少。所长说二百到两千。春玲子说那可揍了，这年没法过了。孙桂英说你管男的我管女的吧。孙桂英问你们是愿打还是愿罚。女的全部回答愿打不愿罚。孙桂英说那好吧你们不是屁股沉吗？全都坐地上冰着，不冰拉稀谁也别想回家，看往后屁股还沉不。几个女的乐了，噔噔大屁股一沉就坐地上，坐下还说这地也不凉，啥时能冰拉稀，不如喝冷水来得快。看看院外处理的差不多了，春玲子使个眼色，她们就都叫肚子拧劲痛啦要拉裤兜子里啦。孙桂英摆摆手说快起来，春玲子说还不谢谢下回再抓住可没这政策了。女人们说声谢啦，拍拍屁股一溜烟跑了。

　　回到大强家，孙桂英照猫画虎问大眼皮媳妇说你是认打还是认罚，她以为一样能行。不料大眼皮媳妇啥都不认还贼横，说别看你上回帮了我，可这回你早不管晚不管，偏等我输了一头猪了你管，我就不服。孙桂英一下子就气得不知咋弄她好，而且警察都走了，好像没有能震住她的人了。春玲子一看要不好，就帮着说赌钱的女的不是认打就是认罚，你凭啥啥都不让，你比旁人多点啥咋的。大眼皮媳妇说对对我也一个屁股两个咂儿（乳房），可我就是啥都不认，看能把我咋着。大眼皮在一旁说对看能把咱咋着。孙桂英火冒三丈，就看任大强，说你这的人就这么难整，横竖不吃呀。大强就嘿嘿笑道您别生气这事我有责任，都怪我平时管教不严。大眼皮一看这场面，就得意了，哼了一声说自己满身屎还管旁人，他们平时耍钱谁管他们，你有能耐管了他们，我们就服你。这一下把窗户纸给捅破了，任大强和村干部想笑笑不出来，都木呆呆钉在原处。春玲子说要不这事咱回头再说，今天是人家的好日子。

　　孙桂英摆摆手说今天确实是好日子，我想这好日子是来之不易的，你们说对不对。大强这时酒劲过去了，说乡长说得对极啦，搁以前谁家有这日子。大眼皮说那倒是呀，我十岁以前都没穿过裤子，坐哪都磨肉。春玲子说咋没把你卵子磨没了。大眼皮说磨没了更省事，省着我跟这老娘们操心。大眼皮媳妇说啥你操心，早先你拉选票，我为谁操心来着，白搭我好几口猪，我说啥了。大眼皮说我那是为啥，还不是对村干部有意见，他们又挣工资又耍钱，好事都让他们占了，我心里不服。任大强受不了啦说那都是过去的事，自打孙乡长去看你以后，我们干得咋样，你说个公道话。大眼皮说说公道话这阵子干得不赖，麻将也不咋打了，可咱村耍钱的风儿弄成这熊样，谁负责，就把大强等人给问住了。孙桂英说是啊咋不吭气啦，你们不能白拿工资呀，那么着在群众心里还有啥威信。大强说好好今天真是好日子，孙乡长不光给我来贺喜，还帮咱们把耍钱这难题给解决了，这么着我让罚两千，你们村干部也都自己认罚。旁人立刻说既然下决心了都就认两千。春玲子说真是好样的，人家都认了，你们咋样。大眼皮媳妇说那我就改认打。春玲子说谁打你呀。大眼皮说我打。上前朝屁股就要脚踢，他媳妇妈呀叫着捂着腚就窜高。大眼皮说那你不认打你认罚两千呀。孙桂英说我罚她给我干件事，不知愿意不愿意。大眼皮媳妇喊我惩愿意了。

转眼到了腊月底，乡政府上下气氛突然变得少有的愉快。主要愉快在大头蒜他们那些要账的不来了。按会计小张的话说，都好几年了，你才想松口气歇一会儿，他们就来了，弄得你这叫一个心窄。可想说句公道话帮帮大头蒜他们，又无能为力，杨主席握着实权，谁也不敢上前。这回可真不简单，谁都想不到杨主席会主动把先前的欠账都给结清了。不光清了，他还交了20万，说这是他那个公司这些年应交给乡里的管理费，并表示自己往后不仅明里和公司脱钩，暗里也绝不参与，自己就一心扑在的当人大主任了。这事是在党委会上说的，但会还没散楼上楼下的人都知道了。会后立刻有人悄悄找孙桂英，说不能就这么放过他，得好好整整他。孙桂英说整人可不中，但账目还是要审计的，过了年审吧。至于老杨为何变化这么大，孙桂英可是一个字都没说。

这里的秘密连老焦都弄不太清，但春玲子明白个八九不离十。春玲子又是个好说的，有人去她那吃饭夸她几句，她就有点发晕，那嘴就没了把门的，话里话外就露出些别人不知道的事。会计小张悄悄对孙桂英说外面传您让大眼皮媳妇找王庆他娘，王庆他娘就找她兄弟杨主席闹，说要不把原先的账结了啦，她就去上面揭发检举……孙桂英紧忙把门关严，问你是从哪儿听的。小张说是有人在春玲子那听的。孙桂英立刻找老焦，问你俩啥时结婚。老焦说不是等着你嘛，孙桂英说我俩才登了记，你俩快抓紧。老焦差点蹦高说那我这就去找春玲子。孙桂英说登了记你俩来一趟。老焦走了，孙桂英去杨主席办公室，老杨正在抽烟，抽得屋里看不清人。孙桂英把窗户推开条缝儿，那烟长虫一般哧溜溜就往外钻。孙桂英说干啥抽成这样。杨主席说你来得正好，我这正犯愁，我真心实意地把那些陈账都结了，咋外面又传我有经济问题，那么着我没法干呀。孙桂英本想好好劝劝他，心里却忽地冒出个新的念头，她就顺着往下说，我也听说了，你别往心里去。

咋能不往心里去呢。

也是，谁听了心里也烦。要不开会我替你说说。

别说，一说反倒此地无银三百两的。

是呀，只要在位上，就别想耳根子清静，真烦人，你看人家退了的，多省心……

要么，我就提前退了？还能涨几级工资。

是个好法儿。不过，我这离不开您呀。

用不着用不着，有的是人。我退，退了我自己干点啥。

要这么着我赞成，凭您的能力，要是自己干，早发了。

你真这么想？

这不能胡说。全乡谁不知道您的经济头脑最强。您干吧，将来我去您那打工。

杨主席被忽悠住了，贼兴奋，想控制都控制不住，扔了烟立马写了辞职报告。孙桂英大气不喘，拿了报告赶紧走人，关上门给县组织部和县人大打电话，说我们这杨主席因身体原因要提前退，希望上级能同意。回答可以考虑，但乡里要推荐出新的人大主席人选。孙桂英放下电话就找人开碰头会。人来了说少老杨和老焦。孙桂英说今天他俩回避，然后说目前机构改革，县里又有提前内退的优惠政策，杨主席想提前退，咱们可得支持，不然过一年没有优惠政策还得退，咱谁能给人家涨工资。这话也不是商量的口气，有人就说那倒是呀，可他退了谁接他呢。又有人说你傻呀，没看今天还谁没来。然后大伙就愣了片刻，忽然就都拍巴掌说同意同意，就是事情有点突然。孙桂英长出口气说甭说你们，我都突然。然后就散会叫小张来，说你快去审计局请人来，抓紧把杨主席的账都弄清。小张问不等年后审了咋提前了。孙桂英瞪眼问我说年后审你咋知道，你偷听着。小张吓得脸变色，说好好我这就去找人，保证连夜弄清，说完扭头就跑。

孙桂英气得呼呼的。看来乡里的工作秩序还需要好好整治一番，不然这么撒气露风传小话，当头的能耐再大也没法把局面稳住，更别提打开新局面。正想着老焦和春玲子来了，春玲子已不把孙桂英当外人，进屋就上前搂住孙桂英说，听说你俩也登记了，乐死我啦，我给你买了件红衣服你试试，喜事那天正好穿。孙桂英一看门大敞着楼道里人来人往的，就推开春玲子说回头试吧我还有点事。春玲子说这就过年了还能有啥事。孙桂英就坐下不吭声。还是老焦有眼色，喊春玲子你别打扰孙乡长，孙乡长真有事咱们先走吧。春玲子渐渐从热火劲中退出来，不好意思地说那就回头试吧。孙桂英真有点于心不忍，但想想小张说的王庆的事，她狠狠心说，你们坐下我有话要说。春玲子说你们谈工作我走吧。孙桂英上前抻抻春玲子的衣襟又掸掸土，说你先在老焦办公室等一会儿，过几天我去你家咱再好好唠，不过，咱姐俩唠的啥还有我让你干的啥可千万不兴往外说，中不。春玲子顿时脸就通红，连连点头转身便走。老焦说这娘们哪都好，就是嘴把不住门，上辈准是在山洞里托生的。孙桂英一摆手说别说没用我有件事跟你商量，原先你有机会当乡长，不想让我给替代了，现在杨主席要提前退，我想让你去顶他，正好也提到正科。老焦张着嘴半天问老杨要退这是啥时的事。孙桂英说你别问了反正已经定下来了，我想你干了两届副乡长了，这也是个机会，只是……老焦挺明白，立刻说那我同意，换年轻人干吧，有点权也不能给个人谋好处。孙桂英笑道把春玲子谋到手就知足吧，知足常乐嘛。老焦说对对常乐。

往下就剩下孙桂英一个人在办公室，静静的，玻璃折射的阳光晃得她眼睛发花。她想了想到乡里来的这些日子，又想这一连串戏剧性的变化，她要笑却笑不出来，心里反倒有点酸酸的，她暗道我从小就不会撒一句谎呀，参加工作后更是丁是丁卯是卯……可现在咋啦？我咋变成这样了呢。难道到了乡里，不变就不成？

手机响了，是陆小林。陆小林很委婉地说快过年了，是不是把咱俩的事做个了结，我看咱俩的性格还是不合适呀，我从小懦弱，你应该找一个更好的……孙桂英听着就想下狠心说那就彻底了结了吧。可话没出口，眼泪已经淌下来，她说小林呀，我变成这样儿，我也是没办法呀……

乡村无眠

　　到了伏天末了，庄稼榜过三遍，垄也起了，肥也描了，往下地里没活儿就等着收了，可小清河村的德山老汉却要起早了。说来怪好笑，自打土地联产承包以后，德山老汉基本上就没再着过忙起过早。不起早可不是人变懒了，实在是他觉得没有那个必要，他说地里那点狗屁星活计，俺一只手端着小烟袋，另一只手捎带脚就拾掇个球了，还犯得上起五更干半夜。这可不是牛皮大话，德山家往上几辈子都是正经好庄稼汉，勤快得很，想当年入社前他家打的粮食全乡第一，没少得售粮模范镜框框。可如今他却摊鸡蛋摊出了鸡屎——坏了菜，人老了老了睡不成踏实觉。气得他自言自语直劲磨叨，说再早光听说城里人闹失眠，咋俺一个老农民也失眠，真他娘的怪了，莫不是不起早下地干活的报应……

　　德山老汉失眠症状是先沟口后沟脑，当中那节骨还能将就对付：即不能像先前脑袋一沾枕头就死狗一般睡去，得左右烙饼连着翻番（若是收入翻番多好）好一阵才能睡着；再有就是以前天麻麻亮时他要起来撒泡尿，尿完浑身轻松，然后接茬睡那个贼香的回笼觉。现在完蛋了，尿撒没了，肚子瘪了，老家什蔫了，回笼觉却也没了，就剩下俩干涩的老眼，旱蛤蟆盼雨似的瞅着窗外，一丝丝困意也没有了，俩后脚根没事只好蹭炕席解痒。这么一闹腾老伴也睡不着了，弄得老伴贼烦贼烦的。

"俺说……"德山从来这样叫老伴。

"说啥呀说，这老早……"老伴翻一边说。

"俺是说，俺咋睡不着呢？"德山坐起来。

"撑的！"老伴急了。

"知道不，后院孙寡妇回来了……"德山顺嘴溜达出来。

话刚出口他也就后悔了，这不是找骂嘛。孙寡妇如今四十大几奔五十，是个不省油的灯。早先她男人还活着时，她在村里名声就不咋着，跟光棍子大黄瓜黄三相好是公开的。他男人揍她骂你个骚货黄三哪好呀，她就喊俺就是喜欢黄三，他的家什好。但那时黄三是穷汉，日子长了孙也有够。后来孙就进了城，有的说她开饭馆，有的说她倒鱼虾，还有的糟践她说她"卖大肉"。她男人去找也找不回来，结果翻车还把她男人砸死了，孙也就捎了口信，说这辈子不回来了。大黄瓜呢，前些年去后山小铁矿给老板拎电棍当保安，矿石卖不出价钱，老板赔个惨，趁黑夜蹿杆子了。再往下谁也不愿收拾烂摊子，乡里就拍给大黄瓜管，大黄瓜能耍赖装死闹活不还账，一来二去也不知咋鼓捣的他成了矿主，但也没挣钱。可谁料到今春上时来运转钢铁短缺，最终导致矿石和铁精粉价钱大涨特涨，就把个蔫黄瓜一下涨成了大金疙瘩。在这情景下，孙寡妇突然归来，其中必然大有文章……

别等挨骂，德山老汉紧溜下地到当院转了几遭，脑袋还是嗡嗡的，眼神也不大好使，看啥都是双影。他想这会子俺到地里干啥活呢？找鬼去呀！他忽然想起捡粪，对喽，老爹的宝贝粪筐粪叉子还在。老爹临咽气时费大劲伸出三个指头，说要想过好日子，就得眼勤脚勤手勤，眼勤勤在常看道上有没有车马过，脚勤勤在立刻去寻，手勤勤在趁着粪冒热气时就捡。老爹一辈子起大早捡粪，也没把日子捡宽绰，却把这话留给自己。德山老汉明知不是那么回事，可那毕竟是老爹的遗言呀，因此那粪筐粪叉就没扔留下了。他还想有一天再传给儿子，但如今俩儿子都进城做工并在那安了家，人家用不着。自己倒是种地，可这些年大田都用化肥，偶尔使点家肥，也是描在自家吃的菜地，还有自己抽的大叶子烟上。用化肥描出的烟要火还辣嗓子，家肥描出的烟叶好抽，到嘴里回口有点甜。德山想来年的烟叶兴许要多种点，两小子都抽烟，抽旱烟还是省钱。冲这俺还是瞅瞅哪有粪吧，没有就只当转悠转悠。

"您老起得早呀，可真是勤快，比城里人强太多了。"突然间就有女人说话，正是后院的孙寡妇。她绕到前街来了，隔着齐腰高的墙头说话，墙头上插着紫杆大葛针，尖利无比，鸡猪都不敢上前，但透亮，能看到孙寡妇大白脸肉厚，小眼珠贼亮，穿件浅绿色薄衫，胸脯鼓鼓像揣俩活兔子。德山老汉觉出自己的眼珠这会儿好使了，但他忙低下头不再瞅。

"老队长，老嫂子在家睡着吧。"孙寡妇大声说。

"睡着呢……噢，不，早醒了，在炕上眯着呢。"德山的汗要冒出来。这娘们干啥用老队长那个称呼，那是驴年马月的事哟……德山老汉在大集体最后的几年里当过生产队长，那会儿孙寡妇的男人得了大骨节病，看病吃药把家折腾得底掉，孙寡妇为了把日子能将就过下去，没少给当队长的德山打溜须，有一阵子，德山面对她的小脸心里也怪痒的，秋天在棒子地里抓她时，她裤腰粗如水缸，德山问那是啥，孙寡妇轻轻一拽，棒子把裤子秃噜一下坠到脚面，内里光溜溜啥都没穿，吓得德山转身就跑，往下无论是派活还是分点啥，德山或多或少地就得偏向着点她。德山曾想过俺这是何苦呢，也没碰着她一个手指头……

"老队长。"孙寡妇仍大声说。

"小点声，你吃炮药了。哪个还是队长？"德山忙摆手。

"那就叫德山老哥。"孙寡妇改了个称呼。

"拉倒吧，啥哥呀姐呀，麻紮（难受）。"德山意志坚强地说。

"跟你商量个事呀。"孙寡妇翘着脚说

"有屁快放。"德山瞅瞅身后屋门不客气地说。

"帮俺整狗日的黄三。"孙寡妇狠狠地说。

"你五迷啦？一宿没睡？"德山问。

"一宿没睡。"孙寡妇点头。

"你也失眠？"德山要笑。

"失得厉害，一宿眼都没合，但人不五迷。"孙寡妇说得很认真。

"不五迷你咋反他？你俩可好过。"德山不信。

"那是过去。现在呢，你瞅不见听不着咋着……"孙寡妇指身后。

一阵震天动地的爆炸声从后山一直响到前山（开铁矿开疯了），房子都颤。拉铁矿石和铁精粉的大车一辆接一辆开过来，黄土卷起，一瞬间，孙寡妇不见了。德山老汉被呛得倒退进屋。老伴问你跟谁说话呢，德山老汉说呛死人啦，这大黄瓜可把小清河给毁了。

从黄土中钻出来，孙寡妇用上嘴唇蹭蹭牙，就像铲子铲墙皮，满嘴都是土沫子。再摸摸脸，厚厚的一层，眼皮上下一动，就掉土渣儿。孙寡妇就骂这个挨千刀的大黄瓜，你发财了顿顿吃馆子，却让俺们吃黄土。她接着还想跟德山说话，德山却不见了踪影。她一来气，就敲门，门插得严，她蹬块石头抬腿就从墙头葛针上迈，不料被葛针哗地刮住了裤裆，顿时就过不去还下不来。她害怕了，她想起自己当姑娘时跨猪栏子的教训。猪栏子就是自留地菜园子的门，用齐大腿根儿那么高的高粱秆扎绑成小墙，有巴掌厚吧，再大的猪也拱不倒也窜不过去。但人要进，还要挑水桶呢。人聪明就显在这里：即一边放一块半大石头，如同上台阶，再迈。而猪是想不到利用这台阶的。那是刚上秋的天，穿单衣，自己长得好又好美，穿精薄精薄的的确良水绿裤，脚下是塑料底偏带鞋，在大队演完节目，又渴又饿，就奔园子要摘根水灵灵的黄瓜。不料前腿迈过，后脚在石头上却踩滑，结果骑马般的吭一下子就坐在猪栏子上（后果严重）……

"来人呀，快救俺一下呀！"孙寡妇不由得惊叫，她不喊不成，要是扎一裤裆葛针，疼不说，那些刺儿咋往外挑。

"你这是干啥哟！"德山老汉出来一瞅，火燎腚似的急得直蹦高。左右邻居都跑出来，却没人上前，大眼小眼瞅着这院，不少人嘴角还撇着，分明是在冷笑，意思太清楚了：瞧呀，孙寡妇跟德山好上了。"你快把俺整下来呀！"孙寡妇要站不住了。"你窜那上干啥！"德山两只手发烫，不知如何是好。"快来接着俺！"孙寡妇喊。"快去，接准了。"村民中有人发坏起哄。"俺不接……"德山咬定牙关不出去。

当街停下辆乌黑瓦亮的轿车，大黄瓜黄三和个贼俊黄毛小女子从车里钻出来，黄三腆着肚子伸出两个短粗的胳膊，嘿嘿大笑道我接我接，我替德山接这堆肉。孙寡妇喊俺老孙不用你。黄三抱起肩膀说这倔娘们，别不识好歹，那你可就满裆是刺啦。黄毛小女子皱着眉头说快走吧，人家愿意往那地方扎。孙寡妇骂放你娘个臭屁！你才爱那地方扎。小女子喊有能耐你翻下来！孙寡妇说俺翻下来砸死你个小骚货。说着她身子打晃了。小女子怕她真砸下来，拉黄三上了车，黄顺手扔出几张大票子。

"拿走你的臭钱，老娘不稀罕！"孙寡妇仰身就要往下摔。

"等等！"德山老汉心说没想到这娘们还有点骨气，脚下一给劲几步就窜到墙根，伸出两只长满厚茧的大手，左一把，右一把，生是把孙寡妇裤下的葛针拽出点空儿来。孙寡妇身子向前一扑，正正砸在德山老汉的怀里，俩人咕咚栽进豆角架。

墙外打成一个蛋，几张大票被抢得粉身碎骨。

活了大半辈子的德山老汉非常奢侈地得到了一次接触：与孙寡妇隔着两层布（一人一层，都没穿背心子），俩形状不同的胸脯子实实在在地贴（砸）到了一起。但代价是极惨重的——老伴隔着窗户只看见了后半段，也就是他俩滚倒在豆角架里那段儿。老伴是好面的人，受不了刺激，下地抱起卤水罐仰脖就灌，幸好被邻居抢下。随后又找菜刀抹脖子，也被人阻止。没有办法，只好打电话给城里的儿子，儿子立刻骑摩托回来将老娘接走。临走时德山说你过去消消气，过些日子俺也去找你。老伴说你别去你跟孙寡妇过吧。德山指天发誓说俺跟她啥事也没有，俺是睡不着觉才惹出这事。儿子坐在摩托上发动着说你干啥睡不着呢。德山看看儿子瘦黑的小样儿，忽然就想清楚了说："还不是看黄三发大财，俺心里急……"

"人家发财，你急个啥？"

"那财发得太暴呀。"

"那你也发呀，你发了也贴补贴补我们。"

"是呢，俺发，俺发……"

一阵嘟嘟响，摩托冒烟蹿远了，破轮子还甩起不少泥巴，有一块正甩到德山的嘴上，他想说俺发昏吧，嘴唇黏乎乎粘住了。他抹了抹往家走，就见孙寡妇一扭一扭地从后街过来。他心里这叫上火，心说都是你这败兴娘们，毁了俺挺好的日子……

"老哥，送老嫂子进城呀。"孙寡妇也不管街上有没有人，细声浪气地嚷嚷着，"进城好呀，开开眼，你咋不跟着去，在家吃这黄土。"

"去，去你娘个球！"

"俺娘比俺还早两年守寡，没摸过几宿那球……"

"你要脸不？"

"你要不？"

"俺咋不要？"

"你要不了。你瞅你一脸一嘴泥，活是猪拱食。"

"妈的，你是找扇呀！"

"俺就是找扇，你敢动俺一个指头，俺把你的俩球捏瘪一对！"

"反了你啦！"

德山老汉气得实在受不了，他觉出这娘们没安好心，是存心来找碴儿干架。不过，此时若是和她干起来，却也是一件好事，好就好在可以证明自己与她没有狗扯连环，从而也就平息了村民的议论。想到这德山撸胳膊挽袖子就要动手，但一见孙寡妇那浑圆的手腕，那突突乱颤的胸脯子，他不由得又有些惧怕了。这孙寡妇一身肉膘满肚子火气，据说当年大黄瓜都不是她的对手，几个回合下来就告饶。这二年兴许又是她一个人干靠（硬熬），就靠得浑身有劲没处使，看见老爷们就着急。这要是让她拿自己当靶子练，那可就揍（坏）了，伤着了家里也没人伺候是小事，若是上医院，药费多贵呀。想到这德山就软了筋骨，脚板子往后滑，嘴里自言自语道，跟你个娘们干架没劲。孙寡妇喊你有能耐站住，是不是你个老头子没劲不行了，俺还有劲呢，你给俺上来。德山吓得头发根子发直，说俺不上就不上。孙寡妇说你今天还非上不可。一旁看热闹的人便起哄，喊那是好事呀，让你上你就上呗，别人想上还上不去呢。德山骂道去你娘的谁愿上谁上，老子就是不上，看能把俺咋的。还好，孙寡妇没往前来，德山脚下也就站稳，俩人叉着腰瞪着眼，就在大街上对阵叫号。

打雷般的一阵喇叭声，紧接一阵叫人心颤的震动，黄三拉矿石的车队坦克般的压过来。人们纷纷躲避，德山心里说这回保准把这娘们吓走了。不料那孙寡妇突然间就来了邪劲，她先是妖妖的一笑，麻痹了德山，就在德山没明白她咋笑了呢，孙寡妇母狼般地扑过来，一把就将德山拦腰抱住，然后俩人就滚倒在街上的黄土里。德山顿时就懵了，黄尘封眼，他看不清哪是哪，抓一把，肉颤颤，砸一拳，颤颤肉，拱一下，还是肉颤颤，啃一口，仍是颤颤肉。他只觉得自己像是摔到肥猪圈里了，不知被多少肥猪在包围了。可是，太奇怪了，好一阵了，自己这也不疼那也不痒，既没让猪啃了也没让猪踢了，他想爬起来，耳边却分明听见孙寡妇在说："老哥别动，千万别动！"

"啥？"

"闭嘴。"

一块土坷垃塞住了嘴。

长长的车队停了，被堵了，整个小清河村都惊动了。简直是太岁头上动土。黄三和乡长李小柱立马就赶到了。黄三这二年不光有钱还有势力，主要是把李小柱给伺候好了。李小柱是县里派来的，才三十出头。他倒不是那种光吃喝不干事的干部，好点色也不厉害，可李小柱是个官迷，一心巴火的想快点鲤鱼跳龙门、产房传喜讯（升）。这么一来就有两件事必须做好：一是得快出大政绩，乡里的人均收入一下翻八番才好；二是关键时刻还得给主要领导进点贡。这两点都让黄三给办妥了。把黄三还有几个矿的收入往老百姓的收入里一摊，一下平均数就高不少（村民实际多少另说）。给领导进贡呢，不用李小柱出面，领导家无论是大人过生日还是孩子过满月，无论是娶媳妇还是发送老人，无论是住院还是头疼脑热，他名下的礼一准有人送到。结果最近李小柱在上边就挺得烟儿抽，没少受表扬，看来提升指日可待。李小柱这阵子索性到黄三矿上来坐镇，下了决心一定要用这黑乎乎的铁精粉给自己换来个光亮亮的前程。

村街上，黄三背手腆肚没上前，倒是李小柱沉着脸分开众人厉声厉气地训斥问："这是怎么回事呀？谁这么大胆在这挡道！"

"俺们可没挡道，俺俩干架呢！"孙寡妇抹抹脸上的黄土说，"这老头子跟俺耍横，俺教训教训他。"

"要教训回家教训去，怎么滚到大街了！太不像话。"李小柱说。

"在家里教训不了，就得在这大街上，大街上安全。"孙寡妇悄悄捏了德山老汉一把说，"你说是不是呀？"

"是，是……"德山老汉说。

李小柱挠挠后脖梗，抬头看看两边的房子，又看看脚下坑洼不平的路，皱着眉头问："你说啥？家里不安全？"

"是呢，房子要让这些个车震倒了。"

没等李小柱问，村民们轰地一下就围上来，七嘴八舌地说这道本来也不是走大车的，你们走大车也中，但得把路修好，这会儿有好几家房子都颤巍巍了，村民代表会提多少回，但就是没人管。德山老汉费挺大的劲才站起来，他刚想说啥，就听脚下孙寡妇说你到是拽俺一把呀。李小柱向后退了一步，说你把你老婆拽起来吧。德山脸上顿时火烧火燎，一拍屁股老牛似的闯开人群回家去了。

街上热闹成一个蛋，堵得更厉害了。

三伏未了，晒死家雀。晌午日头白亮亮要把石头烤出油。这会儿人们都在家吃饭，估计开车的也吃饭，耳根子顿时就少有的静。孙寡妇从后院一扭一扭出来，手里挎个小筐儿，筐儿里是一大瓷缸子绿豆粥，两张油饼，一碗葱花炒鸡蛋，还有一小绿扁瓶二锅头，又称扁二，是她在车站买的，买了好几瓶。当时她想回去串门送人，要是不送呢，就自己留着喝。到城里混了这些年，累没少受，钱没挣着，倒学会了喝酒，喝了酒就把心里的烦事忘了，挺舒服。

推开德山老汉家的大门，孙寡妇心里不由得咯噔咯噔使劲跳了两下。说来不是怕啥，打光棍一晃也十多年了，在城里谋生活时也没少和男人打交道，有嘻皮笑脸的，有满嘴胡浸的，甚至还有动手动脚的，但都没把自己咋着了。眼前一个干巴老头，要钱没钱要相没相，要文雅没文雅，要火气没火气，把底翻八个个也没必要紧张，可为啥心里还大跳几下呢。孙寡妇也不明白，她瞅瞅院里没狗也没人，可一阵风吹过来，她觉出肚皮发凉，她低头一瞅，便瞅出有点不合适了：自己就穿个小褂，里面光溜溜啥也没衬。这不是有意，实在是天太热，晚上一个人在大炕上脱得大白鹅似的，白天身上遮点布就觉厚，她尤其受不了乳罩背心啥的。噢，或许这么一来像是要勾引人家德山。孙寡妇赶紧把小褂的扣儿都系上，但那两坨子肉越发显得鼓且嘟嘟乱颤了……

"哪个呀？"屋里往外冒烟，德山老汉沙哑着嗓子问。

"是俺呀。大哥，你还没吃吧。"孙寡妇尽量让自己的语气平和一些。

"你来干个球！还嫌害巴得俺不够厉害咋着。"从烟里钻出了德山老汉，鼻涕眼泪的手扶门框喊，"俺这你可别来，俺求你啦。"

"你以为俺稀罕来你这，你个不识好歹的老家伙。"

德山老汉对孙寡妇有点怵头了。那会儿在街上泥里土里一顿死命撕巴，搞得他好累好累，回来撒泡尿，肚子空得像光膛水瓢，恁啥物件都没有了。他想起有盒点心在柜里，可一摸板柜上着锁，钥匙却找不着，气得他抓起斧子差点劈下去。后来他就劝自己气大不养家呀，别来鲁的，还是烧火做饭喂脑袋吧。他想着要使劲炒一大盘子鸡蛋，多搁油，然后再喝半斤烧酒。他还想要狠狠磨叨俩人，一个是老伴，一个是孙寡妇。老伴在家时不让喝酒，这回你走了，俺可劲喝。孙

寡妇呢，你以为俺打了败仗，俺在家喝酒过酒瘾呢。可惜，破灶火倒烟，呛得他跟老鼠钻进烟道似的，鼓捣半会啥都没吃成。德山还是有心计的，知道此时此刻自己绝不是孙寡妇的对手，因此只能来一把软的。

"闹了半天是没吃饭呀，这好办，这好办。你过来吧。"孙寡妇指指院当心老槐树下的阴凉地儿说，"就在这吧，在这吃。"

"吃啥？啃地？"德山老汉倔倔地说。

"哪能呢，李乡长都把俺当成你老婆了，还能让你饿着。"孙寡妇把小筐里的吃物一一摆出。

"下药了吧。"

"想下来着。咋着，不敢吃？"

"不敢？球才不敢。"

德山老汉过来伸手就要抓，孙寡妇一把挡住，说快去洗手洗脸，灶王爷似的，白搭了俺的好嚼咕。德山愣了一下，就到洋井去压水，可一个人压没法洗。孙寡妇就过来说俺压你洗。她猫腰用力一压，小褂上面的扣子突地崩掉俩，一巴掌宽的白肉明晃晃地就刺了德山老汉的眼。孙寡妇一只手掩着说："瞅啥呀瞅，没吃过猪肉还没见过猪跑！馋咂（奶子）吃了咋着！"

德山老汉一下子老实了，孙寡妇说得出来干得出来。

往下来吃的东西是啥味，他都没怎么品出来。等到孙寡妇掏出几张红花花的大票子放在他面前，说这是你跟俺干架挣的，德山简直傻了。好一阵，他才有点明白这里面有弯弯绕，可这到底是咋绕的，他闹不大清。后来街上有车声了，但跟拉矿石的不一样，而且也没卷起黄土，还有小孩子的笑声喊声。德山老汉狐疑地朝外望，他心里揪成一个蛋，他害怕李小柱乡长派警车来抓自己，这一辈子，别管吃多少亏受多少气，从来就没跟当官的干过架，甭说乡长，连村长老赵自己都没敢正眼看几回，这次把乡长惹生气了，是不是有点活腻歪啦……

好怪好怪，门外不是派出所的破吉普，而是大拖拉机拉着水罐，水罐两边是带孔的水管，有点像城里的洒水车，一边走一边往道上洒水。德山说这是咋回事。孙寡妇说你好生想呀。德山说好生想不出来。

"你睡不着你想啥来着？"孙寡妇问。

"你睡不着你想啥来着？"德山反问。

"想得可多呢……"孙寡妇说。

"就说眼巴前的吧。"德山老汉说。

"眼巴前的呢，就是，俺相中你啦……"孙寡妇大喘气，"咱合起来跟大黄瓜算账。"

德山哗哗冒汗，心里说你这娘们要活吓死俺呀。

孙寡妇定要把德山拉到自己的计划中，是一宿没合眼一点点掂算出来的。原因一是德山这个人虽然老了点，但在村民中还是有威信的，德山原先当过些年生产队长，为人不错，如今俩儿子都在城里，虽说顶多是打工的，但毕竟也混成了城里人，村民由此也高看他一眼；原因二呢，自己尽管能抓着大黄瓜的把柄，但毕竟村里都知道当初自己与大黄瓜有一腿，这会儿跟他闹翻了，就是再有理，旁人也会议论你是要敲竹杠，有德山掺和着，就能把先前的事遮了许多。另外还有一点很重要，那就是德山比自己大了许多，德山又不好色，有他搭伴，不会引起那些乱七八糟的非议。因此，思来想去，她必须千方百计把德山拽过来。如今，她忒高兴，德山老汉已经上套儿了。

既得了挡道费，又有了洒水车，初战不仅是告捷，简直是辉煌。小清河村有点秫米粥烧开锅了。德山家一时成了村民议事的中心，来一屋子人，抽烟抽得似把炕席点着了一般。村民崔大头身高少一半全是头，他晃晃大头，说安静安静啦，上世纪呢，德山你领着社员种过地，如今是新世纪，你领着俺们维护村民的生存权利。德山就笑了，说还挺他娘合辙押韵。还是当年学小靳庄的老底吧。崔大头原在小学校代课，前阵子整顿给裁下来，气尚未消，他说别忘了俺当过教师。孙寡妇忙问，咋不让你教了呢。她把呢字说得贼重，明摆着是挑崔大头的火。崔大头顿时还就火烧大头，喊还不是没给领导送礼。德山说还是你水平洼。

崔大头说你更洼洼到家。孙寡妇说咱自己人别打咭，崔大头你有文化，就当大伙的军师吧。

"开工钱吗？"崔大头问。

"赢了就开。"孙寡妇说得很肯定。

往下孙寡妇就让德山说，其实主意都是孙寡妇的。德山干咳两声揉揉嘴又蹬蹬腿。孙寡妇说你干啥呀这些零碎。德山说事关重大俺得寻思妥了再说。崔大头说寻思俺可要回家了。德山一拍炕沿说那个啥好汉子有招儿，好寡妇得禁熬。孙寡妇白了一眼说还是零碎，说真格的吧。德山说咱可不是胡闹咱是为环跑。崔大头说不是环跑是环保。德山说中中反正咱往下就找黄三要占道费和污染费。占道费咱先要从矿上到地里的，那早先只有一辆车宽的道儿，这会儿车多了车大了，轧出早先的三倍宽，被毁的可都是咱们的承包地，黄三原先说加倍赔，可他至今连个毛刺也没赔。还有污染费呢，更得要了，他黄三的铁精粉厂直接把尾矿（废渣）排到河里，把个小清河给弄得坏坏了，咱村地势低，如今井水发黑发苦，不少人喝了肚子疼……

德山跟当年派社员下地干活一样，不仅没紧张，而且说得挺顺溜。村民都点头，说对对是这回事，不过咱或多或少也反映过，可李小柱说眼下出矿石是硬道理，结果咱们的道理就软了，这回要搞就搞坚决彻底了。孙寡妇说那没问题这回得彻底，崔大头说得彻底加彻底。德山搓搓手心说正好地里没活，咱闲着也是闲着，干半截子不是好手艺，要干就一竿子插到底。他还问孙寡妇你说是不。孙寡妇脸一红说那就插到底呗，反正俺也难做好人。德山纳过闷儿，抽了自己一嘴巴，说往下再说蹭锅边子话不是人。于是就没有哪个村民起哄闹骚，一伙子挺像谋划正经事的了。

村委会主任老赵怕把事闹大了，后黑天就悄悄找德山，说老哥你可是一辈子清清白白的人，咋老了老了跟那骚娘们搅和到一起去了，老嫂子已经气跑了，还想把她气死呀。德山脸上有点发烧，说没法子已经搅进去了，可人家说的也挺有道理，村民也有这个要求。老赵说有要求也不是一天半天了，俺也给李乡长反映了，他也没说不解决。德山问那啥时能解决呀。老赵说总得容人家个空儿吧。德山还没从胜利的喜悦中走出来，得意地说从洒水车的经验来看，这空儿容不得，容了他们就不当回事了。说着说着德山脸还就凉下来沉下来，说咱对事不对人，俺跟孙寡妇在一块也不是搞破鞋，让俺搞也没那能耐，等把这事办完了，俺跟她就大道通天各走一边。老赵摇摇头又去找崔大头，说你也是咱村的文化人，咋跟着他们胡来。崔大头说主任你张开嘴俺也张开嘴，咱找人瞅瞅是一个色吗？你喝大黄瓜给拉来的白净水，还好意思数叨俺。老赵往下一句话也说不出来，火冒三丈地去找孙寡妇，孙寡妇正在家穿个小背心凉快，猛地一回头看见了，却也没抓褂子，而是色色（发坏）的一笑，说这天贼热贼热呀。老赵抽着烟盯着锅台，说你在城里挺好的回来干啥。孙寡妇说老啦老啦得叶落归根啦。老赵说归也中，可你和黄三是老相好，何苦闹翻脸。孙寡妇就因为是老相好，他才不该喜新厌旧忘恩负义，把俺当烂白菜。老赵说看在俺的面上别闹了，闹大了谁也得不了好。孙寡妇说本来俺也没咋好了，俺怕个蛋。老赵说你不怕俺怕。孙寡妇说你怕大黄瓜和李小柱吧，你就不怕俺。老赵把烟一扔，说俺怕你个球，小心日后俺收拾你。孙寡妇说别等日后，现在就收拾吧，你瞅瞅这是啥。老赵抬头一瞅，灯光下就见两个白白大哑儿在乱颤。老赵说你别勾引俺，俺家里有，虽然没你这俩好，可也是一样的东西。孙寡妇说俺才不勾引你，俺嗷一嗓子，你就满身是嘴也说不清楚你信不。老赵忙说俺信俺太信了，说罢黄鼠狼般窜出门没影了。

转天李小柱接了老赵的告急电话就赶到村委会，叭叭开扩大器吹麦克风再喊喂喂喂，说有重要通知重要通知，我是乡长我姓李，请下列村民到村委会开重要会议，然后就点德山、孙寡妇和崔大头的大名。

这声音真亮亮在德山屋里屋外响着。大杨树上的喇叭正对他家（原先斜对，让德山正过来）。崔大头说去还是不去，乡长都说三遍了。德山蹲在地上抽烟，死活不抬头，嘴里嘟囔说这可咋好，乡长这是要收拾咱啦。孙寡妇说到了关键时刻了，你俩不能打秃噜吧。

"要不这么着，你俩先去，俺过一会儿去，俺得拉一泡。"德山说。

"俺肚子也不好受。"崔大头说。

"也好，那俺一个人去，去了俺就说和乡里和黄三闹别扭都是你俩挑动的，你俩还准备闹到县里市里省里。"孙寡妇说，"俺这么说中不？"

"中个蛋！那非把俺俩关局子里去不可。"崔大头说。

"孙寡妇，你这娘们心咋这狠。"德山说。

"俺狠还是你狠？你钱也收了，酒也喝了，到这会儿就想把俺卖了，到底是谁狠！"孙寡妇说，"反正咱是一根线上的蚂蚱，谁也别想自己跑了。"

"那等俺喝口酒。"德山说，"戏里咋说，对，酒壮英雄胆。"

"壮熊人胆。"崔大头说，"酒在哪儿，俺也造一口。"

"都没啥胆。"孙寡妇说，"让俺先喝口。"

活到这个岁数，德山老汉还是头一次和乡长面对面的说话，一时间就没了真神。他先是蹲在村部的旮旯不抬头，孙寡妇趁别人不注意噔噔踹他腚两脚，他愣没挪地方。后来还是乡长李小柱说都坐都坐吧，挺和气的，他才坐在长条凳的一头，另一头坐了孙寡妇，当中空着。李小柱跟那天大不一样，脸色好多了，跟才刚在喇叭里喊话也差着劲，说着话就掏烟，是高级烟，烟盒通红通红，还问抽烟不。德山一看那烟盒上有城楼子，像天安门，他真想抽一根，但嘴里却说出俺们抽旱烟，结果李小柱就自己抽着。崔大头特不乐意白了德山一眼，意思是你这一说俺也抽不上了。但孙寡妇冲，她说李乡长俺想抽一根，说着就伸手要，还就抽着了，然后她就说乡长你唤俺们，俺们在广播里听得怪真亮的。李小柱说是呢是呢。听说你们是代表，想听听你们的意见，其实乡里也知道你们想说啥。崔大头伸手刚想要烟，德山小声说别没出息。崔大头只好挠挠大头，说俺们还没说呢，乡长你就都知道了，你真神啦。李小柱说保护环境，也是乡政府当前最主要的任务。我们绝不能为了一时的利益，而牺牲群众的长远利益，然而，我们又不能守着金碗讨饭吃。我们得加快前进步伐，让青山为我们服务。为此就会有损失，然而……他拉开架势要讲起来，他特能讲，一准能讲到天黑。

"又然而啦。"孙寡妇一着急烟头掉脚面上，烫得她猛地窜起来，凳子那头德山咕咚一下就坐翻了，后脑勺砰地就碰在墙上。

"你干鸡巴啥，起来也不打个招呼，要摔死俺啦！"德山捂着后脑勺说，"乡长呀，那个损失太大了，你再然而也不中呀。"

"咋不中？"李小柱问。

"就说喝黑水，把人都喝坏了。"德山说。

"谁喝坏了？我找人化验过。"李小柱不信，顺手把烟揣口袋里。

"他，就是他。"崔大头一看抽不上乡长的好烟了，便指着德山狠狠地说，"他得了癌了，没几天活头了……"

"俺咋不知道？"老赵说。

"你知道也没用呀。"孙寡妇说，"你瞅他瘦得，干巴鸡子似的，见天夜里睡不着觉呀！浑身骨头节疼呀！你说是不？快跟乡长说。"

"是，是啊，俺睡不着，俺，俺浑身疼，俺不想活啦。"德山只能顺着说，"乡长啊，不是俺吓唬你，总喝这黑水，没个不得病的。"

"那是，那是。"李小柱有点慌问，"你是啥癌？大夫咋说的？"

"啥癌都有呀……"崔大头说，"俺领他瞧的病，大夫不让我告诉他，连药都没开，就让回家准备后事。"

"这是真的？假的我可饶不了你们。"李小柱变得紧张了。

"真，真的呗。这还能有假。"德山不敢说假的了。

……

弄假成真了。

连夜把棺材从柴棚里搬弄出来，气得德山老汉可院走溜儿，满嘴骂娘。他骂孙寡妇你纯粹就是个丧门星呀，从娘肚子里出来就是害巴人的，俺倒了八辈子霉了遇上你。他又骂崔大头你那个大脑袋里装的不是脑浆是屎汤子，你还说俺啥癌都有，你是纯心咒俺死呀……

　　骂了个六够，孙寡妇和崔大头也不恼。崔大头抹抹脸上的汗，嘻皮笑脸说这也是没有办法的办法，谁让你断俺的烟道儿，俺一着急就说沟里去回不来了。孙寡妇说人家嘴大咱嘴小，人家腰粗咱腰瘦，不这么吓唬一下，他们根本也不往心里去。崔大头又上烟又点火，说反正就装一会儿的事，乡长不能总来，这棺材也该出来透透风省着长虫。孙寡妇说这么着还有个好处，他们不敢收拾你，不然说抓你就抓你。德山寻思一阵说要抓也抓咱仨，咋就抓俺一个呢。孙寡妇说你是总头，当然得抓你。德山说俺是被你拉下水的，俺啥时变成总头了。崔大头指着院里帮着抬棺木的人问他是不是总头。回答那叫一个齐刷："没错，是总头！"

　　孙寡妇说听见了吗？往下你就得带着大伙干了。崔大头说俺们听你的。村民们七嘴八舌说当年你为人民服务溜溜的，全公社顶数你棒，事到如今你可不能要熊。德山好面，这些年没人捧了，冷丁被人一捧，就有点发飘，他狠狠心说看来舍不得孩子套不住狼，舍不得俺就换不来水清亮呀。众人鼓掌叫好。德山望望头上瓦蓝瓦蓝的天，忽然问谁家有报纸，咱得学习学习，不然往下说啥。崔大头说甭学只要要来钱就中。孙寡妇说往他们难受的地方说就行。德山摇摇头说咱可不能光为了钱，咱得讲理呀，眼下的日子要说就不赖啦，咱可不干无理取闹的勾当，你们等等俺到小学校找报纸去。

　　德山就往大门走，才出去立刻被几个人堵了回来，来的是李小柱老赵还有黄三及他的手下。李小柱看一眼德山，皱起眉头忙问"你不是有病，你去哪儿？"

　　"俺、俺找报、报、报……"

　　"找报社？"

　　"有话好说，可别找记者。"

　　李小柱看见棺材，脸色就变，忙掏出红皮烟，德山这回一把抓过来点着就蹲下猛嘬。老赵说你这是干啥，抽一根就中啦。李小柱摆摆手，到院里敲敲棺材，当当铁音儿，苦笑道还是柏木的真少见了。德山跳起来，得意地说敢情呢存了有年头了，不是因为这糟心事，俺都舍不得让它出来晒日头。黄三贼精，嘿嘿一笑上前说这材是好东西呀，可惜还缺几道大漆，这天头正好，回头我请人来刷，保你下葬前就干得梆梆了。这话就说的有点缺德了，分明是催人家快死。孙寡妇怕说露了馅，忙说大黄瓜你以为人家那么快就死了，这事没完不能死，死之前一定跟你得较个真章。黄三脖子一梗，肚子一腆说我才不怕较真章，有能耐这会儿就较，过了这会儿老子还不陪着了。李小柱朝他一摆手，说别较劲别较劲，那么就激化了矛盾。黄三说这不是明摆着敲竹杠吗？你瞅他这样是要死的人吗？这么一会儿都嗑了三根了，你知道那烟多少钱一盒，那三根烟够你挣半拉月。

德山老汉顿时抽不下去了。他的手在发抖，那盒烟红红的像一团火，燎得他不知是拿着好还是扔了好。他相信黄三说的，这三根烟的价钱自己或许一个月都挣不出来呢……他的心都碎了，碎得跟碾盘上的棒渣一般，连半拉整个的都没有，没有呀。都是一个脑袋俩条腿的人，在这世上活得咋这不一样呢？人家天天吃香的喝辣的抽红的，想咋造就咋造，那可真是敞开肚皮吃，打着滚的花。可自己和土老百姓呢，日子就过得远没人家那么舒心了。从春忙到秋，收点玉米棒子，能卖出本来，就烧高香了，遇到个灾儿，连化肥钱都换不回来，他妈的，这叫怎么一档子事呀！抽！抽他娘的高级烟！不抽白不抽，抽了不白抽，好歹从俺鼻子眼儿往外冒出去，俺也过一把富人瘾……德山老汉猛抽了几口，忽然脑瓜里一翻个，自己又问自己，不对吧，老话讲人比人得死，货比货得扔，十个指头伸出来还不一般齐呢，天底下的那些人咋能过同一个饭锅里的日子？你这会儿日子是不如有权有钱的，可你不能光看贼吃肉不看贼挨打，人家李乡长整天开会，叨叨叨总得讲，那得费多少脑子，看不见他年轻轻的头发稀得就像大齿耙子啦。还有大黄瓜，当初他吃了上顿没下顿，混得快把裤子当了，那罪也受老了去啦。唉，算啦算啦，李乡长谋个官也不易，咱别把人家饭碗给砸了。大黄瓜癞蛤蟆上墙头，也得让他有露脸的时候……德山老汉的心情渐渐地让个个给抹擦平静了些。他把烟屁股抽净，还剩下小指甲盖那么一小截，他掐灭了就捏在两指头间，准备留着回去掺到旱烟里抽，而那多半包烟，他就想还给人家，毕竟不是自己的东西，而且还那么金贵。他刚要把烟递过去，就见李小柱和大黄瓜手里变戏

法似的又有了金黄色的烟了。那颜色真叫正呀，焦黄焦黄的，还闪光，就跟金子的颜色一样，不，比金子还光亮。德山老汉是见过金子的，是在城里商店里见的。老儿子娶媳妇，媳妇非要一样金货。德山咬牙去买，才生平头一次见到金子是个啥样。那天德山头疼，疼得直想碰点啥。儿子非要买项链加耳环，德山说等俺撞了汽车你拿赔来的钱买金砖吧。儿子知道爹倔，说得出来就办得出来，也就不非买了，后来只买了个小金镏子，还花了上千元。把那镏子放在黑巴巴粗拉拉的手心里，也就跟个大玉米粒子似的，亮都不咋亮，德山心里流血，暗道你是啥东西变的，咋这贵呀。儿子当时还不满意，说够呛，给这点小玩意儿，怕是她都不愿意跟俺睡。德山说爱睡不睡，扭头便走，到个没人处说道这丫头长个啥家伙这金贵，打个金裤头裹上得了。然后立刻咬了自己舌头，骂你是啥鸡巴老公公，咋能背地里说人家儿媳妇，真是该咬该咬。他不说该死，他不愿咒自己，何况长到满脸河沟渠子了，才第一次见到金子，应该原谅自己。但那之后他就高兴起来，他想多亏了改革开放呀，要不然金子就是几块钱一个，自己也买不起，也没成心买。如果天天发愁怎的才能填饱肚子，就是饭桌上摆块窝头那大金子，你照样还是挨饿呀。这会儿虽说多花了些钱，可你毕竟买下来了，有朝一日，俺日子大富了，再买金货，咱就买沉的重的。项链嘛，咱买狗链子那么粗，耳环嘛，买扁担钩那么壮，金镏子呢，就买棋盘子那么大，手镯呢，起码得赛过派出所长的手铐子……可没想到呀没想到，俺一个能干又肯干的人，如今竟然不如当初狗屁不是的大黄瓜了。不过，这也没啥，驴粪球还有发烧的时候，兴许大黄瓜就有发财的命。可是，你也不能这么个发法，那山那矿不是他个人家的，那是村里全体村民的，他凭啥拿张什么盖着红圆戳的小纸一晃，就能伐大树剥山皮放响炮，然后大铲车就给他铲来大把大把的钱来。还有李小柱，说别的咱说不好，但电视里常讲要做公仆，榜样远有焦裕禄近有孔繁森。你瞅瞅你，像个当公仆的样吗？见大黄瓜就乐就天晴，见到俺们就烦就变阴了，不中，这也不是电视里要求的那样呀……

思来想去天阴天晴，德山老汉忽地站起来，并使劲将腰板挺直。虽然那老腰早已被岁月压得有些弯了，但他今天感觉自己的腰板是直的，因为他心里有点根，那根明明白白来自电视里的声音。之所以是声音而不是画面，是他家电视太旧了不出人影，但能当话匣子听，不过听声挺清楚的。他说："俺得好生说道说道了。"

"好，你说吧。"李小柱说。

"他能说出个蛋呀！"黄三讥笑。

"老哥，你大起胆子说。叫他们听听。"孙寡妇、崔大头说。

"俺说，俺当然要说，你们听着……"德山眼睛突然一亮，不由得拍拍大腿说，"对，俺要说，得坚持科学的发展，发展……"

"发展观嘛。"李小柱不屑一顾地说。

"啊对，关，你们这矿，俺看该关啦。"德山说。

"咋是关呢？不是关门的关。你懂吗？"黄三说。

"废话，不懂俺还说。"德山说，"电视里让讲科学，你弄得到处漆黑，回头老娘们养孩子都变成黑的了，这叫讲科学吗？不科学，就少废话，关呗！"

事情闹大了，这是谁都没想到的。崔大头有个朋友姓胡，也代过课早给裁了，后来就写些小稿挣稿费，得个绰号叫胡编。胡编路过小清河在崔大头家吃了顿饭，本想通过崔大头打听村里有没有奸杀情杀仇杀这类的事，但喝了酒崔大头吹牛，说别看俺给裁下来了，俺这会子更忙了，俺带着村民与破坏生态的行为做斗争呢，等等。胡编毕竟常看报，敏感地说这可是太好的新闻呀，如果电视上一放，咱不光出名，还能有经济效益。崔大头说那你快找人，俺在这当内应。胡编还真有两下子，没几天居然把省台的记者整来了。这一下甭说李小柱，连县领导都急眼了，紧忙派来宣传部严部长（副部长），要求无论如何不能拍更不能播放，为此要不惜一切代价。之所以这么做，领导也有苦衷，县里才开了大会下了文件，要求各乡镇抓住机遇大上铁矿让财政收入翻两番，如果电视一放弄得停下整顿，那损失就大了。

小车嗖嗖地一个劲往村里来，村民贼兴奋，但德山他仨毛了。胡编和记者在驴圈里堵住崔大头，胡编拨开驴头说讲好的当内应，咋藏起猫儿来了。崔大头挠挠驴腔说俺不是头儿俺说不合适。胡编说你说是你领人干的。崔大头说那天不是喝酒吹牛嘛，你咋还当真。记者甲胖扛机器，乙瘦拎电线，丙是美女，叫何静，拿话筒，黑粗黑长的。何静说那找你们的头儿吧。崔大头皱眉撅腔就领到德山家，说就这儿都在呢。一瞅德山这时正和孙寡妇撕巴，一边破提兜都准备好了。德山说这还了得，就差来警车了，俺这老骨头可架不住收拾，俺得去城里看老伴了。孙寡妇说你走不得呀，你豪言豪语说了那么多，把人都招引来了，你想窜了，没门。德山老汉说俺把占道那钱退了中不。孙寡妇说加倍退也不中。德山老汉喊那你让俺干啥，干脆把俺钉棺材里得啦……

何静敏感，就把话筒伸过去。德山老汉以为是电棍，立马就不出声，浑身上下有点筛糠。孙寡妇反应快，立刻说欢迎欢迎，这就是因喝黑水得病要进棺材的村民德山老同志，德山同志今年六十岁……

"错啦，六十一，属羊的，三月生的，妈的，命不好，三月羊，跑断肠……"德山不允许旁人说错自己的年岁。往下的话，是不由自主溜达出来的，说惯了。

"命咋不好呀？您老说给我听听行吗？"何静兴奋至极。好几年了，台里竞争很厉害，今天终于抓着这么好的新闻。但她表现得很平静，说话声音极美，模样更招人喜欢。

"那咋不行。瞧你这丫头挺会说话呢，比俺那俩儿媳妇强多了。那两个猪，一个比一个厉害，一张嘴能把人呛南沟去。那年俺就说了一句俺命不好，你猜她俩说啥？说命不好死了得啦，你说是人话嘛。"德山觉得口干，淘碗水喝，喝半道把碗一亮说，"你们瞅，这命还能好嘛！井水都给鼓捣黑了，还不让提意见，这也不是好作风呀，再喝下去，不进棺材还等啥……"

"精彩！说下去说下去。"何静面似桃花。

"停停，对不起，电池没电了，没录上。"摄像说。

"咋搞的，咋搞的！"何静跺脚。

"没事，重来，重来。"胡编说。

"大爷，您别急，咱重来，您别慌。"何静说。

"别慌，你说点着刀的解劲的。"孙寡妇说。

"着刀的？"德山手上接过一根烟，胡编立刻又给点着，他有点发懵，问，"你们不是让俺进电视里吧……嗯，不像，俺记得电视里都坐在桌子后说，俺是站着。那好，俺就告诉你们点着刀解劲的吧……"

"什么着刀解劲的？"何静不大明白。

"就是最要紧的，关键的，重要的……"崔大头说。

"那太好了！您说您说。"何静举过话筒，"开始。"

"这啥玩意儿，黑驴圣似的，你小心出溜着俺！"德山往后退了半步。

"是话筒，你快溜儿说呀。"孙寡妇说。

"快说，费电。"崔大头说。

"俺说俺说。"德山抽口烟眯起眼说，"那个那个啥呀，就说这黑井水，它是从哪来的呢？当然是从井里来的，不是从山上流下来的，也不是从天上下雨下来的……"

"这不是废话嘛。"孙寡妇说，"说着刀的。别说用不着的。"

"别急呀，俺得一点点说。"德山说伸手又要根烟夹在耳朵上说，"问题是现在咱俺心里有点饿。"

"说完了我请客。"何静问。

"吃粉条子炖肉。"

"没问题。"

"俺说……"

突然间院里一阵大乱，就像有一个连的民兵进来了。德山年轻时在村里当过基干民兵，负责过点名报数，听声便知道进来大队人马了。打头的正是宣传部严部长，半袖衫雪白，裤子皮鞋漆黑，脸蛋子溜圆，眼珠子贼鼓。后面随着李小柱还有一大当啷人，其中有好几个扛机器拿电线话筒挎相机的，最后还有俩警察一边一个站在大门外没进来。德山脑袋嗡的一下全乱了，耳朵也不好使了，但眼神还行，眼里就见两拨人又握手又说话又推搡又呛呛，到后来双方脸色都变，说些个自己听不清更听不明白的话。再后来他就发现孙寡妇没了崔大头不见了，剩下的人全冲自己来了，起码有一个班的嘴跟自己说啥，好几十眼珠子朝自己瞪着，最吓人的是那话筒，一根变成四五根，又加上刺眼的灯和咔咔响的圆镜片子……

德山几乎晕过去，或者说有那么一瞬间已经晕过去过。但他心里明白（人临大难心里清楚），暗道这下不光粉条子炖肉没了，弄不好就是武大郎服毒——没活路了（不喝潘金莲硬灌）。眼下咋办呢？不能等死呀，得麻溜跑，跑得越快越远越好。他好后悔哟，老人活着时讲过，好民不跟官斗，好猪不做腊肉。这可都是庄稼人一辈辈总结出来的经验呀。你说你个老糊涂蛋，咋就让那孙寡妇给糊弄了呢，她说东你就往东，她指西你就奔西，她给你整个套你往里钻，她给你画个圈你就往里跳。真亏了你活了六十多年，一年白长两岁（一个阳历一个阴历），你咋就搞不清爽呢。那大黄瓜是好惹的，那李小柱更惹不起，还有这个新来的大鱼眼珠子，那哪是眼珠，简直是焊灯，多照咱几下咱就干巴个球了。"哎哟，俺得出去一趟，肚子这叫疼。"德山打定主意，就装起来。"老哥，你别装，我知道你肚子不疼。"严部长很有把握地说。"俺肚子疼不疼，你咋知道，肠子又没长在你肚子里。"德山说。"俺村'四清'是重点，村民坐下病了，一紧张就窜稀，俺肚也疼，俺跟他一块去。"老赵说。

总算出了大门，钻进当街一个茅厕，才进去老赵就说德山呀德山，你快跑吧，让他们整走了可不得了呀，你把县领导都得罪了。德山说俺跑了你咋办。老赵说俺好歹是村干部，兴许治不了罪。德山说俺八辈子都忘不了你的恩情，再托生就姓赵，给你当毛孙子。老赵说你别说啦快跑吧。德山说俺这会子肚子还真疼啦跑不了啦，等俺拉完了再跑吧。老赵说那还磨蹭啥呀。茅厕门口露出一对大鼓眼珠子说："你俩别着急，我们等着呢，咱去县里接受采访。"

德山差点一屁股坐屎坑里去。

县城的月亮不知跑哪去了，屋里一团漆黑。德山老汉彻底失眠了。按按身下县招待所稀软的床，他说这是床还是鱼网呀，胳膊腿都伸不直。崔大头说土老帽儿，这叫席梦思。德山说啥思不思，可没俺家大炕舒坦。崔大头说那是你没享福的命。德山说你有你咋也睡不着。

崔大头不由得叹了口气，说这回祸可惹大了，县里和胡编他们干起来了，双方谁也不服谁。德山说那可咋办。崔大头说胡编说了明天就全看你的啦。德山一听就着急，说咋全看俺呢，不能炒豆大家吃，砸锅一个人赔，俺找孙寡妇去。他猛地坐起来，身子一歪，手没按住，咕咚人就扎到床下。把崔大头吓了一跳说啥响，开了灯，见德山脑门子豁破了皮，光个腚眼子往起爬。崔大头忙又关灯说下地咋脑袋先下来，生孩子呀。德山骂生你娘个蛋，俺按炕沿没按着，才按地下来，你再给个亮儿呀。崔大头说你咋连裤头都不穿，多不文明。德山摸上床说谁知道把俺拉这来，也不容俺找个裤头呀。崔大头说好啦好啦别闹啦，睡不好正好想想明天咋说。德山说是你找来那个胡编，凭啥让俺说。崔大头说今晚顶数你在饭桌上吃得多，那红烧肉俺一共才吃两块，你吃了六块，你不说谁说。德山老汉说俺不是拉稀拉得肚子空嘛，那你大米饭吃的还比俺多呢，你吃了五碗。崔大头说五碗得看多大的碗，牛眼珠子那么大，俺能吃十碗呢。德山老汉不吭声了，他心想明天到底该咋办呢？跑是够呛，在茅厕里都没跑了，在这拐来拐去的楼里，连大门在哪都不清楚，往哪跑呀。再给抓回来，肯定得挨狠收拾。干脆不跑了，死猪不怕开水烫，何况饭菜那么好，一大桌子有鱼有肉，尤其那大红块子肉……至于到时候咋说，管他呢，说实话咋也犯不了死罪……

"德山大哥，我来看你啦。"胡编悄悄地钻进房间，没有开灯，小声说，"咱就黑着说吧。二位，一会儿何静要来采访你们。"

"明天白天采吧。"崔大头说。

"就是，这黑灯瞎火也踩不准，俺头皮破了，再踩出血。"德山说。

"是采访不是踩人。白天他们不让，帮我一把吧。"胡编求道。

"不中，俺连个正经穿戴可都没有。"德山找理由说。

"我给你买了一身衣服，你穿上吧。"胡编有所准备，递过来。

"这得多少钱呀。"德山老汉欢喜地接过。

"送给您的。"胡编说，"没法子，县里不让，只能这会儿偷着来了，二位老兄得成全了我呀，我一辈子忘不了大恩大德。"

"有这大造化？"德山把衣服放下说，"蒙人呢。"

"龟孙才蒙你！这个节目只要往外一播，就能轰动，就能获奖。"胡编说，"往下我就能调进电视台。"

德山老汉把衣服往胡编怀里一扔说："狗日的，你小子也不够意思，咱就是想为老百姓说几句公道话，你咋光想你个人得好处。"

"就是嘛，那么着俺们不说了。"崔大头说。

"二位爷，二位爷呀，原谅我，我不是没把你们当外人，才把心窝子里的话掏给你们嘛。"胡编抹着汗说，"搞批评报道不容易，刚才我差点让一砖头给撂倒。我这是何苦呢，在家编凶杀案多省心。"

"可也是，你们跟他们干架为的谁呀。"崔大头说，"德山老哥，咱该说呀。"

"是啊？那就说呗。"德山抓过衣服抖搂，"裤头呢？"

"裤头？你要裤头干啥？"胡编不解。

"又不让你穿裤头对镜头，你要那干啥？"崔大头说。

"对啦，有外面挡住就行啦，俺咋忘了。"德山穿起来。

胡编出去叫人，时间不大，就有人进来，也没开灯。德山说来啦，那边嗯了一声，德山就说："要说俺们小清河这件事吧，确实得说道说道了，那个黄三和李小柱他们……"

"错啦，错啦。"崔大头小声说。

"没错，没错，就是他俩。"德山朝崔大头哼了一声，"就是他俩，那还有错。这俩人可不得了呀，一个有权一个有钱，没人敢惹呀……不是俺们老百姓看人家发财眼珠子发红……那个那个，要说实话，眼珠子没大红也有点小红，可小红也就得让人家红红，红了又不偷又不抢，顶多拦个道挣俩钱花，对大黄瓜也不算啥，也就当扶贫了，你说是不是？"

"是、是。"

"这就对啦。钱挣多了你就得想着点没钱的人。还有呢，你更不能祸害没钱的人。就说那尾矿吧，你炼粉子不能没尾矿，可你咋也不能往河里流呀，那是龙王爷走水的地方，是老百姓解渴的泉子，咋能把那就祸害了呢！那不是坏良心吗？俺告诉你们吧，大黄瓜敢这么无法无天，就因为他上面有后台。不像咱土老百姓，咱是寡妇睡觉，上面没人。你想知道他的后台是谁吗？"

"想知道，你说。"

"哎哟，你声音咋变这粗？不是那个啥静……哎哟妈亲！"

德山老汉摸着火柴划着，借着那点亮一看，可把他吓毁了，差点背过气去，对面是一对大鼓眼珠子，旁边则是李小柱和黄三等。崔大头把灯拉着，紧忙说领导呀领导，你们都听见了，这些话都是德山他说的，俺可啥都没说。德山心里骂崔大头你个叛徒，但也就明白这回甭管咋说又是一个没好了，忽然间就想起梁山好汉，索性把脖子一梗说：

"就是俺说的，你们可劲收拾吧，皱一下眉头不是好汉。"

……

非常非常奇怪，那俩大眼珠子转了转，说声你俩歇着吧，就带人出去了。后来，就听门外有人吵，越吵声越大，是何静的声音，说我们一定要采访德山。李小柱说人家正睡觉不能采访。胡编喊德山大哥你出来一下。李小柱说不能出来。胡编说德山大伯你要坚持真理。李小柱说德山同志别忘了你是小清河的人……德山缓过神来说大头你个叛徒快说咱咋办。崔大头说原谅俺叛一回吧，往下不叛就是了。德山说快想法子吧。崔大头抱着大脑袋说俺要有法儿就好了。德山说咱还是跑吧，从窗户跑。崔大头说俺早看了是二楼下面还有个沟。正在这时，窗外有人喊快下来吧俺来接你俩。原来是孙寡妇把梯子立起来。德山好生奇怪，问你哪来的梯子。孙寡妇说别问了，快跑球的吧。

天气原是暴热，能晒死狗。忽然间又变成闷热，潸了吧唧，叫人喘不过气来。小清河这两天的情景跟这天气没两样，不晴不阴，迷迷瞪瞪，云里雾里，想痛痛快快出口气，都不知往哪出。

事情不光闹大了，还闹得复杂了。本来只是一家电视台和县里乡里较劲，这会子又来了好几家电视和报社记者，大嘴小嘴俊的丑的都说这是非常难得的新闻（吃黑井水致癌）呀，如果报道出去，肯定能引起轰动不说，没准儿还能拿全国好新闻奖。这都是何静干的。何静那天夜里不光让人把话筒给撇楼下去了，还挨了好几脚，胡编则彻底给打进医院了。新来的记者们对着镜头发誓，一定要捍卫新闻的尊严，绝不贪生怕死。这边呢，也不示弱，黄三雇了几十条壮汉在村里转来转去，口口声声说要保护本地经济，哪个敢采访，就别想活着走出小清河。

吃了晚饭孙寡妇来找德山。德山家门口有俩乡治安员把着，一般人不让进，严部长说这是为了保护德山的安全。但孙寡妇例外，她畅通无阻。孙寡妇在家喝了酒，脸蛋子红扑扑的。进屋一看崔大头也在，正和德山俩人鼓捣饭呢，就说你俩好心宽呀，还有心思吃饭。崔大头说不死就得吃，又有人送米送菜的，还有猪头肉，正好下酒。德山说你也在这一块吃吧。孙寡妇长叹一口气说你们还有心思吃饭，咱们大难临头了。德山说俺想好啦，爱咋着就咋着，俺豁出去了。

孙寡妇就掰着手指头分析开：眼下这事到了没法收场的地步了。如果电视上一播，不仅全县新上的那些矿都得关张赔钱，弄不好县长乡长就得丢了纱翅帽。往下这些当官的收拾咱不说，黄三那帮黑道上的哥们也得把咱们拍成柿饼。如果咱命大没死，估计也在这待不下去了，也得老和尚睡觉，吹灯拔蜡走人，俺走就走了，可惜你俩啦……这一说就说得德山和崔大头目瞪口呆。德山说难道连老窝都保不住了，那可咋好。崔大头说俺不要工钱还不中，喝黑水咋也比喝不上水死了强多了。孙寡妇说够呛够呛，他们两拨儿都僵在那了，谁也不服软，看来只有德山大哥能把烙糊的饼翻过来。德山说俺咋翻，俺有那能耐也不跳窗户了。孙寡妇摇摇头说不对不对，咱们三个人还就得靠您才行，只有您才有这根筋。德山说你别您您的，俺听着像跟旁人说话，还是说你吧，咱土老百姓，跟泥打交道，听着顺耳。孙寡妇猛地拍拍大胸脯，说："那好吧，俺就不遮不藏了，德山大哥，只要你把话反过来一说，就说俺们本来没想闹事，是那个胡编挑逗的，俺们上了他的当，一切就都行了。"

德山听完好一阵没琢磨过味来。崔大头皱着眉头想说啥，孙寡妇把他拉到当院，也不知嘀咕了一阵啥，再回来崔大头就不皱眉还有点笑容，说："老哥，难为你啦。事到如今，也只能这么办了。"

"这么办……"德山自言自语道，"他们就不收拾咱啦？"

"不收拾。"

"也不拍成柿饼？"

"不拍。"

"也不吹灯拔蜡？"

"不吹，不拔。"

"不对呀！你俩，你俩到底是哪拨儿的？"德山抄起水瓢叭地摔成好几瓣，骂道，"你以为俺老糊涂啦，你以为俺好糊弄呀，你俩这是叛徒，叛徒呀！"

"叛叛叛叛徒？"崔大头结巴了。

"没错，你小子咋这快又叛一回呀！"德山指着孙寡妇说，"要说谁叛也不该你叛。你从城里回来做啥？就为当叛徒？"

"老哥，俺有点顶不住了……"孙寡妇脸臊得不行了。

"是她，动员俺叛变的。"崔大头说。

"当叛徒早晚没有好果子吃。不信你俩瞧着，错了俺把眼珠抠出来当泡八踩。"德山说，"你俩要非叛，也中，那俺就大叛，把老底全端出去，看谁倒霉。"

崔大头瞅瞅德山，说这道理其实谁心里都明白，可是不这么办又能咋办，刚才她说李小柱答应还让俺回学校还给转正。孙寡妇酒劲过了，大屁股坐门槛上

一坐，说俺也不瞒你们啦，在县里黄三答应如果把这事摆平，他和俺重归于好，还给俺一笔钱，那梯子都是他找的。德山拍拍大腿说瞅瞅瞅瞅闹了半天你俩都被人收买了呀，怪不得争着抢着当叛徒。孙寡妇脸由红变白，说可别再提叛徒啦，羞死人啦，不仗着酒劲张不开口。崔大头说可不是，比她让人强奸了还难受。孙寡妇站起噔噔给崔大头两脚，说你说的是人话吗？谁让强奸了。崔大头说俺那是个比喻，比喻你懂吗？你没文化。德山说好啦你俩别呛呛啦，你崔大头自己小学都没念完，就是乡长提携你，学生家长也不干呀。还有你孙寡妇，不是俺小瞧你，也就在俺们这些老土坷垃眼里，你还像盆子花，也顶多是盆大叶子草，搁人大黄瓜相好的面前，还有那个拿电棍的啥静跟前，你就是一摊老母猪的肚皮肉，还觉得挺不错，还重归于好，还给一笔钱，想得美……

"中了吧，训够了吧。"孙寡妇问。

"没有，对叛徒还能留情。"德山出口长气说，"妈的，这训斥人倒是挺痛快的，下辈子可得托生个当官的了。"

"过把瘾就行了，快说往下咋办？"崔大头说。

"是啊，往下咋办……"德山想想吞吞吐吐地说，"你俩不是又革命回来了吗，那就你俩上吧，俺岁数大了……"

"不中不中，你刚才训够了，自己那打秃噜耙，没门！"

"对，没门。除非你死啦。"

"那，那就说俺死了，死了也不反口，也不当叛徒，中不？"

仨人六眼碰到了一起。夜幕降临，正是谋划对策的好时候。

就在双方互不相让摩拳擦掌准备拼杀一场的关键时刻，突然传来了个惊人的消息：本次事件的最重要人物德山老汉，已于头天夜间喝卤水自杀了。

半道挨了一闷棍，就打得一群记者目瞪口呆。何静要稳住众人，说不可能绝对不可能，人家性格挺开朗的，怎么能自杀呢，这里面肯定有文章。严部长心里松快了，说能有啥文章呀，他一个老农，哪见过这阵势，一心窄可不就寻了短见。李小柱说这其中还有个原因，就是他和老伴干架，老伴气走了，还要离婚。黄三说这德山老不正经，和那个孙寡妇乱搞两性关系，让人发现没脸见人，只能喝卤水，这事在我们这多去啦，喝的卤水比点豆腐用得还多。严部长说你说得也太邪乎了，可没有那么多。黄三嘿嘿一笑，说我的意思是请各位记者趁早走，不然他儿子回来找你们要人。

有个报社记者怕沾包，找个借口溜了。何静这女的贼倔（女的倔起来比男的厉害），说啥要去德山家看看。严部长说死人可是大事，没人敢开玩笑。他叫来乡派出所长，所长掏出村里开的死亡证明，说户口都销了，这上面有大印。老赵说报丧的电话都打出去了，打墓子的人也号齐了，这大热天得紧溜埋，多放一天肚子就胀气放炮了。说得何静头皮发麻，心里也犯嘀咕。这时胡编头上缠着纱布找来了，他兜子落村里了，兜里有稿子。本来他要回家，忽听德山死了，一下子他来了精神头，说啥也要前去吊唁。黄三问你原先也不认识他，你去吊哪门子。胡编说俺写好几年凶杀死人，如今见了发丧的就得去，不去就失眠。说完就噌噌往德山家跑。何静和其他记者一看也跟上去。严部长脸色就有些不好看，问老赵咋样不会露馅吧。老赵瞅眼黄三说钱都给了，肯定都没问题。说完他又不放心，叭叭打开喇叭喊："给德山办白事的听着呀，别让记者惊了德山的魂呀，惊了魂就不给工钱啦。"黄三问："咋着，你还没给呀？"老赵说："都给了怕没啥管辖的了。"黄三抄过话筒说："听着，干好了俺加倍。"严部长说："小心记者听见。"黄三说："听见人也是死的。"

可能是跑得急，何静等人还真没听清喇叭里说的啥。到了德山家，就见一院子人堵个严实，愣挤不上前。崔大头迎上拉住胡编的手，鼻涕眼泪呜噜呜噜也不知说的啥，孙寡妇告诉何静快瞅一眼就走吧，不然让他儿子碰上你们就走不了啦。何静等人好不容易从棺材边人缝儿挤过去，到了屋门口供桌挡了，只见光线暗暗的堂屋里，两条凳支的门板上挺着个人，身上是厚棉衣，脸面蒙着白布单。何静挺精，说跟老人家告别，还是让我们进去看一眼吧。崔大头说就在外边看吧，卤水烧得不像个样子。胡编说不让看我们就不走。孙寡妇跟屋里人说那就看一眼吧就一眼。有人掀下布单，就露出德山焦黄焦黄一动不动的脸，好生吓人。何静立马闭上眼，心里刀扎似的，眼泪哗哗流下，心里说多好的老汉，头两天还跟自己面对面说话，一转眼就下去了。胡编见死人见多了，一点也不怕，他吸吸鼻子问："咋一股子黄酱味儿？"

"想用黄酱解卤水来着。"有人说。

"我得上前磕个头。"胡编就往屋里钻。

"你大街上磕去吧！"立刻上来两个壮汉，嗖地一下就把胡编拎当街去了，随后何静等人也给撵出来，然后又撵出村。到了公路上，何静问胡编看出了什么，胡编说太远没看出破定（绽）。何静问那咋办。胡编说一埋就没法办了。何静说咱们别泄气，先回去歇两天，然后憋不住说是破绽不是破定。胡编摸摸屁股说是啊我都念二十来年定了。

有人喊了嗓子记者走了，德山咣当一下就把门板翻塌了。倒在地上一边扒棉衣一边抹脸上的黄酱，口里骂："你们是存心要把俺真的害死呀！"

"哪能呢，这不是蒙记者吗？"

"有这么蒙的吗？这么厚的酱，要是把鼻眼糊上，不是把俺憋死啦！还有这棉衣，要热死俺啦！"

"不抹酱能有死人色吗？不抹酱你眼皮啥的能不动嘛！不穿棉衣，你喘气能看不出来嘛？"

"这是他娘的谁的招子，这狠毒。"

"除了大黄瓜还有谁，他装过死。"

"那家伙顶不是东西！"

黄三皮笑肉不笑地过来，手里掂着砖头厚的钱，说谁说我不是东西，你们看这是啥东西。严部长就从后面拍了一下他的肩头，说德山同志是顾全大局才委曲了自己，得感谢人家才是。李小柱说是呀是呀，快动手收拾了这屋这院，往后可别动不动就找电视台了，有事咱们自己好商量。严部长又拍下黄三的肩头说你也该反思反思。黄三满脸的不高兴，用手扒拉一下肩头，说老严你少拍我，我反思啥我反思。严部长愣了愣，说我们这可都是为你忙来忙去，你咋这么说话。黄三用鼻子哼了一下，说还不知道为谁呢，为钱吧。然后他就撒钱，这个两张那个三张，但就是不给德山崔大头和孙寡妇。崔大头就急，说俺们是主要人物，咋没俺们的。孙寡妇说咱仨得单给吧，不跟大伙一拨儿。黄三哼了一声说不一拨儿没错，但单给不见得，回头我把钱给了，你们一个电话把电视台又招回来了，我才不上当呢。孙寡妇脸气得发白，说大黄瓜你鼻子下长的是嘴还是屎盆子，你说过的话咋就不算数呢。黄三脖子一梗说算数咋的不算数咋的，老子有钱，没啥摆不平的事，你这次回来就是给我添乱的，我没找你算账就便宜了你。孙寡妇气得一蹦老高，喊大黄瓜你忘恩负义，不是当年求俺给你买酒喝了，老娘今天不把你黄瓜架扒倒，就不姓孙猴子的孙。然后伸手就挠。黄三的保镖立刻上前挡住，双方撕巴成一团。

德山老汉在一旁看着看着，忽然就哈哈大笑，又呜呜大哭，吓得崔大头直喊别打了别打了德山疯了。德山拎起酱坛，抓了一把，糯糊糊，呼地就扬到院当空，又抓一把又扬，满院人惊叫着躲避这大酱雨。

德山抓住崔大头喊："哎哟，俺不如真死了！"

县领导暗地下了死命令，无论如何不能让德山"活"过来。原因是这一回何静找来了名气更大的几家新闻媒体卷土重来。众人认定所谓德山之死完全是一场戏，所以一定要找到德山本人，搞清事实真相，以产生轰动效应。

这回大黄瓜也嚣张不起来了，市环保来了人，让他停产治理。他给县环保局一个哥们打电话，问用不用花钱打点，那哥们回答时舌头都不利索了，说检察院才跟我谈完话，可能有人把你供出来了，眼下你就猫着可别添乱了。严部长记恨黄三那会儿对他不敬，来电话说部里经费紧张，意在敲黄三一下。黄三正发蒙，顺嘴就把严部长给回绝了，不光回绝，还稀里糊涂说现在这人真是坏，要了钱还把人家供出去。这下把严部长气得火冒三丈，幸亏不是面对面，否则非骂人不可。放下电话严部长就给部下一个叫小丁的干事暗示，让检察院和环保局一块介入进去，收拾黄三。小丁心领神会，立马去办。李小柱那里已经是热锅上的蚂蚁了。县委书记在宾馆接见新闻媒体，叫记者问得小肚子拧劲疼，强坚持下来，就近找个洗手间要方便，那里就一个大便坑还让人占着。以为等一会儿就能腾出了，不料里面那位烟卷一根接一根，看意思一时半会儿不想出来。后来那位一探头，把书记气个半死，原来是李小柱。李小柱还说书记您好。书记说好个屁你快给我让地方……

　　县城不大，记者无孔不入，没半天时间就找到线索，说那个叫德山的老汉不仅没死，而且活得棒棒的。不过他不在小清河，而是躲在他儿子家，他儿子啥活都干，媳妇在市场卖菜。何静立刻带胡编等人去菜市场，一打听，有人指就是那个包子眼。何静还不明白，人家说她割双眼皮找的大夫原来是修脚的，就割成包子褶了。何静顿时小肚子发凉，低着头寻过去，就听包子眼冲着大道喊这叫啥人，说好了要西红柿俺才进了这些，不要俺咋办。何静慢慢抬头，满眼都是红红的软软的，要烂了。何静说大嫂我全买了，可你得告我个事。包子眼说不就是找俺公公吗，俺都告诉两拨儿了，俺老公公没死，身板硬朗着呢，一顿吃八两饺子，还喝两瓶啤酒，贼能吃。胡编问那人呢。包子眼却不说了，眼睛瞅着西红柿。何静掏出一张大票递过去。包子眼立刻笑得包子褶都开了，说俺公公这会子一准就着羊汤喝小酒呢。胡编说他还有心思喝酒。包子眼说俺公公说反正死了一回了，往下吃了喝了全是白占了。胡编问清地点叫上何静就走。包子眼还喊你的柿子。何静说送给你啦。包子眼得意地跟身边的人说咋样，一个柿子没动，都挣三张大票了。人家说那得感谢你老公公。包子眼说回头给他打一塑料桶酒，管他够喝。

　　胡编、何静撵到羊汤馆，没见到德山老汉，却看见两拨儿同行，肩头机器还都扛着镜头盖开着，分明是要抢第一新闻（竞争）。一问他们也是从菜场那来。胡编忙问卖羊汤和喝羊汤的，有的说那老头奔菜地去了，有的说奔铁路货场去了，还有个人说他好像奔了火葬场。想想去哪都有可能，何静说咱们还是合作吧，找着人一起采访，谁也不能抢先。于是就兵分三路追下去。他们才走，小丁就赶来，他人熟，问了几句立刻给严部长打电话，说照他们这个追法，德山他就是钻鼠洞里也得挖出来。严部长急了，说小丁你想提拔不，小丁说做梦都想。严部长说你把德山藏没了，回头俺力保你当科长。小丁为难地说万一藏不住呢。严部长说你也知道机构改革部里正研究派谁下去当村主任。小丁喊我藏我藏我把他当出土文物藏了。关了手机小丁尿都快出来了，心里说德山你是我爹呀，你可别让记者逮着。他看看有十来人喝羊汤，忙掏出五十块给老板说各位羊汤钱我出了，谁发现那个老头立刻打我手机，我再给五十，不算数是王八。马上还就有人响应，问去手机号。其实五十不算重赏，但当下闲人多，兴许谁搂草打兔子就碰上了呢，不是白得嘛。结果也没过了二十分钟，电话就来了，说那老头在火葬场里跟刻碑的闲聊呢。小丁这时正找到看守所门外跟开囚车的哥们说啥。接完电话他一头就钻进车里，说快去火葬场。那哥们说不行呀我要拉个嫌犯。小丁说你就当我是嫌犯吧，嫌犯兴许能释放，当上村主任轻易解脱不了。

德山老汉去火葬场是打听一下大理石墓碑的价钱，他想给自己和老伴百年后也弄上一块。这个想法以前没有，连想都没想过，但那天在门板上挺着时，大酱熏得他喘不过气，他说俺真有点不行了，崔大头说你如果真不行了将来俺给你坟头立块碑，记下你的功劳。事后他问崔大头你给俺弄块啥碑。崔大头说俺二舅会凿猪槽子，也能在石头上凿字，回头俺让他给你凿一块。德山气得给了崔大头一巴掌，说你把俺埋他家猪圈里得啦。这两天闲下来他就琢磨，暗想人过留名雁过留声，俺虽然是个平民百姓，老来也算是干了件惊动州府的大事。日后要是坟头有名石碑有字，也不枉来人世一趟。后来喝羊汤时跟人闲聊，听说火葬场那就卖石碑，他就过来了。过来见电锯铮铮正割呢，满屋粉子，吸口气就跟钻面缸里似的，贼呛人。不过那大理石洁白如玉可真好呀。可一问价他傻了，大块石碑成百上千都不止。他说那得多大坟包子才能配上，咱老百姓可用不着那大的，大的还是留给吃官饭的，咱只想要块小的，能留下几行字就中。卖石碑的老板也不知怎的就感慨了，说你这老爷子说的是实话呀。结果德山就跟人家聊起来，就说出自己是哪哪的。那老板消息挺灵通还挺仗义，说闹半天是你呀，你为群众差点死了，我这儿边角料有的是，你随便挑一块吧，啥时用让你儿子拿来刻字。就把德山乐得屁颠似的到房后去找石料。也就这当口，何静和胡编进了厂房，顾不上唠，忙打听是不是有个小清河的老汉来。老板说在房后找墓碑呢，一会儿就回来，我俩还没唠完呢。这话却让何静停了脚，她琢磨画面最好从老板这拍起，再拍德山抱着石碑进来，那样就自然了。她让摄像做好准备，胡编说不是讲好一块采访嘛。何静说要不你只能写尸体呢，脑子太僵了。胡编点点头说不错我今天学了一手，那咱们就偷拍吧。何静说快都藏起来，看他跟老板怎么唠。他们就钻到石堆里，石料尖刀子一般，还把何静手给划破了，她不知道，一摸脸抹出不少血道子。等了一阵不见人回来，又等一阵还不见人回来。后来就听警笛尖叫，又有人喊俺的碑俺的碑呀。何静说坏啦，第一个窜出去，就见辆囚车扬尘而去。紧忙问是咋回事。刻碑的说可能是抓逃犯吧，听说看守所让人打了个洞跑了俩。何静急得跺脚，说快追呀。迎面过来送葬的，一看前是囚车，后是满脸血迹的女子，还有摄像的，就说准是拍电视剧的……

德山老汉让小丁带到一家饭店里。德山老汉埋怨不该用那种车拉他，更不该不让他把石碑带来。小丁不敢得罪他，说之所以把您以这种特殊方式请到这来，绝对是为了您的安全。他又瞎编，说据可靠情报，有人出十万块钱买您的人头。德山胡噜胡噜脑袋，唰唰的掉的灰渣面儿，说这硬球值那老些钱？小丁说值值太值啦，你为百姓生存挺身而出，你是英雄呀，我现在的责任就是保护好你这个英雄。德山就有点昏昏然，说既然你们又承认俺是英雄，那就答应俺一个条件吧。小丁问啥条件。德山说："给俺戴个大红花，登台上光荣一把。要不然外人都以为俺死了，也好纠正一下。"

"这可不行。这会儿你千万不能露面，对外还得说你死了。"小丁说，"得等记者走了以后你才能活。"

"那得啥时候？"德山皱眉头说，"他们要待到秋后，俺地里庄稼谁收拾？"

"待不了那些日子。"小丁说，"不过得随时警惕，他们会随时来。"

"咋着，随时来？"德山说，"就是说，他们来一回，俺就得死一回？"

"差不多吧。得有这个思想准备。"小丁说。

"老子不干了！才说俺是英雄，有这么隔三差五装死的英雄吗！连狗熊都不如，狗熊一年才猫一回冬，俺却得死好几回，俺不干，俺这就走，这就走。"德山说着起身就走。

严部长带着李小柱、孙寡妇、崔大头找来，严部长说这地方不赖呀你别走。孙寡妇说记者可大街找你呢，出去就逮着。崔大头说您老就听他们安排吧，一准比在家吃得好。李小柱说回头乡里多给你补贴。严部长立刻就叫小丁在单间安排了饭，又给德山敬酒。德山喝了酒就不忙着走了，但心还是烦，问严部长往下不能总这么藏着也不能隔些天就死一回吧。严部长刚说不能，腰间手机就响了，他一看号码就让众人安静，说是书记（县委）打的。可他听着听着脸就变色了，后来话音都颤了。原来，书记火了，说你们是咋搞的，让人又死了又活了的，那姓何的女记者通天，省里刚才打来电话，让我尽快弄清楚，直接向上汇报，如果真是这样，麻烦就大了。严部长小心翼翼问那您有什么意见。书记骂道你妈的还问我有啥意见，你要是不把这事搞得天衣无缝，就别回来上班了。严部长立马白毛汗都冒出来了，赶紧招呼李小柱和小丁出来研究这可咋办，书记那头都骂娘啦。李小柱说那又能咋办呢，一旦上面动了真章，开棺验尸都有可能，这么一个大活人，瞒不住呀。小丁说火葬场里倒是有没主儿的尸体，要不咱弄个假的埋了。严部长说那还是没大把握呀，这毕竟有个活的。这时崔大头喝高了出来撒尿，听着个尾巴，就瞎掺和说："是、是呢，有个活、活的不好办呀！"

"那你说咋办？"严部长问。

"好办呀，该活就活，该死就死，领导下、下指示呗。"崔大头说。

"那能行？"严部长摇头。

"早、早死晚死都得死，抹大酱那天，他亲口跟俺说他真想死了。但俺想条件不能亏了人家。"崔大头说。

众人头脑懵懵的就回单间，连着敬德山的酒，这一敬，德山就五迷了，说

各位这么看得起俺，俺也挺感动的，这事虽然过去了，但往后有用得着俺的地方，你们只管说话。孙寡妇也喝高了，说刀山火海俺们都敢上，你们说吧，只要不当叛徒。德山说对只要不当叛徒，死咱都不怕。崔大头说咋样人家死都不怕吧。严部长把半瓶酒嘟嘟灌下，咕咚就跪下了，抱拳说德山大哥呀你救救兄弟吧，这事全靠你啦。李小柱说是啊是啊严部长都快急死了。小丁说严部长要是不胖他就替你死啦，实在是你俩的体型相差太大。这么一说，把德山和孙寡妇都说愣了，赶忙拽严部长，孙寡妇问这是咋回事呀还要坏性命。崔大头说说啥严部长的命也比咱的值钱，咱不能让部长替咱死呀。德山说对对对，有死人的事，咱不能让人家领导走在前头，轮也先轮着咱。孙寡妇说那可不见得，啥叫领导，领导就是啥事都在前领着，要倒下也得他们领先倒下。严部长说算啦算啦我实话跟你们说了吧，德山大哥不是已经死了吗，记者不相信，告到上面，要是看见活的，就坏大事了……

"咋着？还要真死！"孙寡妇说，"那可不中，人命关天。"

"那倒是，不过……"崔大头咽下半个鱼头说，"也可以考虑考虑。这个，人固有一死嘛。早死晚死都得死。过去是讲重于泰山轻于鸿毛，现在讲的是死一把值多少钱，哎哟……"

鱼头骨卡了崔大头的嗓子，脸憋得通红。大家紧忙找醋往里灌，好一阵人才缓过来。德山说："是不是你要抢这个先？俺可不跟你争。俺还没活够呢，这会儿日子多好，也不搞运动了。"

"那可不行，往下记者可劲找你，咋办？"李小柱说，"你还得为县领导着想，为全县经济发展大局着想，为全县几十万人民着想。"

"就是。你这个年纪，往下说不定就闹病闹灾。万一得了癌，花钱多少不说，受罪呀。"小丁说，"我爸化疗时，直想跳楼抹脖子，到了也没活几个月。"

"德山大哥，咱可说清，这事是自愿，组织上可没逼你，领导也没强迫你。"严部长说，"至于死后给多少钱嘛，我想，我们是绝对亏待不了你的，对此，我可以保证……"

"咋着，这事都定下来啦？"德山跳起喊，"俺也没同意呀，咋说着说着就把俺给说死啦？俺不干！俺不死，谁愿意死谁去死，反正俺不死。要死让崔大头死。"

"俺跟你模样差得多，俺死了记者照样找你。"崔大头说。

"那俺也不死。"德山说。

"不死。"孙寡妇说。

"不死，领导咋办？"李小柱说。

"爱咋办就咋办！俺管不着！"德山急了眼，伸手把桌子就给翻了。

后来的情况是：众人酒醒了，明白了那是不可能的事。何静、胡编等人也找来了。面对灯光闪闪，德山说老子可得说啦，再不说就给逼死啦！

……

电视播出了，尾矿改了地方，小清河的水清了，井水也清了。大黄瓜也不那么牛气了（查出偷税问题，行贿查到半道打住了），但照样挣大钱。李小柱到县里的一个局当局长（平调），严部长继续当副部长（还称部长），小丁提了副科长（副股级）。何静没获大奖，在台里受表扬，人更美丽漂亮。胡编没调到电视台，不过他根据这件事编了个几集电视剧，挣了不少稿费。至于县里的经济，也没因此受太大影响，通过及时治理还成了典型。县领导在市里大会上介绍了如何坚持科学发展观，如何下大力量保护生态环境的经验……

但德山老汉的处境有点难。难的不是有谁找他后账，更没人逼他死呀活呀。难的是他户口没了，成了黑人。虽然没户口也饿不死人，但村里有些事他就沾不上边儿。老赵说万一哪天土地有点调整，可别怪俺把你落下。德山就整夜失眠，白天去乡派出所，所长是新来的，说这上面手续都全呀，你这个人早就没了。德山说那是为了全村全乡全县人民俺才装死的。所长说你为大伙利益装死值得表扬，但死了又想活过来，你得从下面一步步开出证明来。德山说这好办，就回村找孙寡妇，一看孙寡妇家借旁人住了，忙问她人呢，回答说她伤心伤透了，这回远走高飞再也不回来了。德山脑袋就嗡嗡的，赶紧去找崔大头，崔大头倒是在，正忙着学胡编也瞎编凶杀的稿子。德山说你得给俺做证呀。崔大头说俺这阵子编得脑子乱套了，早上的事下午就记不得了，你死啦活啦俺早忘了。德山又去找老赵，说你是村主任，俺当初是咋闹死的你清楚。老赵说你一直没死肯定没错，但当初装死可是你自己提出的，不是俺让你闹的，你让俺给你证明啥……

德山老汉一想也是啊，当初也没谁非让我装死呀，可咋就闹了这么个结果？他就有点转不过磨来。于是他就失眠得越发厉害了，身体也就不好受。老伴知道了回来了，儿子也来安慰他，说实在不行我接你到城里去，咋也饿不着你。德山就流了泪，跟儿子说："其实，俺也不全是为了钱，才……"

"你是为大家。"儿子说。

"真的？"德山问。

"村里人都这么说。"老伴说。

慢慢地，德山老汉的觉就能睡得稍好一些，但仍睡不很实很香，尤其是清晨，还是很早就醒就在炕上烙饼蹭炕席。老伴说你要实在睡不着就去捡粪吧，没粪就当出去遛遛，也比在炕上难受强。德山觉得有理，转天就起早，背上粪筐，拿起粪叉出了门。让他惊讶的是，街上早就有人了。德山问咋起这么早呀。人家说睡不着呀。德山说咋睡不着。人家笑道你咋睡不着俺就咋睡不着。德山老汉吸一口气清爽爽的，看看拉矿石的车绕开村子在跑，路旁新盖的商店正抓紧装修，地里打井的机器已经干上了，遍野的庄稼壮得小树林子似的，小清河也真像条清水河了，德山的心忽然就痛快了。但他还是忘不了户口的事，他就跟谁叨叨了几句。人家马上就说："别上火，别看你没了户口，可比有的有户口的人，能强上一百倍。"

"多少倍？"

"一百倍。"

德山就觉出两汪眼泪要流下来。他赶紧转过身，说声河那边儿像是有粪，然后脚下生风就嗖嗖窜远了。

老赫的罗曼史

大意失荆州

　　老赫上山下乡前生活在天津。他家楼下有个修车铺，没事老赫就爱蹲一边看。虽然没动过手，但看长了也就看出点门道。后来插队到塞北山沟，日子恁苦。天冷时老赫去公社领补助粮，见文教张助理扛着自行车一拐一拐回来，说路上有冰骑沟里去了，车圈都隆了。老赫瞅瞅说小毛病，找把钳子左拧右拧，车轱辘就直溜了。张助理说没想到你还有这两下，你要是会写稿，就来广播站。老赫说我也有那下子，我爷考过状元，我爸留过洋，我作文净得优。

　　没过几天，张助理真调了老赫。广播站除了老赫，还有女电话员小翠，俩人一屋。屋里有二十孔手摇电话交换台、通各大队广播的配电盘，还有桌子和小炕。白天小翠坐炕沿执机接电话，老赫在桌上写稿改稿，晚上小翠念稿，老赫接电话。然后老赫就在小炕上睡连值夜班。小翠很感谢老赫，说你来了俺晚上可以回家了，也安全了。老赫不明白啥意思，也没细问。公社黄主任下乡回来睡一宿，转天用白眼球看老赫，说你晚上看书翻得哗哗的影响我睡觉，你去伙房睡吧。就把老赫撵走了。没办法小翠还得回小炕上睡值夜班。老赫再过来写稿，小翠眼泪汪汪，说俺不干了得回家当社员了。老赫说为啥你说清楚。小翠指指房桄，说天太冷太黑俺夜里不敢出去，一撒尿，他就咳嗽，昨晚他差点要翻过来呢。老赫这才注意到，黄主任宿舍与这屋就隔一层不厚的土坯墙，屋子没顶棚，木桄上任啥没隔，这屋放屁，那屋听个真亮。老赫问他咋没翻，小翠说俺念《为人民服务》，让他学张思德。老赫说那你接着念嘛。小翠说不中了他说白求恩不远万里我这才隔一墙。老赫不傻，说各公社的电话员都和领导好，夜里咳嗽是暗号。小翠伸手就抓配电盘的刀闸，说那俺就电死在这儿。老赫一把将她拽过说，那好我给他拿拿龙。小翠问啥叫拿龙，老赫说就是把不顺溜整顺溜。小翠问那俺咋办，老赫说今后黑你多喝稀粥。小翠脸通红说那么着黄主任非早早爬过来。老赫说那才好。小翠给了老赫一拳，你真坏。老赫说我不跟好人使坏。

老赫费挺大劲把配电盘主板立到大桄下，一溜刀闸全通上火线。小翠说不会电死人吧。老赫说只有火线没零线，最多崩一个跟斗。小翠说那要崩俺炕上可咋办。老赫说我测过了，黄主任个高，肯定一条腿先跨过来，一崩，正好崩回去。小翠说要是出了差头，俺一喊你可就得过来。老赫说没问题。

后半夜，老赫在伙房热炕上翻来覆去热得睡不着，就听那边屋里咕咚一声响，砸夯似的。接着又听见小翠喊，老赫着急忙慌窜过去，小翠开了个门缝儿，老赫小声说咋啦掉这边了。小翠说没过来，是尿盆溜满了你帮俺倒了吧。老赫把门一关说快天亮了憋着吧。老赫又到黄主任门外听听，里面有哼叽声，老赫便回伙房睡觉去了。

转天黄主任让人给他炕换坯，又到隔壁这屋转转，啥也没说，只是站在当院直劲揉腰。老赫自知危险很大，格外加了小心。几天后，解放军拉练住在这儿，各屋都住满，小翠说俺回家住吧。黄主任说战备紧张，不仅不能走，你俩二十四小时都不能离岗，饭菜有人送，屋门要反锁。到了晚上，外面飘小雪刮凉风，老赫和小翠被关在屋里，小炕烧得怪热，小翠热得扒了小棉袄，坐在炕里，鼓鼓的小胸脯显出来。老赫控制控制再控制，后来说小翠你还是穿严吧，这么着危险。小翠笑道俺把你当哥，你不会起歹心吧。老赫说按说我是不会，可是……

小翠立刻说那好你背过身俺得尿一泡，憋了一天了。老赫面对盘电盘说好了开始吧。身后就哗哗响，响起没完。老赫从灯泡玻璃玻璃反光影绰绰看见些变形模样，说啥也控制不住，说咱俩一起待这些天，我挺喜欢你了。小翠系着裤子说其实俺也喜欢你。老赫说最高指示指示我们扎根一辈子，你说我扎不。小翠俩小手一张呼地就扑过来，抱住老赫狠狠亲了一口，说那就扎吹。老赫触电一样，窜了两窜，把配电盘指示灯碰碎仨，说那就扎，不扎也得扎，扎了不白扎。这时头上有人说：你扎，你扎沟吧！吓死人了。原来，大柁上有好几双眼睛盯着呢……

多亏张助理帮忙，老赫被遣回村，继续当社员，但黄主任指示不能记满工分。小翠也被辞了，不久她爹硬把她嫁东北去了。一年后，黄主任搞破鞋给抓了，张助理当了副主任，来大队让生产队给老赫记满工分。老赫很感谢。张说你挺聪明咋让人家给拿龙了。老赫说没经历过，一到那节骨眼就乱了方寸，还不错，也没把我电着。

碰到枪口上

县知青安置办公室的老牛抽老赫去写大批判稿。老赫跟县革委的干部一起吃食堂，有大米饭和小炒肉，老赫就想可别丢了这么美的差事。老赫忙给天津家人写信，家里寄来一本不知哪个省出的大批判汇编，皮都没了。老赫如获至宝，照葫芦画瓢，交上去得到领导赞扬。老牛说这误工补贴看来你还能挣一阵子。误工补贴是一天五毛，老赫吃四毛，还能剩一毛零花。

老赫坐了几天机关，又去老牛家串个门，看人家锅台热炕稀粥烂饭，便不由生出些美好遐想，他想这辈子若在这里成个家，却也是享大福了。不过，没有对象一切又无从谈起。巧了，老牛又领来个女知青小萍，让老赫带她一起写。小萍是本县知青，父亲是县革委的头儿。小萍个不高，小巧灵玲，长得怪招人喜欢。小萍写了一篇靠近了让老赫看，老赫不敢走眼看了说总体不错，但上半部再突出两点就更好了，下半部嘛，也需要丰满一些。小萍早熟，脸略红，说大哥你话里有话吧。老赫忙说没有我说的是稿子不是人。小萍说其实人也行啊，咱们岁数也都不小了。老赫狠瞅她两眼说是呢，人家正为这事发愁呢。小萍说你发啥愁呀，难道还非得让人家先开口吗？老赫心领神会，一跺脚说哪那么多人家，不就是咱俩嘛，晚上去大坝。晚上他俩谈得挺痛快，老赫一激动，还摸了小萍的手。本来还可能获得更大的激动，不料大坝下有个人嗷嗷叫着跑过来，狼似的，把气氛全搞坏了。他俩跑了，同时跑的还有好几十对儿。县城地方不大，搞对象全上大坝。

老赫兴奋透顶，天上真能掉馅饼，若和小萍搞成，那就啥都不愁了。转天老赫一边写稿一边哼杨子荣的"今日痛饮庆功酒"。老牛皱眉头匆匆进来说你别饮酒了，你昨晚上哪去了，老赫心虚，顺嘴说我看《列宁在十月》去了。老牛松口气说都好我还以为你在大坝呢。老牛说小萍他爸把她介绍给武装部政委的儿子大胖，小萍不同意，昨晚小萍跟别人去了大坝，大胖说那男的头大，我还以为是你呢。老赫心里打鼓表面镇静，笑道你的头也不小。老牛说我这老牛头还想多活几天，大胖他爸可有枪，那小子虎了吧唧啥事都干得出来。

转天就有几个穿绿军装（没领章帽徽）的小子在革委会大院里转，其中有个胖子挡老赫的路时，还撩了下衣襟，露出个牛皮枪套。老赫有了思想负担，批判稿越写越没力量。小萍却越写越来劲，写完还问你看我这回上面两点突出了吗？老赫说还是少突出点好，突多了有人着急。小萍说咱还去大坝，老赫说大坝有狼，小萍说去树林，老赫说树林黑，小萍说看电影，老赫说没好片。小萍问晚上去哪好呀。老赫说就在办公室改稿吧。晚上那几个小子又来了，胖子说你别怕俺们也跟你学写大批判稿。小萍很生气要撵，老赫却说太好了太好了，从现在咱就开班，我讲你们记。老赫就讲，讲得枯燥无比，把胖子的同伙都讲跑了。胖子爱困，后来就给讲着了，呼噜打得山响。老赫就和小萍到里屋说话，一说说俩钟头，胖子都没醒。没法还是老赫把他推醒，说下课了别睡了。胖子揉着眼说俺从小就有这毛病，一上课就困。

眼瞅老赫与小萍的关系一天好似一天，胖子渐渐地发现了这其中的秘密。

有一晚上老赫和小萍在里屋说得正高兴，就见门缝儿伸进只胖手，手里举着枪，但呼噜声还响着。胖子说你以为俺真睡着了，俺都听了三晚上了，俺醒着也会打呼噜。多亏了小萍，死拉硬拽，才没闹出大事。

　　转天老赫就跑回乡下种地去了。秋后听说胖子枪走火打坏了人，他爸带全家调别处去了。老赫这才敢跟送公粮的车去县城，扛完粮食满头是灰，手里抓着半块窝头在街上正啃碰见老牛，老牛好一阵才认出老赫，说你咋变成这样。老赫说这样就不赖了，差点没了命。老牛说小萍让她爸弄上大学了，你看你……老赫没犹豫立刻说，那就拉倒吧。

惜别沙奶奶

　　老赫曾和一起插队的女知青小琳有点意思。倘若向前发展一步，就可能成为朋友（搞对象），可若往后退一步，就一点意思也没有了。老赫想万一在这山里扎根，娶当地媳妇需要很多财礼，他算了，靠每天二角五的工分，得干三十年零俩月才行，还得不吃不喝。若是搞女知青，兴许就新事新办全省了，顶多做身新衣服。

　　小琳长得好，不光男知青惦着她，大队革委会主任姓铁，也惦着，惦着给他儿子铁栓头当媳妇。此外还有小学教师崔小星，小队会计马山，也都惦着。公社下文件，各村都要成立宣传队演样板戏军民鱼水情和智斗两场，铁主任第一点小琳先演沙奶奶后演阿庆嫂，第二让铁栓头演郭建光，往下崔小星扮刁德一、马山拉胡琴，老赫演胡传奎。县剧团来人教，试唱几句说得换角色，胡传奎先换郭建光后换刁德一。就把铁栓头和崔小星气得张嘴跑调上台转向。军民鱼水情中有郭建光和沙奶奶手擓手的机会，老赫独占鳌头，免不得喜出望外难以自持，排练歇时就耍主角的脾气，找铁栓头要烟，让崔小星端水，还让马山回家拿烤红薯。三个人可气坏了。彩排审查那天中午，铁栓头拿酒，崔小星割肉，马山负责在家做，然后请老赫和小琳。小琳悄悄跟老赫说你千万别喝酒，老赫答应，但热炕头上一坐，老赫就有点把握不住，喝了几盅说说一千道一万还是县剧团的人有眼力，能跟小琳配戏的只能是我。崔小星说没错我们差着远呢。铁栓头说那我得跟你碰三杯。马山说何大哥你吃菜。结果就把老赫给逗了。下午胡琴一响，郭建光晃晃悠悠就上来了。公社领导说这好像胡传奎呀。老赫往下唱，本该是"芦花放，稻谷香"。他唱成白酒香。跟沙奶奶唱到"再来看望你这革命的老妈妈时"，俩人应该象征性的握手。老赫激动了，抓小鸡子似的抓住沙奶奶的手不放……公社领导拍桌子，铁主任喊停了换人。往下老赫从主角一下变成打杂的，管搭台。

天大旱，就演《龙江颂》。小琳的江水英，铁栓头的大队长。这会子铁栓头靠他爹成了男一号。崔小星和马山也下来打杂了。铁栓头跟小琳挑明了，说你跟我处对象，我爹保咱俩一起去县剧团，不处也中，你就回队里耪地吧。小琳哭着找老赫，老赫说去剧团也得县里定。小琳说晚上县里就来挑人。老赫就找崔、马，请他俩抽"大前门"，四个耳朵上还都夹一根，然后他叹口气说，我倒没啥，可惜你俩，咋还不如个铁栓头。二人愤愤不平说咱不能见死不救，不能让一朵鲜花插进"铁匠炉"。老赫说咱英雄所见略同，就行动吧。

晚上月牙弯弯，河边爽风阵阵，一声锣响，幕开。江水英提着小锨一亮相，台下就是一片叫好声。县里人拍手说这个好就她算一个了，将来也是剧团主演。往下大队长晃着大头上，铁主任笑着说您再看看这个咋样，能不能当个副眼。人家知道是他小子，就推说看得不大清，灯光不亮呀。演到江水英指着说你再往前看。铁栓头往台口走，铁主任说这回能看清了。众人才睁大眼，就听呼啦一声响，铁栓头漏台板底下去了，可还不忘台词，说我看不见。县里人说看不见就算了这个就拉倒吧……

小琳调县剧团，老赫送她到班车站。小琳就哭了，抓住老赫的手说铁主任要是不整你，你也去剧团了。老赫想把手抽回来，小琳抓紧不放，老赫见班车来了，使劲把小琳塞进车，说沙奶奶再见，我得找部队去了，就回村里耪地了。

险些倒插门

老赫当社员当到第六年，不少知青都选调到工厂或商业，老赫却不行，老赫出身不好。秋天晚上月光如水，老赫被派去看场，场里有毛豆，燎熟了吃得嘴头子乌黑，老赫自言自语道在这倒也自在。

黑影里跳出个姑娘，咯咯笑说你偷吃俺去报告。老赫吓一跳，原来是大队支书的女儿、铁姑娘队队长、小名三霞头。她妈生了六个丫头，就叫大二三四五六霞头，当地小名末尾都加个头，跟数家畜似的。老赫怵三霞头，她假小子一个，名声在外，二十五了还没找着婆家，她妈是母老虎大烟枪，村里没人敢惹。老赫赶紧把豆子让给她，说你吃你吃。三霞头掏出块酥点心，说你吃你吃。老赫发愣，三霞头说快吃吃了俺给你说个事。老赫说你说了我才吃得香。三霞头说俺想好了俺要跟你交朋友。老赫头皮发麻忙说咱本来就是朋友，是革命战友。三霞头说不要站着的友儿，要在一起躺着睡觉的友儿，咋着，俺爹是支书，俺还配不上你吗？

老赫麻烦大了。后来才知这不光是三霞头自己的意思，还是她爹妈的主意。她妈把老赫叫去，用紫铜大烟袋锅叭叭敲板柜，说这里全是小米子，金黄金黄的，俺缺个儿子，又舍不得三霞头嫁走，你倒插门来，俺亏待不了你。老赫说你们是不是再考虑考虑，我身板儿不很壮，只怕将来成不了好劳力。她妈说和她爹早核计好了，订了婚就让你去小学校代课，不用下地。老赫试着问要是硬不同意呢。她妈说也核计来着，就派你去采石场再干六年。老赫没法儿，就拖，也不说行也不说不行。往下这事就传出去，传得变了样。县知青办老牛带人匆匆赶来，说上面急着要报扎根的典型，看来非你莫属呀。老赫说我还犹豫呢。老牛说你先订婚，订婚到结婚还有段距离，你再接着犹豫也不迟，眼下先把我的材料成全了。老赫不答应。三霞头听说了，戴着队长红胳膊箍村里村外撵老赫，到了把老赫按在谷垛里，说俺就不信俺身上物件你不喜欢，你再犹豫俺就喊抓坏人。老

赫满头是汗说别喊别喊，在这不行在这扎一身刺。三霞头说那好吧，今晚咱就睡大炕。老赫一咬牙嘴里全是草沫子，说睡就睡，谁怕谁呀。

当地的老习俗是一旦定了亲，女的就留下住一宿，而且要在一个大炕上睡，但当中得隔着老婆婆。这一宿男女也未必发生关系，但目的是让外人知道，以防女方悔婚骗财礼，同时也有让俩人借机亲近一番的意思。老牛办事钻牛角尖，非搞跟踪报道，还制定个详细的计划，天黑，他分头叮嘱，跟老赫说当典型就得禁得住检验，不能玩假的，该亲近就亲近，我咳嗽三声你就动手。他又跟三霞头讲，你不是怕老赫不过来嘛，我咳嗽两声你过去得了。最后跟三霞头妈说我咳嗽一声你睡过去就没你的事了。

偏赶上小孩子玩火把柴垛点着了，扑打到小半夜，人都累得不行。老赫借机说咱改日吧。老牛说不中立马开始，东西屋就关了灯。没等老牛咳一声，三霞头妈早鼾声大作。老牛一想算了就直接咳了两声。咳罢本该紧接着咳三声，但乏劲上来了，加上炕热，他在对面屋头一低忽悠打起了盹儿，好一阵同来的人推他说差不多了吧，他猛醒过来心说坏啦时间长了点啦，紧忙大咳三声，嗓眼里放炮似的，把三霞头妈的呼噜都咳没了。后来那屋里突然就有动响。老牛刚要跟说成功了。就听三霞头妈骂道你个牲口你摸索俺干鸡巴啥，你个活牲口。随后老赫捂着头狼狈而逃，头上让紫铜烟袋锅敲仨大包。

事后老牛总结教训一是咳嗽间隔太长，三个人在这当中都睡着了。二是屋里太黑，老赫从三霞头身上翻过去竟然没察觉出来……数年后老赫上学了，但他一直觉得很对不起三霞头。得知三霞头结婚，他在学校两个月没吃炒菜，买了条毛毯寄去。

美人小寡妇

老赫把支书老婆摸了，虽然也没摸着啥，但还是没法待了。经老牛协调换了个村插队。一年后，除老赫一人，那村的知青又都让煤矿招走了。老赫正着急，老牛又来了，说县里要在知青中提拔几个吃农业粮的公社干部，已把你列为对象。老赫一想也行，煤矿挺危险的，不如去穿四兜制服。老牛说但条件是成家，表明你扎根了。老赫面露难色，说可我还没对象呢。老牛说这好办咱发动群众，但你不能像上次跟三霞头那样。老赫说今非昔比，我估摸我这辈子就得落在这儿了。老牛说那就好，我这就操办。

大队开会，老牛动员苦大仇深的贫下中农，说当年你们村支援过部队打仗送军粮，今天有没有人愿意把闺女许给老赫。都不吭声，光抽烟，跟柴垛燎着了一般。支书急了拍桌，说谁许了大队给补贴一百个工分。贫农黄老汉说要是给二百嘛。老牛说咋着。老黄说俺就把春秀给他。大伙一听都说中。又说老赫面老，身板又弱，闺女们肯定不愿意，可春秀挺合适。春秀是小寡妇，才过门半年，男人当基干民兵军训扔手榴弹扔身后把自己崩死了。老赫不愿意，说本来就够窝囊了，再娶个寡妇，我咋见人。老牛说这表明你还能继承烈士遗愿，是光荣的事，你这回说啥都得同意了，说得很坚决。转天春秀单独找来，说何大哥你可别耽误了，俺若不是贪上那糟心事，是轮不上你的。老赫意志不坚定，一看春秀那张俊俏的小瓜子脸和吊眼梢，心里就忽悠了，说那咱俩就谈谈吧。春秀说要谈得快谈，娘家那边还有两拨儿媒人等着俺的话呢。

老赫下了狠心，这回是真想成了。老牛说情况紧就来个三三计划吧，谈三天，准备三天，再忙三天，第九天头上结婚。老赫乐得蹦高，忙找春秀，说咱俩的事组织上已经定了。说罢心里脸上都火烧火燎的，身子止不住往近前凑。春秀正纳鞋底，她举起锥子挡住，问上炕一把剪子下地一把铲子，搂沟榜地抡大锤，扬场推碾簸簸箕，杀猪宰羊勒死狗，糊棚剪纸吹喇叭，这些你都会吗？老赫想想说我要都会我就不在这了。看锥子不离自己前心，老赫就去找老牛，说她是王母娘娘的闺女，她不是谈对象，她是选工匠。老牛说你真笨连个小寡妇都治不了，再去你别提组织你跟她动情，一动她就肯定受不了，小寡妇都这样。老赫说万一我也受不了我可要犯一回错误了。老牛严肃说你可不能犯，她男的毕竟是崩死的，不是军婚也是兵婚，不登记不能下真手。

老赫不想去了，难度太大。黄老汉找来说支书就限三天谈成，过了二百工分就不给了。老赫又去，进屋就笑，说春秀你长得这美，当初我一见你两宿没睡着觉。春秀脸一沉说你下流不，你咋这般惦着旁人媳妇。老赫脸一红又退出来。老牛急了，说不成你可就要错过机会了。支书一拍桌说你干脆下手得啦，这娘们不是用嘴能说得了的，出啥事我给你担待。老牛说也只好如此，反正生米早晚得变成熟饭。这么一定，老赫反倒心虚，说我底气好像有点不足呀。支书说我请你吃顿狗肉，再喝烧酒，准行。老赫就吃就喝，晚上打着饱嗝闯进了春秀屋，说今天老子可要动真格的了。春秀倒也不怕，说不就是那点勾当嘛，不急，先唠会子。老赫说唠就唠。春秀就说我给你讲个故事，说有一个女孩，她本来有个心上人，俩人青梅竹马，感情很深。可是，爹妈贪图财礼，硬把他们拆散。不料，女孩结婚后男人又死了……老赫渐渐听明白，问是你吧。春秀点头说那人还在等俺。老赫说那你干啥还跟我谈。春秀流泪说爹娘把财礼早花光了，不谈这边不放俺走呀。老赫鼻子发酸说我放我放。春秀坐到炕里一点点解衣扣，露出里面的小背心，说大哥你是好人，俺今夜要报答你。老赫头发根都竖起来，摆摆手下地就拽门，门反锁了，没法他一头扎炕上说不忙不忙我喝多了先睡会儿。春秀说也中反正大长的夜。老赫呼呼睡到后半夜让尿憋醒了，迷糊糊往身边一看，还纳闷，心说怎么出来个长头发的，后来就明白过来，暗叫不好，穿上鞋从窗户跳出去就跑了。

便宜了孙猴

老赫和男小孙被抽到县文化馆搞创作，写革命故事。馆长老马说好好干干好了就把你留在这儿。老赫一听就兴奋，兴奋得坐不住，写一会儿就上街逛逛。逛也不白逛，认识了商业副食店的女售货员小孙，女小孙原先也是知青，选调有二年了。聊得挺投机，老赫就邀女小孙到文化馆来玩。

女小孙真来了，老赫很热情让座沏茶，同时把男小孙介绍给女小孙。男小孙猴精，忙到旁的屋去写，把地方让出来。女小孙模样怪俊，老赫的想法便一点点生起，就朝那个方面聊。女小孙看来也有此意，主动就说自己的情况，然后问老赫你正式选调了吗？老赫心虚，含糊说手续正办着呢。女小孙眼睛就发亮，话愈甜蜜蜜，尔后她就主动来，来时还带熟猪蹄给老赫。老赫请男小孙一块啃，老赫啃得得意，说小老弟你得学着点，有机会不能错过。男小孙连连点头，说佩服。

老马察觉，问老赫那女孩儿是谁，咋总来。老赫听出不对劲，顺嘴说是小孙的妹子来看她哥。老马笑道还以为跟你搞对象呢，又叮嘱说在没调来这阶段，你可千万别搞呀，搞了就调不来了。老赫惊出一头冷汗。但他又舍不得断了与女小孙的联系，万一调来了对象又找不着合适的呢。他就求男小孙，说你帮我打个掩护，女小孙再来就说来找你。男小孙面有难色说怕影响工作。老赫说我也不能让你白帮忙，你的活我来干。男小孙说那只好如此了。往下女小孙一来，老赫匆忙说上几句，就让男小孙他俩聊，老赫则找个地方去写。由于一人干俩人的活，就费时间，老赫常常就顾不上和女小孙多说点啥。这种情况大约持续了有个把来月，有一天晚上，老赫发现有点不对劲了，女小孙来了直接就进了男小孙的房间，而且把门插上了。老赫四下瞅瞅老马没在班上，老赫就过去叫门，说没事把门开开吧。男小孙隔着门说何大哥你别打扰我了。老赫说怎么是我打扰你，今晚明明是你打扰我嘛，要不咱问问女小孙。女小孙说何大哥我要谢谢你，谢谢你让我认识了他。老赫急了说你不该这样呀，凡事得有个先来后到，是我在前他在后。女小孙说你在前可你效率太慢，他在后可他直奔主题，所以我俩就谈成了。

老赫大怒，就想把这事报告给老马。都走到老马家门口了，老赫又不忍下手了。选调的机会很难得，男小孙也不容易，没必要把事做绝。再者说强扭的瓜不甜，既然人家俩人都好上了，就算咱做件好事吧。结果俩小孙反倒觉得对不住老赫，给老赫一个劲送猪蹄，可老赫也不开心。女小孙有办法，再来就带来人高马大的女小何。女小何说我也在副食，我听小孙说你这人不错咱交个朋友吧。老赫心想这回可得吸取教训，就直奔主题吧。老赫就跟女小何谈。谈两次觉得不大合适，女小何不仅不温柔，还有点粗横。有天老赫路过副食，听见卖肉的那吵架，上前一看，女小何拎着明晃晃的尖刀正跟人比画呢，老赫当时腿都软了。老赫想不谈了，女小何不干，到文化馆院里找老赫算账，闹得大家没法上班……

后来馆里选调了男小孙。老马送老赫回乡下，解释说人家小孙故事写得不错，你呢，不听我劝，非搞对象。老赫张张嘴，把话又咽回去了。班车要开时，两个小孙送来一提兜生猪蹄，说回去用小火慢慢炖了补补身子。老赫乐了，说便宜了你俩孙猴子。

缺水渠难成

老赫有福，后来稀里糊涂上了大学。即工农兵学员。老赫在班里是岁数大的，进学校就想毕业后的事，尤其想对象的事。但班里有不少部队学员，人家一颗红星头上戴，革命的红旗挂两边，把女同学的爱慕之心全吸引过去了。老赫心想军民鱼水情若总是这么个鱼水法儿，我们可就没戏了。

老赫就想找空隙插一杠子，但人家团结紧紧的，弄得老赫能怎的，一年下来也没得手。后来一想算了，军婚可不是闹着玩的，咱另辟蹊径吧。秋天再开学，系里安排同学去火车站接新生，老远就见个拖行李的女孩，忙迎上去问，果然是。女孩模样俊美且开朗大方，自报名姓梁雅丽，也是天津知青。老赫一听赶紧抢背包拎提包，说她由我负责了。同学们一看这架势，又把书包套老赫脖上，说没人争归你了。往下又是登记又是买饭票，最后送到宿舍里老赫还给铺床。梁雅丽过意不去，一把抓住老赫的手说大哥你这人可真好，遇见你我可真走运。老赫当时头就有些晕，说了一句我更走运。

没法保密，辅导员找老赫，说你是不是太着急了，跟新生搞对象会影响人家学习。老赫说那没法子，谁叫咱们班女生都拥军了，没人爱民。辅导员是"掺沙子"进来的工农干部，比老赫大八岁，还是单身。说着说着他同情了老赫，说以我屡搞屡败的经验，在这个大学里搞对象，最重要的是文雅，不能简单，更不能着急，何况怎么也得等到三年后她毕业了才能结婚，你要放长线钓大鱼。老赫连声道谢，说听君一席话，胜搞十几个对象呀，这回我一定稳扎稳打步步为营，务求水到渠成。辅导员说你有疑难可以来找我。老赫说那你也该下手了，辅导员说我慢慢下着呢。

　　往下老赫就处处关心梁雅丽，放假也是俩人一起来回。梁雅丽也不避讳，别人问了，她就说是天津老乡还是邻居。老赫也认，这么着别人议论也就少些。一晃小两年多过去了，老赫要毕业了，老赫就想把窗户纸给捅破。梁雅丽好像也有这个意思。有一个星期六晚上操场放电影，宿舍里静静的。梁雅丽穿一件特薄的连衣裙，曲线毕露，头发还扎了个马尾型，看哪哪撩拨人。老赫一见，浑身就热血沸腾。梁雅丽特大方，上来抓住老赫的手，挺着胸脯说你快毕业了，有嘛话你就说吧。老赫心里说今天可得捅开了，再不捅就晚了。刚要开口就听楼道打起起来了，出去一看，是辅导员叫人打破了头。老赫忙扶他去卫生所，包扎后问根由，辅导员说太着急了，今天有点冲动，对方失手所致。他反问老赫你在那干啥。老赫也不瞒了，说我想该捅开了。辅导员跳起来说那太粗野呀，想没想过后果。老赫说马上就分配了呀。辅导员指着自己脑袋说这可是血淋淋的教训呀。老赫再见到梁雅丽，就少了激情，窗户纸到了也没捅破。

　　等老赫拿了分配通知书去找梁雅丽，同学小声说她跟对象在操场上呢。老赫脑装嗡地一下差点炸了。找去了，梁雅丽很大方地相互介绍。老赫急了，把她叫到一边，说都二年了，我容易吗？梁雅丽瞪大眼睛说二年了你咋不早说，害得我搞也不是不搞也不是。老赫说我不是想水到渠成嘛。梁雅丽说不来水哪来的渠，什么好地也架不住总旱着。

　　时间紧，梁雅丽和对象请老赫吃了顿馆子，千言万语感谢老赫，老赫也不好说什么了。回到宿舍收拾行装，辅导员过来亲切地问，这回水到渠成了吧。老赫气得一屁股把床板都坐折了，说你可把我坑苦啦！

明月几时有

老赫回到塞北古城，没关系没熟人，一张纸被分到"五七"干校，干校远在郊外。此时干校已是强弩之末，没学员，四十余教职工，多一半老弱病残。当年分来十个学生倒是年轻，九个小伙一色光棍，一个女的已订婚。到校外闲逛，村里大娘问几个小孩了。问得老赫这叫心窄，抬头纹又添两三道。

校长让老赫教哲学，老赫心不在焉。教研室主任老吕高度近视加散光，但能看出老赫的心事。老吕拍胸脯说你打起精神，把《矛盾论》、《实践论》搞透了，我给你介绍个对象。实属对症下药医术高明呀。老赫顿时劲头倍增，勤奋加刻苦，日子不多就把讲义写得有条有理。然后给老吕看，又很谦虚地征求意见。老吕点头说你再把《社会主义从空想到科学》弄透，然后再弄《路德维希·费尔巴哈与德国古典哲学的终结》。老赫忍不住说我都小三十了，您还是费心先让我的空想变成现实，不然我没法再费劲巴啦往下弄了。老吕想起承诺，说我邻居一姑娘，长得水灵苗条，哪天我带你去见面。老赫说今天就是月圆好日子。老吕说得过些天，听说姑娘出门了。

老赫等呀等，有点度日如年。过了十多天，晚上没了月亮，传达室突然喊老赫老吕让你马上去他家。老赫借辆自行车就上路，路黑天黑眼前一抹黑，黑得就差往树上骑了。老吕又住在老城小胡同大杂院，老赫好不容易才摸着门，老吕还埋怨你咋走了这长时间。老赫心想我活着骑来就不错了，但嘴里还得道歉，然后问是在您家见面吗？老吕说姑娘不好意思来，得去她家，咋样。老赫心说我能咋样，不是让来就来了嘛，还怕去她家，又不是去威虎山。就随老吕绕煤堆避柴垛开小门上台阶迈门槛，昏暗中磕头绊腿终于进了一个人家。屋内靠窗处有一灯，老赫就被让到灯下坐了。老赫揉眼找姑娘，没找着，光看见姑娘的爹妈，随后又有七八个人进来看眼便走。老赫明白了，这盏顶多十五度的灯泡，原来是让人家看自己的。看就看，丑媳妇得见公婆，傻姑爷也避不开老丈母娘。老赫耐下心等呀等，心里说千唤万唤你总得出来呀。果然出来了：门帘一挑，一年轻女子低头进来，可惜比"犹抱琵琶半遮面"还甚，顺势就坐在门边的小凳上，不肯到近前半步。老赫睁大眼欲看个清楚，但灯光太暗，眼前云里雾里一般。再往下未等老赫有所动作，相亲第一场就闭幕了。来到外面，老吕问怎祥。老赫琢磨一下说刚才只是看清个大概尺寸，太缺少细节呀。老吕说也是那就再见一面吧。老赫说再见面时能不能换个大灯泡，那光线，还不如月亮。

老吕回话后，女方同意再见，但让老赫等。这回不错，才隔一天，就唤老赫晚上去了。去了见屋里是点着油灯，姑娘妈说对不起呀停电。老赫不客气，说我们出去走走吧。姑娘倒也大方，随着就出来。老赫心花怒放，扭头就要细端详，姑娘说你眼神不好吧，还要咋看。老赫抬头，天上才出几个小星，残月得后半夜才能出来。分手后老赫对天长叹，明月几时有呀，俺老赫问青天……

这事前后拖拉了有小俩月。后来老赫就琢磨出了其中的奥妙：只要女方约家主见时，不是停电就是电闸坏了；去大坝，则必是没月光的日子。老赫心不甘，借来个马灯，再去时真带上了。不料那日路上挖沟，老赫心急眼拙，连人带车带灯全掉了下去。还好，都是皮肉伤，但也得弄些日子。

养好了，老吕将一兜大白梨给老赫，说是那姑娘送的。老赫啃了半个，明白了，说拉倒了吧。老吕问你咋知道。老赫说这不是"离"（梨）嘛。老吕说姑娘向你道歉，祝你找个好对象。老赫问咋回事呀。老吕说你养伤这段，她原先的朋友跟她又好了。老赫叹口气说可惜呀。老吕说你也别可惜，我才知道，姑娘脸上有些麻点。老赫也不惊讶，问你们邻居多年你愣没看出来。老吕笑道我这眼神历来看不清细节。老赫问那你搞对象时呢。老吕说也就是看清尺寸看不错，就搞了。老赫哼了一声，就看《社会主义从空想到科学》，看了一天，他长叹口气，说从空想到科学，这个过程真不容易呀……

矛盾太复杂

突然干校就开了班，班里有不少年轻女学员。老赫和众弟兄兴奋得睡不着觉。可惜这是个短班，为期半个月。老赫有课，讲《矛盾论》。他很严肃地向校长建议，能否把这个班改成一个月最好是三个月的，否则效果不理想。校长一开始还挺当回事，找人征求意见，有人揭发了老赫别有用心，校长一生气换下老赫，让老赫去收秋，掰棒子。干校地多，干活的人少。

眼瞅痛失良机，老赫于心不甘，每日借着在一个食堂吃饭跟女学员套近乎。但人家都不认识他，加上他头上身上都是棒子叶，效果就极差。半个月一晃过去七天时，老赫发现接自己课的教员老白一个人在屋里发愁，他顿时计上心头。原来，老白在老家订了婚，前阵子因财礼少女方生气不来信。老赫说矛盾从来都是从小到大积少成多，一旦爆发后果不堪收拾。老白说等课结束了再说吧。老赫说夜长梦多，迟则生变，晚了你肯定竹篮打水人财两空急得老人得病家畜遭瘟说得老白嘴上起大泡，立刻跟校长请假。校长看他死的心都有了只好批准，又通知让老赫上。老赫穿上中山装，刮胡子梳分头，空着手去上讲台。其他教员说看老赫又牛气了。有人提醒说就剩下一个星期了。老赫说，赶趟。

老赫讲课不看稿，讲得口若悬河滔滔不绝，几个女学员下课时不走，说对不起呀把您当成种地的了。老赫说没关系现在弄清还来得及。他问了名姓又看清模样，说我将深入下去做个别辅导，你们好生等着。老赫排了个次序，下午就去，在楼道遇见校长，校长说学员反映你的课讲得不错，往下你还得紧张起来呀。老赫心说有六个学员等着，我不紧张行吗？老赫去了，面对面的辅导，讲得深入浅出，待到对方精神放松时，老赫就装作很随便地问人家的情况。人家不好意思在老师面前撒谎，就如实道来。听说有对象了，老赫立刻结束辅导，又找下一位。

功夫不负苦心人，还剩三天了，老赫还真找着了知音，这女子叫李子香，大眼睛小嘴，巴巴地贼能说，是工厂的理论骨干，比老赫还能讲矛盾的复杂性。李子香说我当前的主要矛盾，是厂里虽然有许多人学哲学，但缺少一位能跟我谈理论而且能谈得很深入的人。老赫拍手说我的矛盾的主要方面是跟我谈理论的人不少，但少一个像你这样的人。李子香很兴奋，说我寻访多年终于寻着了知音，不过，我还有个次要矛盾得讲清。老赫说我们现在是要抓住主要矛盾，其他矛盾都要服从于主要矛盾，次要矛盾就放一边次着吧。李子香说次要矛盾在一定情况下也会转化为主要矛盾。老赫抓住李子香的小手，说抓主要矛盾要抓紧抓牢毫不放松，只有这样，一切问题才迎刃而解。李子香下意识摸摸腰带，还好，还系着呢。老赫有些控制不住。李子香说君子动口不动手。老赫上前亲了一口，说那我就动口，否则弄不清梨子的味道……

　　三天转眼过去，李子香走了，老赫一封封信追去。老白哭丧着脸回来，埋怨老赫说把矛盾夸大了，这一回去正让女方抓个正着，一头肥猪搭进去了。老赫却得意，说我可大有收获，你等着喝喜酒吧。过了些天，一封公函和一兜手榴弹把次品摆到了校长桌上，兵工厂革委会写道：贵校教员赫某借辅导之际亲了我厂优秀女理论骨干李某。致使李某与原对象出现重大矛盾，极大影响了我厂抓革命促生产的大好形势（有实物为证）。校长大怒，决定开会批判。会上老赫做检讨，说我犯错误的根源在于没学好理论，对矛盾的复杂性认识不足，一直不知道她的矛盾的次要方面是她已经有了对象，更不知道她工作在兵工厂，而且是做手榴弹把的工厂。下次，我再做辅导前，一定搞好调查研究。老白站起来发言说，他还想下一次，下一次我还得搭头猪，不许再有下一回了。校长最后总结讲话说，虽然没动手，但动口的错误更严重，起码得给个党内严重警告。老赫举手要求发言，校长说你还不服。老赫说我刚被列为积极分子。校长挠挠头说噢还不是党员，那咋处理呢，那你就去生产科吧。

英雄救美人

干校生产科原有八个人，其中老陈是历史问题没弄清，余下都是有生活作风或经济问题原单位说啥不要的。老赫调来，心情很不好，整天不说话。老陈是抗日干部，当过行署专员，"文革"一来说他是叛徒。还有个人称李大眼的进城后定14级，因搞破鞋降降降，降到22级，还搞。以前是老陈管李大眼，现在李大眼当副科长，管老陈。

还不错，秋后，校长口头任命老赫为副科长，排在李大眼之后。有天李大眼找老赫说老陈是叛徒，可工资比咱们还是高，净吃炒菜，得让他晚上去看场院，凉快凉快，对血压还有好处。老赫反对，说老陈的女儿刚从乡下来探亲，咋也让人家团聚几天吧。李大眼坚决不同意，说科里已经决定了，并让老赫去通知。老赫去了，见到了陈颖，一个脸色发白的女知青。老赫说自己是老知青。陈颖说自己到现在也没抽上来，最近抬石头把脚还给砸了。老赫于心不忍，说我去看场院吧。老陈不干，说反正你也没家，晚上陪小颖聊聊。

同命相怜，老赫不好推辞，加之宿舍离得很近，老赫下班后就过来和陈颖说说话，随便也帮着干点活。李大眼又找老赫，说我现在是以第七副科长的身份和你第八副科长谈话。老赫说闹半天你就管我和老陈俩人呀。李大眼说管两人也不容易，凭我多年的经验，你快要犯作风问题了。老赫说不可能我们不过随便聊聊。李大眼说太可怕啦，一个叛徒的女儿正在把你一步步拉下水，你却浑然不知呀。老赫说那怎么办。李大眼说让我去摸摸她的底，你歇一晚上。老赫怕李大眼胡说乱说，也只好答应。

晚上秋风吹起，老赫想起老陈，就拿件大衣去了场院小屋。老陈问你没跟小颖聊天，老赫说李大眼去了。老陈说坏啦我闺女要吃亏。老赫说不可能吧。老陈说李大眼干别的都不可能，唯有这等事一百个可能。老赫扔下大衣就跑回去，推开门一看，李大眼把陈颖都逼到墙角了。李大眼说我们正谈如何战胜帝修反你来干啥。老赫说革命自有后来人，你快走吧。李大眼眨眨眼，说你小子怎敢坏我的事。老赫说你还想升到23级呀。李大眼说我想升到32级，你等着我的。老赫说那我就等着你升到32级。

陈颖流泪，打心里感谢老赫，说你要不来，我都让他给说蒙了。老赫说男人懵，干活熊，女人懵，裤带松。陈颖摸下说没松还紧着呢。老赫笑道看来你这高干子弟还是缺少锻炼呀，算啦，反正我也到了生产科，往下也没什么可怕的了，我就再帮帮你吧。陈颖说太好了，你不帮我就抹脖子。老赫吓一跳说你脾气咋这大。陈颖说从小惯的，一直没改过来。老赫说我帮你改。往下陈颖养了些日子，不光脚好了，身体恢复了，脾气也顺当多了，把老陈乐够呛。她长得又好，略一打扮，就显出与众不同的气质。有一晚上她跟老赫说若不是我爸的历史问题，我真想跟你好了。老赫说历史问题是你爸的，和你有什么关系。陈颖泪流满面，一头扑进老赫的怀里，那我就嫁给你，你不同意我就抹脖子。老赫说咋又抹脖子，你那脖子可够经抹的。陈颖说那你同意不，老赫摸着她的脖子，说这一段部位挺重要，断了就接不上了，放心吧，我铁定要娶你，不怕千难万险。这时就听门外李大眼说都海誓山盟了。校长也来了，说你不怕千难万险，那你明天去喂猪去吧。

春光明媚了，老赫正在喂猪，校长开会回来满头是汗，叫老赫到办公室又让座又沏茶，说老赫同志你受委屈了，现在决定你立刻回教研室，为正科级教员。老赫傻了。原来老陈历史问题弄清了，不仅不是叛徒，而且有大功，马上调省里当大官。老陈的小屋前顿时车水马龙，连李大眼都跟着忙活。东西都收拾好了，老陈不见老赫，说我得把他一起带走。李大眼去找老赫说，这回你可是一步登天了，别记我的仇。老赫说其实我和陈颖的关系都是闹着玩的，我不跟他们去。李大眼说准是陈颖变心了，我找她去。老赫说啥也拦不住。李大眼见到陈颖，反问老赫跑哪去啦。李大眼说你想当陈世美他妹吧。陈颖说我要是他妹我跟你好。李大眼说现在打死我我也不敢了。陈颖在猪场饲料房里找到老赫，陈颖说你别忘了当初你说的话，如今到了娶我的时候了。老赫说那会儿是那会儿，现在不同了，现在你非要娶我，我就抹脖子。陈颖腿一软就要跪下，老赫一把抓住说注意影响，老爷子刚出山，别给他添乱，再者我想找个会过日子的，不想找动不动就要抹脖子的。

陈颖也就明白了，就再没强求。后来数年间，老赫和陈颖一直保持着联系，老赫结婚时，陈颖还专程过来祝贺。再往后，陈颖出国了，再再往后，陈颖离婚了，但她事业也大成了，成了富婆。陈颖再跟老赫联系，正赶上城市改造大拆迁，地址都乱了，他们的来往也就断了。但实际情况是老赫自己把这条线给掐断了。他说他和老伴有退休金过得挺不错的，净吃好大米，豆油也存着好几桶。但也着急，天热大米生虫子，蛾子满屋飞。

小 草

二仙居这个地名挺好听的，有点诗情画意。三十年前我落户热河古城，最先认识并记住的，就是这个地方。但认识记住与诗情画意却不相干，与那儿有一铁道小站也无关，更与小站旁有座保存很好的康熙年建的大石桥亦无关。说来说去，有关的是大石桥边有一家锅贴铺。还是说透了吧，也没有什么不好意思的。我那时是那家锅贴铺的职工，戴个烟熏火燎的白色布帽子，一身劳动服油渍麻花，先卖锅贴后烙锅贴外加倒锅灰。这店"文革"后有个革命的新名字（好像叫向阳饭店），但没人叫，大家都叫二仙居锅贴铺。地名和店名叫到了一块儿。

锅贴铺是老字号，老房子。房子是丁字形，临街横五间，粗木框大窗户，天一擦黑就上哗啦响的木挡板，不防小偷（那会儿小偷极少），为保护玻璃。屋内正中连着竖三间，竖三间两边又帮出偏厦，为操作间。竖三间是高屋顶，四圈有窗，能采光，下面就亮。丁字大堂中还有不少红漆明柱，围绕柱子摆着笨重的看去总也擦不净的老式桌凳。一天到晚，人们就挤在这里大口大口地吃锅贴，喝烫嘴的热小米稀粥，喝得刮北风般的响。容我略做解释：热河城是京北重镇，早年林草丰美山峦俊秀，还有大片大片的良田。使这里人口增加市井繁华的原因有二：一是清顺治年间让京城的旗民到塞北跑马占圈，由此招引来不少人。往下居家过日子，生存繁衍，人口没个不多起来。二是康熙乾隆爷孙俩花了近百年的工夫，在这建了个行宫避暑山庄，每年他们带着大小官员和军队来此打猎避暑，由此就得有人供给粮草，一来二去，五行八作物资集散商贾聚合，终形成喧闹富庶之地。话说回来，这样的地方最不可少的就是饭馆，故公私合营前，小小热河城内单是有点名气的馆子就能有几十家。都只为一个个运动，"晕"（运）到20世纪70年代初，就"晕"剩下没几家了。二仙居锅贴铺是幸存者，因紧临小站，生意一直不错。但生意如何与职工收入无关，职工中最多的挣四十三块五，人人喊罗锅下山——前紧（钱紧）。于是这店的服务态度就出了名的恶劣。前台卖锅贴的大老娘们，净偷吃锅贴馅，一脸横肉，算账只会二十以内加减法，排队的谁说慢她就跟谁急，跳出柜台就挠人。若不是可城内外只有这一家锅贴铺，估计没人敢到这来冒风险。

再说几句我是如何来到这里的呢？很简单，我是从乡下（我是天津知青）选调上来的。本来我的目标是去百货公司和五金公司，缺了德的，偏偏报到那天我和宋大昌逛街吃饭迟到了。宋大昌与我是中学同学，一起下乡，他在学校就自由散漫，脾气又犟。迟到了他还理直气壮，说总得让人吃饱肚子吧。管事的头头听了就不高兴，冷笑说得让吃饱得让吃饱啊，抓过一张纸再啪地一盖章，就把我俩分到饮食服务公司，再由饮食服务公司分到二仙居饮食组，再由饮食组分到锅贴铺。宋大昌一看就不干了，就往上闹。我没闹，想想在这儿有在这的好处，饿不着，就认命了。正赶上上面抓服务态度，让我也去卖票。锅贴一两粮票三个，一毛二一两。我当过数学课代表，算这个小菜一碟，没两天就把一脸横肉算到后厨拌锅贴馅去了。一时间局面大变，吃锅贴的人喜气洋洋，有第三次解放的感觉。热河城日本投降是八路军接收的，人称一次解放。后1948年解放军把国民党军撵走，称二次解放。吃饭者如此比喻，弄得我很有点得意。

不过日子长了，也就得意不起来，也就老老实实地干活了。春风秋月，暑往寒来。过路的顾客吃了走了也就忘了，但小城内常来的人却记住了并熟识了，有的还成了朋友。与我关系最好的，是算卦的王半仙和修鞋的瘸拐李，还有他俩的女儿小草。王大仙是个半瞎，一只眼看人能看个大荒儿，但看钱行，五分一毛都能分清，要是少给个锅贴，也能看出来。王大仙是口里人，说话侉，他的眼睛是在乡下放炮崩鱼时崩瞎的，还崩掉四个手指头。他自己讲：俺十八，才定了亲，傻大胆，站河边一手抓的炸药，一手用烟点药捻。点着了，岸上的人喊快扔，俺胳膊一抡就扔了，嘿，把烟卷扔了，炸药还在手里攥着，就崩成这个熊样，不赖，命保住了，可婆媳妇是没指望了，下地干活也不方便，只好到城里算个卦混日子。他嘴好使，说话跟唱小曲似的，红卫兵扫"四旧"都没能把他咋着，造反派武斗前还找他算卦，问能不能胜。他一般都算胜不了，熄灭了不少战火。

　　瘸拐李是这城里人，就是这二仙居的老户。他从小有贼好的腿脚，就是太淘，走道都打车轮跟斗，能从锅贴铺门前一直翻上大石桥再翻过铁道。可惜淘大劲了，累得夏天夜里躺铁轨上睡，火车嗷嗷叫他也不醒，结果把一条腿轧没了，成了残疾人，只好学掌鞋了。他家就他一人，住两间小平房，王半仙来城里，借住在他家。王算卦比李掌鞋挣钱多，不光给房钱，日常开销也是他花的多。一来二去，同病相怜，他俩还就谁也离不开谁了。无冬无夏，太阳一冒头他俩就来到火车道与大石桥下的交叉口。王打板，李扬锤。收摊时，李用竹竿牵着王，王拽着带铁轱辘的钉鞋箱，后来箱上多了个小生命，是个小姑娘，那就是小草。

　　小草命苦，不知道爹娘是谁，单知道是王和李在大石桥旁的一丛小草中捡的。捡到时还没满月，瘦成小癫巴猫。二位琢磨琢磨说咱俩就当个小猫养着吧。因在小草中捡的，起个名字就叫小草。铁道边从来都是穷人的领地，养孩子的老娘们从来不缺，瘸拐李缝了鞋不要钱，跟小孩说把喂你兄弟的你娘找来，一双鞋喂一个呀儿。孩子娘来了，坐铁轨上掏大白呀就喂小草，小草小狼般的猛嗷，转眼嚼瘪一个。王半仙说我给你算一卦，你今天后黑走红运，全家人罩红袍。老娘们说别蒙我我家布票让他爹换叶子烟抽了，罩个屁。王半仙说你把那个呀儿也给小草吃了，准保你罩红袍。那女人不信，但也把小草掉过头接着喂。晚上她出来上厕所，脚下绊了个跟斗，抓一把是块布，美得尿都没了，回家一瞅还是红布，

上面有字。管他啥字，抄剪子给全家人剪背心。第二天铁路造反派要上街游行，又要打倒谁。队伍还没集中，发现头天做的红布横幅不见了，想来想去，就是想不起丢哪了，一扫兴只好通知改日再打倒吧今天不打了。其实那横幅是他们谁钉鞋忘这了，让王大仙给小草换呃儿吃了。其实，就是啥都不给，随便喊哪家女人，也能奶小草一顿。小草就这么活下来，还活得挺结实，成了二仙居这的小宝贝，在哪儿都能找着饭吃。我听人说，小草五六岁时，扎俩小辫儿，大眼睛水灵，小脸蛋粉红，杨柳青年画上的小孩似的，真是人见人爱。火车不来时，老少就坐在铁轨上逗她玩，火车眼瞅到跟前了，才不慌不忙的挪挪窝。跑这条线的火车司机最怕走这一段，说到这就到了夹皮沟了，挤得慌。一个造反派新头头觉得自己了不起，说我是杨子荣我要进威虎山，火车一进小站他就放大气，使劲喷两边的人和破房子，把王半仙的板儿喷撒了手，把瘸拐李的鞋钉子喷了可地。这都没啥，可一看把小草喷了个跟头，眉梢磕破了，鲜红的血把小脸蛋染红半个，这下老二位不干了，当即就横躺在铁轨上。这事一直惊动到分局，来了不少人，直到那位造反派头头喊二位祖宗，我不是杨子荣我是小炉匠行不？他俩才移动了身子。分局的头头的当场叹口气说，这就是二仙居的两位大仙吧。

打那儿，人们又管他俩叫王大仙和李大仙。而小草呢？眉梢处则留下一个小月牙形的伤痕，不留神看不出来。我见到她时，她不过十三四岁，可已经亭亭玉立，在二仙居这是人见人爱，若不是二位"大仙"把得严实，街面上的小痞子早就打她的坏主意了（运动个够，还有小流氓）。

我之所以和他们有交往，一是王大仙爱吃锅贴，李大仙爱喝小米粥。热河城里讲究吃锅贴就热小米稀粥。他俩来，自然带小草来。二是他俩希望小草把书念好，将来能找了好对象，过上吃穿不愁的日子。可那时学校不好好上课，净让学生造反批这批那，他们知道我看过不少书，还会画画写大字，像是个有学问的，认识之后就让我教教小草。我下班后一个人怪寂寞的，于是就答应了。但他们不让小草到我这来，而是让我去他们家。二间房的小屋让小草收拾得干净整洁，我去了，小草早把茶沏好，热毛巾拧好，我赶紧擦脸喝茶，把锅贴铺的味道打扫打扫，然后就教小草画画，刚开始画素描，后来学水粉，油画不行，我自己都画不好。毛笔字呢，主要是隶书行书正楷，之所以把隶书放在前面，是李大仙说的，他说这字好，学好了能写门匾，能写门匾就不愁吃喝。小草很听话，认真的学，过年时，我给邻居写对联，小草也练着写，写得还挺不错，谁见了都说这孩子有前途。

这种平淡无奇的日子一晃过了六七年，看别人的变化都不大，可小草就不一样了，转眼间她出落得亚似山庄湖中的艳美荷花了。避暑山庄湖里的荷花是极有名，据说当年是从洛阳移过来的，再往前追可追到武则天那里。20世纪30年代日本人占领热河，把山庄里一片湖平了当靶场，踩踏得铁板一般。谁料五十年后再复原，水满当夏，没人经营荷花自己就长出来，你说奇不奇。要说小草这朵荷花艳得百花羞惭可能有点夸张，但在不大的古城内，若说有谁不知道二仙居有个女孩小草，那可就太孤陋寡闻了。此时我已经当上锅贴铺的负责人，并娶妻生子，小夹板已经套上。说老实话，本来我可以让搞对象的节奏再舒缓一些，起码是文火烙锅贴，一点点煎透。可我却自己把火弄大了，认识没几天就登记，稀里糊涂的又有了小孩。原因说出来实在难以启齿，那就是我生怕我一时自控不住爱上小草……让我怎么说好呢，那小草虽长在贫寒之家，却生成那么一副让人怜爱不已的俊相。用现成的老词说，她明眸皓齿，目生秋波，身子苗条多姿，曲线明显，而且，皮肤白嫩如玉，细如膏脂……且住且住，你说的是真人吗？是杨贵妃吧？不劳诸位看官发问，我自己在这儿先问两句吧。

若非亲历之人，我首先头一个就不相信。热河城地居塞北，山高水瘦，天寒风硬，绝非产美女之地。当然，二仙居是有传说的，说有两位仙人乘鹤路过此地，低头一看，道此处风景不错，不妨停下稍歇，便飘然而下，坐草间青石之旁饮酒对弈。于是就留下二仙居之美名。可那不过是传说而已。事实上，在热河城内外，女孩的脸蛋冬春多有两块苹果红，那是风吹日晒的成果。而到夏秋之际，皮肤则容易被烈日晒黑。像小草这样出色的女孩，比一比瞧一瞧，实在是凤毛麟角万里挑一。

于是，有关小草的身世，便有若干不同的版本在热河城内流传。传得最厉害的，是说热河城原有一大户，其老太太直到晚年仍操着一口侬侬吴语，九十多岁看去也就是五六十岁的样子。据说她是江南人，其父曾是个职权不小的官员。这女子十多岁选秀女入宫，模样出众，人又极聪明，没多久就让末代皇上看上了。但慈禧不喜欢她，找了个什么借口，把她打发到热河避暑山庄来。待到慈禧死后，她才出了高墙，想回故土，但父母下落不明。无奈何只得落草民间，嫁给了热河城开药店的老板。日后的生活过得时好时坏不说，她有个小女儿叫琴香，得了她的遗传，模样极好。若不是碍于家庭出身，琴香小时肯定被部队文工团招走。"文革"初琴香在针织厂当徒工，偶然间与厂里一个右派大学生相识并好上了。简短说再往下他俩偷着好了，琴香还怀了孩子。但被造反派发现了，就要往死里整他俩时，他俩跑了，跑前把孩子放在了小草丛中，并有意敲了王半仙和李大仙的窗户，让他们出来捡……

这说法依我看非常之俗，好像是从哪个电影里扒出来的，许多细节架不住推敲。比如那位老太太，我在锅贴铺见过，她牙口好，要吃烙得火大口脆的。我想她若是小草的亲姥姥，琴香走时肯定要把孩子留给她。同时她也会听到那些传闻，见到小草不可能无动于衷。而她确实是无动于衷，她从不跟小草说话，后来有一天她突然就死了。发送时她的儿子来买锅贴，还要皮脆的，说老太太就爱吃这口，要拿去当供品。我那天特意多放油，猛煎，煎透了，能多放些日子。

好啦，前面那些不能不说，也不能多说了。往下的事情才是我要着重讲的。说这话就到了20世纪80年代中期，有一天，锅贴铺才开张，进来一个人，这人西装革履派头不小，门外停辆日本进口的高级轿车。当时我正在后厨里间我的小办公室里忙着写检讨，检讨的内容是如何改进服务态度，特别是对外宾要有礼貌。起因说起来还有点绕：自那年被那火车热气大吹了一下又在铁轨上卧了一阵子后，王半仙剩下那点视力再受损伤，渐渐地就一点也没有了，成了地道的盲人。而瘸拐李则中了一次风，虽然不太厉害，可使锤子就砸偏，使锥子也扎不准。这么一来，就需要小草多照料这个家。二位老兄找到我，正赶上店里缺人，我就把小草给调到锅贴铺来了，来了先卖票。麻烦也就由此而来。由于小草来了锅贴铺，锅贴的生意陡然间在原先挺不错的基础上又大大的红火了，只是红火中夹了些邪火。热河城压根儿满人就多，虽说时代变迁，可老祖宗的遗传还在起作用。咱别叫人家什么八旗子弟，但说是些个浮浪小子还可以吧，这些人跟苍蝇一般嗡嗡地就追了来。饿了呢，就买了吃，吃着吃着就和小草搭讪。吃饱了也不走，从一旁茶铺（那时饭馆没茶）要壶茶，喝茶嗑瓜子，硬是磨到小草下班。这就出问题了，这的座位有限，本该先戚让后戚的。有人看不过去，说该挪挪窝了吧，结果茶碗就飞起来，打个头破血流。我一看不好，把小草调后厨去，不料更坏了，一帮小子硬要到后厨去吃，不让进就堵着大门吃，旁人别想进来。没法子只好又把小草调回前台。我说小草你别搭理那些家伙，你要学得有教养。小草头一歪问我咋没教养了。我说你不该见谁跟谁笑，你不该跟人挤咕眼，你还不该工作服的扣子系不严，你还不该……她笑道我还有多少不该呀，我干脆压根儿就不该在这儿出现吧。

我惊呆了，这个在我眼中就是小天使的女孩，原来并不是百依百顺的。她不光人往大了变，性情也跟着变。她心里好像有一把无名火在燃烧，烧得她有些焦躁不安。她的服务态度时好时差，本来，饮食公司是定有纪律的：如接待外宾，只许热情服务，不经允许不得交谈。可小草就不听，而且和一个美国男子比比画画说起没完。那男子会说中国话，问小草一个月挣多少钱，小草说挣三十六块五，又问你叫什么名字，回答说叫小草，大小的小，花草的草。反过来她问你叫什么，回答说叫亨特，是个记者……那时热河城内若是出现个外国人，就跟来了个外星人一般，四下里不知有多少眼睛瞅人家，瞅得老外直发毛。小草和亨特的交谈，很快就被反映上去，公司政工科还来人调查，结果没查出小草有泄露本地驻军番号或防空洞位置等问题，才算拉倒。但要求我必须要做检查，小草也得调换岗位。

再说进来的西装革履的那位，一见我就喊"大头"。不好意思，那是我在学校的绰号（我头大）。我愣了好一阵，才认出眼前这位竟然是宋大昌。我很兴

奋，说你小子从天上掉下来呀。宋叹口气说跟从天上掉下来差不多呀。然后我就把东西往抽屉里一划拉，就要领他到我家里去。他说不忙，他说从北京开车过来，路不好走颠得饿了。我立刻喊快上刚出锅的锅贴来。外面有人应了一声，时间不大，小草就端了进来。小草此时已经没有正式岗位，我让她打杂，为的是一旦有特殊情况好把她来回调，以避开一些风口浪尖。

真是怕什么来什么，新的麻烦从那一刻就出现了。我忽然发现宋大昌的眼睛不再看我，而是在无意间瞥了一眼小草后就再也难收回来了。也亏了那天我让小草去倒炉灰，那活非常脏，她浑身是灰，脸上还有手抹的黑道子，否则更坏了，非一下子把宋的魂勾去不可。我赶紧摆手让小草走开，并说谁让你来的。小草说她们忙不过来。我说看你这一身灰土。宋大昌说没事没事你叫什么名字。我太了解宋大昌了，他上学时就给女生纸条，下乡后特爱和女孩闹。也没法，宋长得一表人才，好多女孩都喜欢他。

往下的事情得话分两头，必须一个一个地说。大约是在宋大昌来的第三天，一早我心急火燎去上班，刚走上大石桥，桥下有人喊我，我一听就听出是王半仙。我赶紧把着石栏问有事呀，意思是我这还忙呢，没空跟你唠嗑。王半仙最爱跟我闲侃，还爱跟我打赌，赌国外哪儿的打仗谁输谁赢，一般都是我赢的多，可他越输越爱赌，赌输了就要白给我算一卦。我太知道他那卦是咋算的，根本不灵，所以我也不让他算。王半仙这会儿有点急，他虽然看不见我，但他能从声音找着我的方位，他仰着脸说你快过来，我们有事要跟你说。我一看他身后坐着瘸拐李，李用手搭着凉棚朝桥上看，初升的阳光正从我身后照下去，贼刺人的，王半仙不怕，瘸拐李不行。我看出他们确像有事，就下去到了近前。王推把李说你说吧。李推王说你说得清楚。我有点急说甭管谁快说。王就说可不好啦，小草不想在家待了。我问她想去哪？王说去哪不清楚，可她说过这话，说万一我要是走了，谁照顾你们呀。我听罢问就这事？李说我俩有个想法，想给小草介绍个对象，让她早点成家。我心头一震问有合适的吗？王说有个本家侄子办养鸡场是个万元户，前几天来看俺，挺喜欢小草的。我说小草可是正式职工呀。王说俺算了往下这年月还是谁有钱谁成人，那个职工不算个啥。李说他侄也有意到咱这办鸡场，小草该干还干着。我一想毕竟小草是他俩的养女，我说那得听听小草自己的意见。他俩说那倒是，只是想跟你提前打个招呼。我说好吧我知道了，回头我找她谈谈。

上班后我就急着找小草，但不见她人影，组长说小草又请假了。我顿时就火了，最近这一段小草上班很不着调，不是迟到就是早退，同事都有意见。但因为又都知道我和小草之间的关系，谁都不好意思当面说，但背地里肯定没少说。我说以后不管是谁请假都得经我同意，你马上把小草找回来，找不回来扣你的奖金。组长吓得一伸舌头跑了。

随后我赶紧把店里的事安排了一下，就匆匆去市招待处，我已经和宋大昌定好，今天由我陪他转半天，下午他就走。在这我还得简单介绍一下宋大昌这些年是怎么折腾过来的。按他自己的话说这些年是一二三四五六七八九十：一是一直在海南做生意，二是结过两次婚，三是办了三家工厂，四是有四幢别墅，五是有五辆轿车，六是六亲不认（人家也不认他），七是妻离子散，八是虽然有钱但精神上可怜巴巴的，九是想找个能跟自己天长地久的伴侣，十是实心实意地过正常人的日子。他说这些时是头天中午他请我吃饭时说的。想想我也是糊涂了，本来是我陪他逛离宫，可一早他说你很忙你就别去你给我找个人吧，我一下就想到小草。想到小草有两个原因吧，一是头天小草是灰头灰脸的，有点委屈小草了。二是让小草和见过世面的人说说话，对小草也有益处。不料，这一来把宋大昌乐够呛，开上车就去接小草，等到中午吃饭时，我差点认不出来宋大昌身旁靓丽得像块金子的女子竟是小草。而宋大昌也容光焕发变了个人似的，全无头天唉声叹气的样子，并妙语连珠滔滔不绝，一到十就是那时说出来的。我不傻，我太明白这是咋回事了。泼出去的水不能收回，小草跟他已认识熟识了没法子，但往下我让小草立即去上班。我要严加防范，最好的结局是快点把宋大昌送走。

春光很美，好像很多年没有这种感受了。原因也很简单，这年春天雨水较多，一扫往日干燥燥的情景。我和宋大昌坐在明亮的茶楼（他没让我进房间）

里，彼此默默无语了好长一阵子。终于，还是我打破了沉寂，我说，还记得在乡下传看普希金的小说吗？

记得一点，但也忘得差不多了。

我给你提个醒吧，有一篇叫《驿站长》。

想起来了，他有个非常漂亮的女儿。

后来呢？

后来？你什么意思？

难道还非用我挑明吗？

宋大昌笑了，哈哈大笑，笑得其他的茶客直朝我们这看。我却一点也笑不出来，我用茶碗盖轻轻敲了敲桌子，说老朋友你怎么啦，是不是精神上有什么毛病。宋大昌摇摇头说看你把我想到哪去了，咱们俩是同岁，我又是结过两次婚的人，我怎么可能打人家的主意。我心里略微平静一点，却不由得追击下去。我说，那你为何不去逛庙，而拉我来这里？

我想，我想……

有话就直说吧。

我想，这么个女子，是不是有点怪可惜的。

有、有一点。可这也是没办法的事。

可以想办法嘛。

很难，她身后有两个老人。

我可以养起来。

他们不会同意的。

那如何办？老同学，你帮我出个主意。

主意有，那就是，你赶紧走。

你撵我？

不是。是你不该见到她。

那好，我这就走。

宋大昌真的走了，而且马上开车就走了，并说什么也不让我送。当然，作为老同学，我也说了些抱歉啊之类的话。如果不是节外生枝，我肯定要留他多待几日。

从茶楼回来，我感到浑身轻松，看看店里一切正常，我忽然就想去桥头跟王半仙他俩聊上一阵。既想聊聊我是如何把宋大昌送走，又想聊聊那个养鸡万元户，总而言之我的心情变得很不错。然而，就当我走出店门的一瞬间，一切又都变了：组长急匆匆跑来，说找不着小草，家里锁着门。一种不祥之感顿时把我砸蒙了，我大步流星奔上桥，我希望小草在王半仙他俩身边。但很可惜，此时没人算卦也没人钉鞋，两根光亮笔直的铁轨旁，只有他们二人的身影，瘸拐李在抽烟，王半仙在打板，板声清脆，在春风中传得很远很远。

我忽然就意识到我上了宋大昌的当，他不让我送他，他说回招待所去结账，肯定那时小草就在招待所等着她。于是，我们开始找，结果自然是找不见人影。到了晚上，我们三个人找得都快要疯了的时候：有邻居送来封信，说是小草再三叮嘱，让晚上才送过来。我忙撕开，是一张稿纸，但只有头一张纸上有一行字，"二位老人，实在对不起，我太想出去看看了……"信纸下角被水洇得有点发皱，看来小草是流着泪写的，写不下去了。

事到如此，我们反倒渐渐平静下来。王半仙听我把纸上的字念了，他说他早料到会有这一天，那小草不可能在俺们这贫民窟里待下去。瘸拐李说别事后诸葛亮，你有能耐算算往后该咋办。王半仙苦笑道俺那一套蒙外人还行，给自己算就不灵了。瘸拐李说还是听听老何的吧。对啦，忘了自我介绍，本人姓何，因长得面老，打下乡就被称为老何。

我能说什么呢？我惭愧万分，这个恶果完全是我造成的。倘若我没有宋大昌这个同学，倘若他不来找我，倘若我不喊人倒茶，倘若我不让小草去陪着逛庙，倘若我多个心眼非送他，那么眼下所有的麻烦都不会出现。小草会照样在锅贴铺里干活，我照样在小办公室里发号施令，二位老人照样在铁道边钉鞋算卦。我想我必须为此负责，因为我还看到了潜在的危险，若是从此就失掉了小草，王

半仙和瘸拐李还能不能健康地活下去，绝对是个问题。他们这些年的生活乐趣，与其说是自己在拼搏，不如说是小草给他们带来了快慰与希望。同时，我还意识到，一旦传扬出去，舆论对我必然不利，说不定还会有人说我与宋大昌里应外合⋯⋯

我的老天，为了我，更为了二老，我发誓要发动一场战役，夺回小草。我分析了前后情况，断定这一切都是宋大昌精心策划的。宋大昌本来就是个有花花肠子的人，这些年肯定又有长进。他利用了小草好奇心强又有些虚荣的弱点，把小草给骗了。王半仙说那封信如何解释，也许是小草自愿的。我说那必是宋大昌让小草那么做的，以掩盖他行骗的本质。瘸拐李说既然他是骗子，咱们赶紧报警吧。王半仙说不能报，一旦报了，消息很快就会传开，那不光咱们脸上无光，如果小草回来了，也就不好嫁人了。我连忙说王大哥说得有道理，此事眼下要严格保密，对外咱们就说小草去亲戚家串门去了。瘸拐李问往下呢？王半仙说那还用说吗，老何肯定要带咱俩去找小草。我愕然。

我太佩服普希金了，他的那篇小说简直是我的寻宝图。简言之，失去了小草，我们三个人也无法在热河城里再多待一天。很幸运，我手中有宋大昌的名片。名片上有他公司和家里电话，可我怕打电话会打草惊蛇，弄不好宋大昌会把老窝挪了，那就不好办了。当年老驿站长就是突然出现在骠骑兵家，才见到了他的女儿。数天之后，我请下假，说家中老母病重，暗下和二位老兄登上火车就奔了海南。这一路真是好生辛苦，饥餐渴饮，日夜兼程，加之他俩都有残疾，我在其中受的累可想而知。但我没有半点怨言，实在是我有愧于他们。还好，他俩再心急也没有埋怨过我，甚至有时还给我吃宽心丸。在从广州至海口的轮船上，王半仙说他夜里做了个梦，梦见喜鹊唱枝头群雁往北飞。他说这是个好兆头，说明一定马到成功，很快就能带着小草胜利北回。瘸拐李则在船上发现有个女孩长得极像小草，他甚至跑到人家身后看女孩的耳根子，小草的耳根下有个小瘊子。把人家吓了一跳，要不是我赶紧把他拉回来，没准儿女孩就喊了。

我则一点也不乐观，我看到这边繁华的景象，不由得自问小草对这样的环境会是何等反应呢？我估计她会喜欢的，毕竟她是那么年轻，对外界又有着那么大的好奇心。倘若如此，我们该怎么办呢？总不能把她强拽回去吧。我苦思不得其解。海上起风浪了，船摇晃得挺厉害，我头晕，就迷迷糊糊地躺着，连饭都不愿意吃。瘸拐李劝我说人是铁饭是钢，一顿不吃就饿得慌，回头小草看你瘦了她该不高兴了。王半仙没说话，他虽然看不见我的表情，可他灵通，他能猜出了我为何沉默。

宋大昌就在海口，找着他的公司不难。依瘸拐李我们立马就该直接闯进去找到宋大昌，要回小草。王半仙说不行，万一宋大昌不认账硬说小草压根儿就不在他这，咱们又能咋着呢。我认为王半仙说得很对，就带他们找了个小旅馆住下。住下我一个人到街上转，很快就找到了宋大昌公司所在的大楼，楼里乱哄哄的，能有上百家公司，楼道里喊张三叫李四的口音听着很耳熟，能有一半是京腔，看来都是下海过来做梦发大财的。我看宋大昌公司的门里出来个小伙，就随他到了洗手间，他出来时我拦住问宋大昌在不在。那小伙问你是谁。我说是个朋友路过想看看他。小伙笑道这几天你是找不着了，俺们经理有喜事。我一听他的保定口音就乐了，说咱们还是老乡呢。我会说保定话，我有个姐夫是保定人。小伙看来还挺重乡情，就和我唠，后来就说出宋大昌从北边带回个女孩，怕女孩家里来人找，这些天就在家守着呢。往下我刚问清宋大昌的住处，小伙就让人喊走了。

应该说收获极大，我回到旅馆把情况说了一遍，他俩又高兴又紧张，高兴的是这么快就找到了头绪，紧张的是怕小草架不住宋大昌的花言巧语。尤其是后者，是让人揪心却又不愿意说出口的。我安慰他们说小草是有主见的，你们就放心，然后我请他们好好吃了一顿，饭后则详细地制定了一个行动方案。

海口的空气闷热潮湿，弄得身上黏黏乎乎的很不好受，一夜下来，我睡得头晕脑涨的。吃过早饭，我们找到了宋大昌住的地方，是一个独立的二层小楼，楼前停的正是他开到热河城那辆车，我心里一下就有了根。按照计划，我去路边打公用电话，好一阵才有人接，但对方一开口，我就听出是宋大昌。他很快也听

出是我。我说我来了，咱们谈谈吧。他倒也痛快，说小草在我这儿，你来我家吧。我说咱们找个地方谈吧。他说那你等着我。时间不大，他开车出来，我们见面时，我本以为他会很尴尬，不料他神态自若，拉上我就去了一家很高档的酒楼。在一个窗户朝着大海的单间，他要了许多小吃，然后就聊起来。我本已吃饱，但我仍然装作很有胃口吃这吃那，并不急于把话说到正题上。因为，按照计划，眼下我的任务是拖住宋大昌，而不是要说服宋大昌。只要我把时间拖够，那边二位大仙就能从容地把小草带到旅馆。我们三人一致认为：只要找回小草，别的都没什么。

宋大昌很老练，一边喝茶，一边用那边的话打手机，打完了就不紧不慢地和我聊海南岛这边做生意的情况，甚至动员我也过来，说这里的机遇比内地要多许多。我婉言谢绝了。于是他又说到当年他硬不去锅贴铺，结果又返回乡下，最终按病退回了天津。回到天津境遇也很难，挺大岁数在一个街道办的小厂里当学徒工，月工资是十八块五角，连对象都搞不着。不过，这又应了穷则思变那句老话，一旦得知了海南这边的信息，连犹豫一下都不曾有，提个兜子就杀了过来。我很佩服地点点头，忽然间我动了个念头，就问你说你前后结过两次婚，在热河时咱俩也没空聊，你能说说吗。他乐了说我想到你会问的，没有关系，我愿意讲给老同学听，你是要听缩写呢还是全文。我说今天有时间就听全文吧。他看看表说全文得说两天，咱说一个小时吧。我说也好。往下，他就说起来。说实在的，他说的两个女的叫什么名字，他们之间又是怎么发生争吵纠纷直至分道扬镳，我根本都没听进去，恍惚的我只听明白那俩女的都是因为钱的事跟他分手的。此刻我脑子里想的都是王半仙和瘸拐李，他们去敲门，如果是小草开门，事情头一步就顺利了。如果是旁人比如是佣人开门，王半仙会说是宋经理让俺们来给一个名叫小草的人来算卦，估计佣人看这二位一不像强盗打劫，二不是骗子行骗，也就领他俩去见小草。但假如没人开门或者开了门说小草不在这儿，那就要费一些事了，王半仙要说我俩是小草的亲戚，她的家长因她出走一着急死了，有点口信让我们见面跟她说。但若是人家说这里压根儿就没有一个叫小草的人，并且认定是宋大昌的家，那只好拿出最后一招，即以死相拼。但不是真死，而且让瘸拐李把事先准备好的汽油泼自己身上，然后就威胁对方自燃，估计这么一来就得把警察招来，来就来，就告宋大昌拐骗妇女，也就等于把事情闹大了。我们核计了，到了那份上，也就顾不上许多了，能闹成啥样是啥样，不把小草找到誓不罢休。

时间过得好快，不经意间就到了一个钟头。宋大昌说到兴头上，不肯罢休，又说了半个小时。往下他还要说，而我觉得已经足够了，没有必要再延迟不去。此时我最渴望知道的是那边的战果。我已经坐不住了，我坚信当我回到小旅馆时，站在门外迎接我的肯定是小草。这种胜利的心情终于表现了出来，宋大昌眨眨眼问老同学你想什么呢。我说没想什么。他摇摇头说不可能，你的表情我太熟悉了，当初在乡下插队时，只要你是这个模样，就是在想事，而且是想好事。

想好事？应该是有好事。我说。

那太好了。不过，好事多磨呀。宋大昌接着说，其实，我知道你为什么来这里，又为什么有兴趣听我讲那些乱七八糟的事。

为什么？我心里一惊。

还不是为了小草。他说得很平静，好像一切都在他的意料之中。

也罢，咱明人不说暗话，小草在你家里吧？我问。

在，当然在。不过，我要说明，来这里，是她自己的主意。宋大昌晃晃脑袋说我可不做拐骗人的事。

那好，那好。希望你马上放了小草。我说。

笑话，我也没限制她，放了她从何谈起？她要回去，我摆宴欢送，送你俩，还有二位大仙。宋大昌说。

我忙站起来告辞。我万没想到，这个看上去粗粗拉拉的家伙，竟然已经知道了我们的底细，再说下去只会使我更加尴尬。不过，把话谈开也好，毕竟我们是老同学老战友（插队叫战友，没想到彼此会战斗一场），此一番就只当他带小草来海南一游，大家乐乐呵呵把话说开，日后还是好朋友。

宋大昌说什么也要用车把我送回去，不过，已不是原来那个小旅馆，而是家非常气派的大宾馆。我说不是这里，宋大昌说是这里没错的。往下他并没有送我进去，而是钻进车就开走了。正当我不知所措时，有漂亮的女服务员迎上来，说先生请您跟我来，他们正在等你。我问谁等我。回答说是两位老先生，其中有一位腿……我立刻就明白了，说快领我去。于是，坐电梯穿楼道开房门，就见到二位老兄垂头丧气地坐在豪华的房间里。我一看就觉出大事不妙，因为房里没有小草。我问小草呢？他们不吭声。我喊没见着吗？他俩摇头说见着了。我说人呢？王半仙说你别急，瘸拐李说你坐下听我们说。我跺脚说我不听我不听，我问为什么没把小草带回来，你们俩大人是干什么吃的。瘸拐李朝我摆摆手，眼里淌出泪来。王半仙则伸手从兜里掏出卦板，啪啪打起来，嘴里唱道：打起卦板哟，心好酸，未曾开口哟，俺泪涟涟。才刚见到了小草俺们的女儿，原以为父女三人欢笑回家园。不曾想风云起心内，更不曾想离意生胸间，小草一叩首，谢了养育恩，小草二叩首，说了定报还，小草三叩首，恳求俺们心放宽，容了出笼鸟，自己闯天边……

我知道王半仙能现编词，但一直觉得他嘴里说出的东西都是蒙人的。可这会儿听了他张嘴就来的词，我服了，这比解释一天半天都管用，我全明白了。同时，我也明白了宋大昌为何能如此冷静地和我喝茶聊天，此刻他比我们更了解小草。

一切都失去了意义，我不想再在这座美丽的海滨城市待下去，同时，我也谢绝了宋大昌的宴请，甭管是接风洗尘还是举杯送行，总之，我和二位老兄很伤感地弃岸登船。本来，我还想亲自与小草见一面，可他俩说什么也不让，怕我和小草谈僵。于是我想我毕竟是外人，我的责任或许已经完成，找不回小草，责任已转移到他们身上。若是非要见面却说服不了小草，岂不是给自己又添负担。请原谅，我的私心在那一刻不由自主地冒了出来，我实在没想到会有什么样的结局，并隐隐预感前景不妙，我不得不为自己着想。

那一年热河城的冬天来得特别的早。由于失去了小草，锅贴铺的生意受到了严重的影响。这可不是夸大之词，上面为此免了我，把我调到饮食公司宣传科当科员，对外讲是正常人事调动，但在内部却说我没有工作能力，还说我以前是靠不正当手段招引顾客。谢天谢地，亏了那时人们想的说的还比较单纯，若是小草晚走几年，我可能满身是嘴也说不清了。不过，调走也好，我也不想在锅贴铺再待下去了，因为我特别怕见到王半仙和瘸拐李。尽管我早早把我的责任推掉了，他俩也从未埋怨过我一句，可不知为何，我却愈来愈生发出强不可卸的内疚来。

那是一个下小雪的傍晚，我下班路过二仙居，过大石桥时，不由自主地朝铁道边望望，想着那里应是空荡的，如果是空荡的，我心会安稳一些。然而我的眼珠被寒风冻住了：雪虽不大，但地上已一片洁白，只有才通过了火车的钢轨此时是黑色的，像巨大的"等于"号，不知疲倦地伸向远方。而就在旁边，还有两座塑像般的人，一个坐着，一个站着，坐者一下一下地砸着锤子，站者则啪啪打着卦板，嘴里念叨着人生一世运交何处祸从何来一卦便知……

我走不动了。那天晚上我随他们回了住处，顺便买了些熟肉，还有一瓶白酒，就喝起来。屋里的地炉子有些倒烟，王半仙说烟道有点堵，该找人清一清。我说回头我找人安个土暖气，既暖和又不呛人。瘸拐李说我们一天到晚都在外面，回来有个睡觉的地方就行了，用不着费那事。我们边喝边聊，自然就说到小草，王半仙很高兴，说小草来信了，说她在那边干得不错，原先在一家公司打工，这会子要自己办一个公司，自己要当老板了。瘸拐李看我发愣，举起酒盅说你可能还不知道，小草早就不跟宋大昌在一起了，她说她要自己独立起来。我确实不知道，我一直以为小草是跟着宋大昌。而往下的事，我不愿去想，也怕去想，在普希金的小说里，老驿站长的女儿是做了贵夫人的。尽管在贫困时代读到这里时，难免有些庆幸他女儿得到富贵生活，但冷静下来细琢磨，心里却是说不出的苦涩，富贵不等于幸福。何况眼下已出现了包二奶，而二奶多是年轻貌美的女子。于是，我就感觉轻松了许多，喝着酒我说等小草干出了名堂，你们就去和小草过吧，小草是个孝顺的孩子。他俩摇摇头，说不能给她添麻烦呀。那天我们喝得挺晚，好久没有这么痛快了，但让我略有不快的，是王半仙说老何你记着，说不定俺俩哪天嘎巴死了，你就做主给烧了，千万别告诉小草。我说你胡说什么，你俩是大仙，是死不了的。瘸拐李说怎么可能呢，再结实的鞋也有穿坏那

天。王半仙说何况人呢。临走时我喊我不听这臭话。

实在是不祥之兆，可惜我虽有预感却无有作为。过了几天，是上午上班的时候，有警察找我，说你的那两位朋友出事了你赶紧跟我们走。那一瞬间，我几乎瘫了，是班上的同事架我下了楼。路上我得知是煤气中毒，简单讲是熏着了。这种事在热河老城的冬季总是有的，又总是作为街头新闻传来传去，有些细节甚至成为一些人无聊的谈资（确有夫妻赤裸着熏死），但几乎所有的人又会一致感觉有种危险离自己是遥远又遥远的。现在，我无论如何也不相信王半仙和瘸拐李会同样受到这种伤害。我寄希望于他们只是被熏迷糊过去，只要及时抢救，肯定是能保住性命的。

然而，我的最真诚的祝愿被可怕的现场给彻底粉碎了。铁道旁的小房外，聚满了邻居，房内走出穿白衣的大夫，他无可奈何地摇摇头说不行了时间太长了。我的眼泪一下子就流下来，我冲进屋，见他俩平静地躺在里屋的小炕上，像是在做一个长长的梦，脸上绝没有半点痛苦的表情。

公安机关的结论很肯定，没有半点含糊，既不是他杀，也不是自杀，就是一不留神给破地炉子给熏死了。不过，警方在抽屉里找出一张纸，上面写着：如果我们有不幸时，由何××全权处理后事。警察问我这是怎么回事。我看看日期，正是前几天在一起喝酒的日子。我想必是我走后瘸拐李写的，瘸拐李念完了小学，还爱看街头小报，写字也可以。而词一定是王半仙的，他会说出全权处理。找他算卦的不乏问官司结果者，天长日久，王半仙就能说出些新词来。我把那天的过程以及我的猜想简单说了说，警察也就不再问什么了。往下就涉及如何办理后事，我请街道办事处和几家邻居帮忙，他们都愿意。但有一个问题，让我与他们之间产生了矛盾。即要不要叫小草回来。他们说二位老人辛苦一辈子，唯一的亲人就是小草，无论如何也得让小草回来披麻戴孝。这话听着有道理，但明显的又有一股子情绪。因为我知道自打我们从海南空手归来，二仙居的居民一是埋怨我惹祸，二是大骂宋大昌，三是说小草是白眼狼托生的。所谓白眼狼，就是无情无义的代名词，至于来自怎样的典故，我不清楚。

我权衡再三，决定不把这个消息告诉小草，因此也就不想让她千里迢迢回来奔丧。那些人一听就生气了，背后说什么的都有，甚至有的说我要霸占死者的遗产，等等。我顾不上那些，抓紧操办，人手不够，我就从锅贴铺里找人。热河城里的习俗，三天出殡。按法医的断定，他俩那天睡得早，睡下不久就熏着了，死亡就在半夜前后。我就采用了"前"，那么发现时就是第二天，再转过天就是第三天。而出殡又讲究起早不见日头，于是，在那个晴朗而又干冷的早晨，王半仙和瘸拐李就悄然无声地走了。我当然有泪要流，但忙前忙后一时还顾不上流泪。邻居们默默地站在四下里瞅着，目送着他俩上路。等到火化场的大烟囱上冒出两股黑烟，在空中随风旋了一阵后渐渐远去，我的泪就无法抑制地流淌下来……

往下的日子里，我开始不断地替他们二位写信（开头要编得自然，说瘸拐李手伤了，改由我写），鼓励小草在那头好好干，不要惦念家里。渐渐地，可能是她忙，也可能是我编瞎话编得费劲，我们之间的信就少了。几年以后，有一天我的信被退回来，上面写着地址不详。但我没紧张，我听说那边房地产搞得特别凶，说不定街道拆得一时找不着了，只要小草能给这边来信，就不怕失掉联系。然而，很长时间，我也不见小草的信。我终于有点沉不住气，打长途找宋大昌。电话有人接，但不是宋大昌，人家反问你是姓宋的什么人，他欠我们钱正找不着呢，是不是躲在你那里呀。我赶紧放下电话，我怕再惹出麻烦。但没过多少日子，在上班的路上，有个穿得脏兮兮的人拦住我，如果不是他叫我的名字，我真认不出来，他竟是宋大昌。我说你怎么成了这个样子。他说一言难尽快让我吃顿锅贴我两天没吃饭了。我紧忙领他去，他吃得饿狼一般。等到他再也塞不下去，他才打着饱嗝说炒地皮炒赔了，欠了几千万，那边雇了杀手在追杀他。我说往下怎么办，他说只能浪迹天涯了。他很不客气地找我要钱，说得马上离开热河。我只好掏光口袋给他，然后问小草如今在哪里。宋大昌一愣，说你还不知道，她出国了，嫁给个外国人，好像是个记者，叫什么亨特。我说怎么能呢。宋大昌哈哈笑道怎么会不可能，你以为下了海就能挣大钱，那小草又有多大能耐……

　　我脑袋嗡嗡的，不知道是如何与宋大昌分手的。在往下的许多年里，我都不愿意回忆那天的情景。宋大昌的一番话，把我还有两位去世的"仙人"的美好向往都打碎了，被我们精心呵护的小草终于长大了，但却长成不像我们盼望的模样。

　　日月如梭沧海桑田。转眼间热河城内大兴土木，二仙居被拆了个面目全非，破烂平房变成了广场，广场四下尽是高楼。铁道迁走了，大石桥下的河盖了盖。锅贴铺亦成了历史，随便问问大街上的年轻人，根本就不知道什么锅贴铺。街上最受欢迎的是肯德基，虽然闹"苏丹红"时冷清了一阵，但很快就恢复了人满为患的兴旺景象。如今若想吃锅贴，只能找路边小摊点。现在的锅贴和先前大不一样了，过去的锅贴实实在在的烙，出锅一个是一个，只是略微连着点皮。现在则洒淀粉浆，出锅不仅粘成一片，还有白纱翅，看着美观，但吃到嘴里肉肉的不舒服。算啦，说那些干啥，当年毛泽东说得好，世界终归是年轻人的。一晃我们这茬人也将到退休年龄了。正赶上机构改革，我就提前退了，整日里去避暑山庄里去逛，见到熟人也是只谈天气不说别的，与王半仙、瘸拐李还有小草的往事更是深埋心底绝不再提，我想这辈子不可能再得到小草的消息了。

　　初夏的午后，我照例到山庄湖边乘凉。一个钓鱼的小伙无意间一扭头看见我就蹦起来，说何大爷您上午躲哪去了。我上午去医院看牙。我问什么事。他说上午他在二仙居街上鱼具店看新来的鱼竿，忽然有个女人打听锅贴铺搬到哪去了，还打听几个人，有锅贴铺的何经理，还有什么姓王的姓李的，后两个是残疾人。他说我想起何经理肯定是您，就跑来找，可没找到，还把我跑了一身汗。

　　她人呢？

　　听说没找着，她挺失望，后来她就在大街上转。

　　再后来呢。

　　对啦，后来我爸找我，见到了她，告诉她那姓王的和姓李的早都去世了，那女人就哭了，哭得挺伤心。

　　她长得什么样？

　　漂亮，漂亮极了。她哭了一会儿，就有个老外开辆高级轿车接她走了，她跟我说过些天她还来，请我一定帮她找到您。

噢、噢。

我爸说这女的早先就是咱们这的，您跟她有亲戚关系吧？

我跟她……

我没法说。我不知道该不该和她见面，见面了又该说什么。王半仙的卦板儿和瘸拐李的鞋箱尚在，是否要转给她……

我没有泪。

我有点糊涂了，这一切都是怎么回事？谁能给我讲清楚。